Sherry Thomas

Sherry Thomas est arrivée sur le territoire américain à l'âge de treize ans. Un an plus tard, grâce aux rudiments d'anglais acquis et à l'aide de son précieux dictionnaire anglais-chinois, elle dévorait déjà des romans d'amour historiques de six cents pages. Le vocabulaire glané au gré de ces histoires passionnées lui a permis d'obtenir des scores élevés aux tests de langue. Il se révéla également très utile lorsqu'elle commença à écrire des romances.

Sherry Thomas est titulaire d'un diplôme en économie de l'université de Louisiane, ainsi que d'un master en comptabilité de l'université d'Austin. Elle vit aujourd'hui dans le centre du Texas.

Lady Chance

SHERRY THOMAS

Lady Chance

Traduit de l'anglais (États-Unis)
par Nicole Hibert

POUR elle

Si vous souhaitez être informée en avant-première
de nos parutions et tout savoir sur vos auteures préférées,
retrouvez-nous ici :

www.jailupourelle.com

Abonnez-vous à notre newsletter
et rejoignez-nous sur Facebook !

Titre original
THE LUCKIEST LADY IN LONDON

Éditeur original
Berkley Sensation Books, published by The Berkley Publishing Group,
a division of Penguin Group (USA) LLC, New York

À X dont j'adore la compagnie
– et les encouragements.

PROLOGUE

C'était à l'heure du thé que Félix voyait ses parents. Et pour autant qu'il pût se fier à ses souvenirs d'enfance, il avait toujours redouté ce moment – une trentaine de minutes – qu'il attendait pourtant avec impatience.

Chaque après-midi, donc, sa gouvernante le conduisait dans le hall. Il grattait timidement à la porte en chêne du salon. On le priait d'entrer. Sa mère, qui était si belle, posait son ouvrage, se levait de son fauteuil et lui ouvrait les bras.

Il traversait la pièce aussi vite que ses petites jambes le lui permettaient et s'arrêtait pile à la limite du vaste périmètre qu'occupaient les jupes maternelles. Se jeter dans ses bras eût été malvenu. Les cerceaux de la crinoline en seraient propulsés en arrière, lui avait-on expliqué – une catastrophe.

Félix était par conséquent extrêmement prudent. Il ne voulait surtout pas provoquer de catastrophe. Avec moult précautions, il contournait la perfide crinoline et grimpait sur le fauteuil. Assis contre sa mère, grisé par son parfum capiteux, il pouvait alors savourer le moment de la journée qu'il préférait entre tous. Elle lui ébouriffait les cheveux, l'embrassait et l'appelait

« mon petit chou à la crème » ce qui le ravissait et l'embarrassait tout à la fois.

À cet instant, cependant, se produisait invariablement ce qu'il appréhendait tellement. Son père, qui les observait en silence, dardant sur eux un regard aigu, sautait brusquement sur ses pieds et allait se camper devant une fenêtre, à l'autre bout du salon. Cela faisait aussitôt naître sur les lèvres de sa mère un sourire bizarre, proprement réfrigérant. Cessant ses câlineries, elle se remettait à son ouvrage, et Félix n'avait plus qu'à la regarder travailler sans piper mot, le cœur un peu serré, en lançant des coups d'œil furtifs à son père qui leur tournait obstinément le dos.

Âgé de cinq ans à peine, il était déjà convaincu que quelque chose en lui clochait. Car il était forcément la cause de cette tension, qui devenait plus palpable, plus suffocante dès que ses parents étaient contraints de respirer le même air que lui. Cette demi-heure quotidienne, avant le thé, était pénible, mais la messe du dimanche matin, lorsqu'ils étaient tous les trois côte à côte devant l'autel de l'église paroissiale, était mille fois pire. Il sentait leur envie de le fuir, c'était comme un poids qui l'oppressait et lui donnait l'impression d'inhaler des aiguilles.

À six ans, il en vint à une terrible conclusion : ses parents se détestaient.

Néanmoins, deux années supplémentaires d'observation minutieuse, quoique discrète, l'amenèrent à réviser son jugement. C'était surtout sa mère qui ne supportait pas son mari. Le marquis s'efforçait toujours de trouver un sujet de conversation, il parlait, parlait, et la marquise lui assénait des répliques glaciales frisant l'impolitesse. Il la couvrait aussi de cadeaux qu'elle enfouissait sans les ouvrir au fond d'une malle. Félix le savait, car il aimait se faufiler dans son boudoir quand elle sortait faire sa promenade en tilbury. Il farfouillait dans ses affaires, humait son parfum qui imprégnait l'atmosphère et s'imaginait blotti contre elle.

Un jour, peu après son huitième anniversaire, il découvrit dans ladite malle un grand écrin carré en velours. Tapissé de satin crème, il renfermait une somptueuse rivière de rubis pareils à d'étincelantes gouttes de sang. Il la souleva, la déposa à côté du long collier de perles noires, des pendants d'oreilles en diamants, des innombrables bagues, bracelets, broches et peignes ornés de pierres précieuses – tous magnifiques et d'un raffinement exquis.

Pourquoi sa mère éprouvait-elle une rancune aussi tenace à l'égard de son père ?

Une fois, dans les quartiers des domestiques au sous-sol, Félix avait vu un valet donner à une femme de chambre une petite bague de rien du tout, en précisant qu'il espérait bien pouvoir lui en offrir un jour une en or véritable. La jeune femme s'était pendue à son cou et l'avait embrassé à pleine bouche. Elle semblait aux anges, pour un bijou de pacotille.

Pourquoi les présents du marquis ne parvenaient-ils pas à contenter la marquise ?

Pour résoudre cette énigme, Félix décida d'interroger la femme de chambre de sa mère.

L'histoire qu'elle lui raconta le stupéfia.

Mary Hamilton avait été jadis – ou plus précisément dix ans plus tôt – la plus ravissante débutante de Londres. Elle avait de nombreux admirateurs, parmi lesquels figurait Gilbert Rivendale, marquis de Wrenworth. Mais elle lui préférait un autre gentleman, qui malheureusement n'avait pas le sou. Le marquis la demanda en mariage, elle le repoussa. Nullement découragé, il se tourna vers sir Nigel, le père de Mary, et lui offrit une somme astronomique en échange de la main de sa fille.

Sir Nigel était un joueur invétéré, il croulait sous les dettes et était au bord de la banqueroute. Il s'empressa d'accepter le marché et ordonna à Mary d'accepter l'offre du marquis. Comme elle refusait, il la fit enfermer dans sa chambre, sans possibilité de joindre son bien-aimé.

Elle capitula au bout de quatre mois de réclusion, au pain sec et à l'eau. Quelques semaines plus tard, elle devenait marquise de Wrenworth.

Cette union était dès le départ vouée à l'échec. Mary haïssait ardemment son époux qui avait brisé son rêve le plus cher. Son père étant mort peu après le mariage, elle jura que le marquis se repentirait amèrement d'avoir croisé sa route. Elle se promit d'y consacrer sa vie entière.

Le marquis, dans sa naïveté, crut d'abord avoir réussi à conquérir le cœur de son épouse. Mais elle entreprit bientôt de démolir son illusoire bonheur, pierre après pierre, jusqu'au coup de grâce, le jour où elle laissa entendre que Félix n'était peut-être pas de lui.

Jess Jenkins, la femme de chambre, fit ce récit à Félix tout en nettoyant les brosses à cheveux de la marquise. Elle le conclut par un « ne vous mettez pas martel en tête, monsieur Félix » et gagna le petit salon de la gouvernante où l'élite de la domesticité se retrouvait chaque jour pour le thé.

Félix ne put rien avaler de toute la journée. Un horrible cauchemar, où on le chassait de la maison, le réveilla au milieu de la nuit. Pour se consoler et calmer son estomac qui grondait, il courut jusqu'à l'office et engloutit deux scones rassis. Cela ne l'aida cependant pas à se rendormir.

Le lendemain, le sombre pressentiment qui le tenaillait, inspiré par son mauvais rêve, se concrétisa. Son père annonça son intention de l'envoyer en pension, puisqu'il avait huit ans. Félix, la gorge nouée par la peur, regarda fixement sa mère, implorant sa protection. Mais elle garda le silence.

Il vécut dans la terreur durant un long mois, vérifiant sans cesse qu'on n'avait pas enlevé ses vêtements de son armoire pour les ranger dans des malles. Mais rien de tel ne se produisit. Il ne fut plus jamais question de pension. M. Leahy, son précepteur, paraissait tout à fait tranquille – on ne lui avait apparemment pas signifié son congé.

Et puis un matin, Jess Jenkins lui confia que sa mère avait refusé de se séparer de lui. Il crut s'évanouir de soulagement et de gratitude.

Toutefois les cauchemars ne disparurent pas. Ils le tiraient invariablement du sommeil aux environs de minuit et le tenaient éveillé jusqu'à 3 heures du matin. Aussi, plutôt que de se retourner inlassablement dans son lit, il se levait, allait grignoter un biscuit, et déambulait dans le parc de Huntington en contemplant les étoiles.

Grâce aux livres de M. Leahy, il apprit rapidement les noms des constellations. Observer les astres lui mettait du baume au cœur – les étoiles se déplaçaient majestueusement dans le ciel au gré des saisons, indifférentes aux tourments des humains.

La situation continua à se détériorer inexorablement. Les années ne calmaient pas la rage de la marquise. Quant au marquis, il s'abîmait dans le désespoir.

Félix essayait de les amadouer. Il leur faisait des cadeaux – des fleurs sauvages pour sa mère, et pour son père une empreinte de feuille fossilisée dans une pierre. Le marquis n'y jetait qu'un vague coup d'œil, la marquise s'extasiait.

Et la guerre reprenait de plus belle.

Gilbert Rivendale, marquis de Wrenworth, était trapu, le cheveu clair, la prunelle délavée, les traits quelconques. On disait de Félix qu'il était incroyablement beau, le portrait craché de sa mère : longiligne, très brun, les yeux vert émeraude.

Il aurait donné n'importe quoi pour ressembler un peu à son père, quitte à avoir son nez bulbeux ou son menton fuyant, afin que le malheureux ne passe pas son temps à chercher sur son visage une preuve de sa paternité.

Jusqu'à la fin de ses jours, il serait rongé par le doute. Félix, en revanche, acquit bientôt la certitude qu'il était bien son fils. Car, en l'absence du marquis, sa mère ne lui prêtait plus attention. Ses démonstrations d'affection, son indulgence n'étaient que comédie destinée à attiser la jalousie de son époux et à le convaincre qu'elle avait mis au monde l'enfant d'un autre.

Félix se mit à détester cette femme sans cœur qui n'hésitait pas à utiliser son fils unique, sans se soucier un instant de son bien-être. Il détestait aussi son père qui, dans sa bêtise, ne voyait pas qu'on le manipulait – en effet, si Félix avait réellement été le fruit d'un adultère, sa mère se serait bien gardée d'éveiller les soupçons de son mari.

À treize ans, il n'avait plus qu'un désir : qu'on l'expédie en pension, et tant pis si la nourriture y était infecte et si les élèves étaient fouettés à la moindre incartade. Il était prêt à tout pour quitter cette demeure, oublier les machinations de sa mère et la pitoyable faiblesse de son père.

Mais, une fois de plus, il fut déçu. Elle voulut le garder auprès d'elle pour persécuter le marquis. On engagea deux précepteurs supplémentaires, et Félix resta prisonnier.

Alors il apprit à jouer le jeu.

Il apprit à tirer avantage de leur rendez-vous quotidien à l'heure du thé, lorsqu'elle feignait de le cajoler pour asticoter le marquis. De sa voix la plus douce, il demandait un télescope dernier modèle, des ouvrages sur l'astronomie, un abonnement à diverses revues scientifiques – ainsi qu'une augmentation substantielle de son argent de poche. Et il l'obtenait.

Le pouvoir qu'elle avait sur son mari l'enivrait ? Félix s'ingénia à le saper. Il inventa des histoires qu'il lui distillait quand, par hasard, ils se retrouvaient en tête à tête.

— Je suis tellement navré pour vous, mère, susurrait-il d'un air ingénu.

— Mais pourquoi ?

— Oh, vous n'êtes pas au courant ? Eh bien, je... rien, pour rien ! s'exclamait-il, feignant l'affolement.

Naturellement, elle le bombardait de questions. Et lui finissait par avouer que, d'après certaines rumeurs, son père avait une jeune maîtresse qu'il avait installée dans un appartement et dont il était fou.

Il invoqua cette maîtresse fantôme durant près de deux ans, regardant avec un amusement cynique sa mère se démener pour débusquer la catin qui avait eu le toupet de mettre le grappin sur son époux.

Elle finit néanmoins par comprendre qu'elle avait été dupée et que son fils, à quinze ans, était un redoutable joueur. Elle abandonna définitivement son personnage de mère aimante.

Pourtant, sa mort brutale, deux ans plus tard, anéantit Félix. Tous deux s'étaient livrés à une guerre d'usure, mais lors de la veillée funèbre, alors qu'il contemplait son corps sans vie, il prit conscience que, de son côté en tout cas, sa volonté de lui damer le pion, son acharnement, n'étaient qu'une pose. En réalité, il n'avait cessé d'espérer gagner un jour son amour – ou au moins sa considération. Il avait essayé de lui prouver qu'ils se ressemblaient, que par conséquent ils pouvaient devenir des alliés, et même, si elle l'acceptait, des amis.

À sa grande stupeur, lorsque son père quitta ce monde quelques mois plus tard, il fut tout aussi dévasté. Cet homme tellement maladroit et obtus avait commis une erreur et payé le prix fort : deux décennies de souffrance. La disparition de son bourreau l'avait achevé, d'après le médecin de famille il était mort de chagrin.

Lorsqu'on le mit en terre, Félix comprit que même s'il ne ressemblait pas physiquement à son père, il était fait du même bois. L'un et l'autre avaient eu un besoin si désespéré d'amour que des années d'antipathie n'avaient pas réussi à en venir à bout.

Félix allait se construire une existence toute neuve.

À dix-sept ans, il était l'un des jeunes gens les plus en vue de la haute société, et l'un des plus riches. Comme il avait vécu jusque-là à l'écart du monde, on ne le connaissait pas. Il était une page blanche sur laquelle il pouvait se dessiner une personnalité à son goût.

Il décida rapidement d'être le fils de sa mère. Feu la marquise de Wrenworth, si elle était un authentique tyran domestique, s'était taillé une réputation enviable de lady parfaite, incarnation idéale de la beauté et de la bonté féminines.

Il se promit de l'égaler, et même de l'éclipser. Il serait respecté et admiré, ce serait sa façon de rendre hommage à celle qui lui avait accordé si peu d'attention.

Et en souvenir de son père, il veillerait à ne pas commettre la même tragique erreur, à savoir, aimer passionnément une femme. En matière de sentiment, il se bornerait à l'amitié et, éventuellement, à des affections mesurées. Mais l'amour, jamais !

L'amour vous désarmait, vous rendait faible, vulnérable. Durant toute son enfance et son adolescence, il s'était senti atrocement impuissant. Il en avait soupé. Dans cette nouvelle vie qu'il se bâtissait, il serait toujours maître de lui. Il aurait le pouvoir, se promit-il.

Il tint admirablement sa promesse.

À Cambridge, où il étudiait les mathématiques et la physique, il fut un étudiant extrêmement populaire. Puis il conquit sans coup férir la bonne société londonienne et devint en un rien de temps le célibataire le plus convoité d'Angleterre.

Cependant il craignait encore de tomber dans le piège de l'amour, d'être réduit en esclavage à l'instar de son père. Mais les saisons mondaines s'enchaînaient, il rencontrait des cohortes de jeunes filles et restait de marbre. C'était comme si on avait enseveli son cœur dans la tombe de ses parents.

Parfois, à vrai dire très rarement, lorsqu'il était seul la nuit avec ses chères étoiles, il regrettait de n'être plus capable d'éprouver une émotion profonde, d'être troublé, subjugué. Toutefois, le reste du temps, il se félicitait d'avoir ainsi la maîtrise de ses sentiments.

En 1885, alors qu'il fêtait son vingt-cinquième anniversaire, il déclara qu'il était prêt à se caser, à condition de trouver la compagne idéale. Les matrones poussèrent en chœur un soupir de soulagement. Quelle bonne nouvelle ! Le cher garçon comprenait enfin qu'il avait des obligations envers Dieu et son pays.

En réalité, il n'avait nullement l'intention de se marier, pas avant quarante ans bien sonnés – une société qui portait au pinacle l'abominable institution du mariage méritait amplement d'être roulée dans la farine.

Qu'on essaie donc de le marier. Il avait bien spécifié, n'est-ce pas, qu'il attendait la compagne idéale.

Eh bien, elle n'était pas près d'apparaître. Et lorsqu'elle le ferait, dans une bonne vingtaine d'années, ce serait une ingénue de dix-sept ans, à la poitrine généreuse, et qui vénérerait le sol sur lequel il marchait.

Il ne soupçonnait pas qu'à vingt-huit ans, il épouserait sans crier gare une femme dont les dix-sept ans étaient loin, qui n'avait rien d'une ingénue à la poitrine avantageuse, et qui considérerait d'un œil suspicieux le sol qu'il foulait car elle verrait de la bassesse dans chacun de ses actes, chacune de ses paroles.

Cette femme s'appelait Louisa Cantwell, et elle causerait sa perte.

1

Si lord Wrenworth ignora l'existence de Louisa Cantwell jusqu'au printemps 1888, il figurait depuis 1883 – longtemps avant qu'il ne se déclare prêt à convoler en justes noces – sur la liste des beaux partis que Louisa avait dressée avec soin.

Elle la rectifiait régulièrement, y ajoutait ou supprimait le nom d'un riche célibataire de la bonne société. Cependant elle ne pensait que très rarement au mythique lord Wrenworth. Ce n'était qu'un personnage abstrait, une entité supérieure, trop parfaite pour entrer dans les calculs d'une fille pragmatique qui ne s'illusionnait pas : elle ne pouvait pas convenir au Gentleman Idéal.

Premièrement, les Cantwell étaient pauvres. Louisa, ses sœurs et sa mère vivaient d'une rente allouée à Mme Cantwell par ses parents. Lorsqu'elle rendrait son dernier soupir, les demoiselles Cantwell n'auraient plus que leurs yeux pour pleurer.

Comme si cela ne suffisait pas, la famille était plutôt scandaleuse, à cause de feu M. Cantwell, qui avait été un coureur de dot notoire. Il n'était toutefois pas méchant : quand il avait compris que sa jeune épouse n'était pas aussi riche qu'il le pensait, loin de là, il avait accepté son échec de bonne grâce. Néanmoins, Mme Cantwell avait été bannie ; sa parentèle et ses vieux amis ne lui avaient rouvert leur porte qu'après la mort du suborneur. Si les sœurs Cantwell jouissaient d'une bonne réputation, leur respectabilité ne tenait qu'à un fil.

Mais ce n'était pas tout. En supposant qu'un éventuel prétendant ne soit pas refroidi par la bourse vide de Louisa et son lignage douteux, il lui faudrait encore accepter son inculture. Car elle n'entendait rien à l'aquarelle, ne jouait pas du piano, ne parlait pas de langue étrangère, et ne possédait que des rudiments d'histoire et de littérature. Et ne parlons pas de son écriture en pattes de mouche.

Elle n'avait donc pas d'argent, pas de pedigree et aucun talent. Mais cela ne la tracassait pas outre mesure. Elle regrettait surtout de ne pas être une beauté – pour une femme qui avait besoin d'épouser un homme riche, autant s'en aller chasser le lion sans emporter de fusil.

Ses deux sœurs aînées étaient ravissantes, malheureusement Frederica ne mettait plus le nez dehors depuis que la variole le lui avait grêlé, et Cecilia s'était juré de réserver l'exclusivité de son affection à sa meilleure amie, Mlle Emily Milton.

Quant à ses cadettes, Julia n'avait pas du tout le tempérament qu'il fallait pour plaire aux messieurs, et la chère petite Matilda était épileptique, ce qui la mettait hors course.

Les filles Cantwell étaient valides, capables par conséquent d'occuper un emploi de gouvernante ou de dame de compagnie – Frederica elle-même, si elle mourait de faim, renoncerait à la claustration. Mais Matilda avait besoin d'être entourée, soignée. Il fallait veiller sur elle en permanence.

Il fallait donc dénicher un homme riche.

Et comme Matilda ne pourrait jamais endurer le calvaire que représentait la saison des bals à Londres, c'était à Louisa de s'en charger.

Louisa avait pris conscience de cette triste réalité l'année de ses seize ans. Elle s'était ruée hors de la maison, avait parcouru près de cinq kilomètres pour trouver un endroit où lâcher la bonde à son désespoir sans risquer d'être surprise. Elle s'était accordé une heure. Après quoi elle avait rebroussé chemin. De retour dans sa chambre, elle avait ouvert son journal intime à la page où on lisait :

Tout ce que je veux :
1 – un cottage
2 – des livres, autant que ledit cottage pourra en contenir
3 – un bon télescope
4 – le Catalogue des Nébuleuses et des Amas d'Étoiles, *de Charles Messier*
5 – un professeur de mathématiques supérieures

À l'époque où elle avait établi la liste de ses souhaits, Frederica et Cecilia semblaient en passe de faire un beau mariage. Louisa, elle, rêvait de devenir une vieille fille indépendante, savante et pleinement heureuse. Hélas, les rêves étaient réservés aux jeunes femmes qui avaient les moyens de se les offrir, ce qui n'était plus son cas.

Elle avait barré cette liste pour en commencer une autre :

Tout ce dont j'ai besoin pour conquérir un homme nanti de cinq mille livres de rente.

Elle aurait bien aimé rencontrer ce nabab l'année de ses dix-neuf ans, car lady Balfour, la cousine de

Mme Cantwell, avait promis de parrainer l'une des sœurs durant la saison. Cependant lady Balfour dut d'abord marier ses propres filles. Ensuite son époux, sir Augustus, eut la mauvaise idée de mourir, ce qui l'obligea à porter le deuil et à se cloîtrer chez elle.

Aussi, lorsque Louisa arriva à Londres au printemps de 1888, pouvait-on lire dans son journal intime :

Tout ce dont j'ai besoin pour conquérir un homme nanti de ~~cinq~~ sept mille livres de rente.

Étant elle-même désargentée, Louisa avait nettement sous-estimé les dépenses d'un homme riche, ainsi que le nombre de personnes dépendant de ses largesses. Sa liste était libellée ainsi :

1 – Astuces pour faire pigeonner la poitrine.

2 – Recettes pour avoir les cheveux brillants, les dents blanches et la peau douce.

3 – Acquérir des notions élémentaires en matière de mode, connaître les tissus et les coupes qui mettent en valeur la silhouette.

4 – Mémoriser quelques mots de français pour pouvoir lire un menu.

5 – Apprendre à danser.

6 – Savoir flatter un gentleman.

7 – Savoir flatter la mère dudit gentleman, ainsi que ses sœurs.

8 – Ne pas oublier que, malgré tout l'intérêt qu'un homme peut témoigner à une jeune femme, il se soucie d'abord de lui-même.

9 – Ne pas oublier que si une jeune femme affiche une mine ravie, on ne la soupçonnera pas d'avoir une idée derrière la tête.

10 – Élaborer une stratégie avant le début de la saison et un plan d'action avant chaque réception. Le temps est compté. Il faut être parfaitement préparée.

11 – Ne jamais oublier que je n'ai pas le droit d'échouer.

Le soir de son premier bal, Louisa avait vingt-quatre ans. Elle n'était plus dans sa prime jeunesse, mais ses années d'apprentissage – elle ne se bornait pas à faire une liste, elle mettait la main à l'ouvrage – portaient leurs fruits. Le Tout-Londres s'était entiché d'elle. Ou plutôt du personnage qu'elle incarnait dans le monde ; une Louisa Cantwell chaleureuse sans familiarité, douce sans mièvrerie, qui profitait des soirées de fête avec un plaisir que n'entachait pas le plus petit soupçon d'avidité ou, pire, de désespoir.

Il était généralement admis que cette Louisa Cantwell était une beauté.

Cette notion s'accompagnait de métaphores spécifiques. On disait qu'elle avait un cou de sylphide, ou de cygne. Ses yeux, qui avaient toujours été bêtement bleus, étaient à présent couleur d'azur, de saphir, ou carrément d'un bleu céruléen. Quant à ses cheveux... apparemment, personne à Londres ne connaissait l'adjectif brun, tout simple et qui avait fait ses preuves. Ses admirateurs évoquaient l'acajou, le châtaignier et autres arbres. Ne reculant devant aucune ânerie poétique, certains s'extasiaient sur les mèches cuivrées qui striaient sa chevelure, et parlaient de roux vénitien.

Ces extravagances langagières amusaient Louisa au point que la nuit, pelotonnée sous ses couvertures, elle était prise de fou rire. Mais parfois elle tremblait d'angoisse, convaincue que l'illusion ne tiendrait pas jusqu'à la fin de la saison. Les gens s'apercevraient bientôt que si ses cheveux paraissaient si brillants, c'était parce qu'elle les tartinait d'huile depuis des années. Ils verraient que son sourire de Joconde, énigmatique à souhait, cachait une dent de travers.

Et ils comprendraient que sans ses corsets habilement coupés son buste serait moins généreux qu'il n'y paraissait.

Pour l'instant cependant, en ce début de saison, tout allait bien.

Les messieurs s'agglutinaient autour d'elle, plus nombreux qu'elle ne l'aurait imaginé dans ses rêves les plus fous. D'ailleurs peut-être étaient-ils trop nombreux. Il y avait parmi eux des individus qui la courtisaient par réflexe, car ils s'empressaient systématiquement auprès des jeunes femmes qui avaient le vent en poupe. Il y avait aussi ceux qui gravitaient dans son orbite pour imiter leurs amis.

Ces attroupements la préoccupaient, dans la mesure où les deux gentlemen qu'elle avait dans sa ligne de mire n'étaient pas assez hardis pour rivaliser avec ses soupirants les plus exubérants, qui ne l'intéressaient pas. Mais elle n'osait pas les encourager trop ostensiblement.

Elle avait fixé son choix sur le vicomte de Firth et sur William Pitt, héritier du baron de Sunderley. Tous deux étaient fortunés, aimables, de tranquilles gentilshommes qui vivaient sur leurs terres et étaient pressés de fonder une famille.

Lord Firth avait dépassé la trentaine, sans être vraiment séduisant, il n'était pas désagréable à regarder. Un homme sympathique, quoiqu'un brin collet monté. Son épouse parviendrait sans doute à le diriger, à condition de lui laisser croire qu'elle se pliait à sa volonté.

M. Pitt, qui portait le lorgnon et un début de bedaine, était son favori. Elle le devinait plus malléable. Certes, il était moins riche que lord Firth, néanmoins, l'essentiel au bout du compte n'était pas la taille du gâteau, mais la part du gâteau dont elle disposerait.

M. Pitt ferait un époux des plus acceptables, elle en avait la certitude, malheureusement il était empoté. Il ne dansait pas, n'avait aucune prestance, et maîtrisait fort mal l'art de la conversation, ce qui le reléguait à la périphérie de la cour qui entourait Louisa – une place inconfortable à laquelle il s'accrochait pourtant.

Elle le plaignait. Si elle était sa femme, elle lui apprendrait à s'imposer. Ou bien, s'il détestait vraiment les mondanités, elle lui ferait une vie douillette à la campagne. Mais pour qu'elle puisse l'aider, il devait d'abord la conduire à l'autel.

C'était ce louable dessein qu'elle avait en tête, en cette soirée où lady Savarin donnait son bal annuel, voilà pourquoi elle redoublait d'efforts.

— Vous entendez, messieurs ? Le tonnerre gronde, dit-elle. À votre avis, risquons-nous d'avoir un été pluvieux ?

— Ce serait intolérable ! s'exclama un jeune dandy. La pluie ne devrait tomber qu'en hiver, quand tout est sinistre. Les étés anglais sont trop courts.

— Honteusement courts, renchérit son ami.

— Qu'en pensez-vous, monsieur Pitt ? demanda Louisa en se tournant vers sa proie. Je crois que vous vous intéressez beaucoup à la météorologie. Prévoyez-vous des intempéries pour les mois à venir ?

Il toussota, rosit d'émotion.

— Eh bien, mes observations jointes aux conditions atmosphériques actuelles me permettent de dire que...

— Suis-je tombé en pleine séance de la Royal Society ? claironna un dénommé Drummond. Mais non, puisque vous voilà, mademoiselle Cantwell. Ne laissez pas ces jeunes gens vous assommer avec ces sornettes. Les conditions atmosphériques... on s'en soucie comme de colin-tampon !

Face à tant de grossièreté, M. Pitt rentra dare-dare dans sa coquille. Louisa grogna intérieurement, mais réprima son agacement. Remettre Drummond à sa place serait imprudent et inutile. Il passait pour être l'arbitre des élégances de la bonne société, sans doute parce que tout le monde craignait d'être la cible d'une de ses critiques acerbes.

— Bonsoir, monsieur Drummond, le salua-t-elle d'un ton cordial. Nous parlions du temps, et M. Pitt allait nous exposer ses prévisions pour...

Elle espérait lui rabattre subtilement son clapet. Elle en fut pour ses frais, car il l'interrompit aussi :

— À quoi bon discuter du temps, puisque nous n'en sommes pas maîtres !

Le pauvre M. Pitt était maintenant rouge comme une écrevisse. Louisa grinça des dents. Drummond ne la courtisait pas vraiment, il se pavanait devant elle. Il croyait que pour paraître à son avantage, il suffisait d'écraser les autres sans vergogne.

— Pour ma part, je considère que l'étude des phénomènes météorologiques est très importante, déclara une voix inconnue, quelque part sur la droite de Louisa.

C'était une pique lancée à Drummond qui, étonnamment, ne se dressa pas sur ses ergots.

— Si vous le dites, Wren, marmonna-t-il.

— Merci, lord Wrenworth, bredouilla Pitt, éperdu de reconnaissance.

Le Gentleman Idéal en chair et en os. Dire qu'il ferait pour Louisa un excellent mari revenait à traiter un pur-sang de bête de somme. Il disposait au bas mot de deux cent mille livres par an. Outre cette sidérante fortune, il était séduisant, athlétique, charismatique et plein de tact.

Le prince charmant, sans aucun doute. Le Graal, quasiment.

Louisa ne s'était pas particulièrement démenée pour rencontrer le marquis – une femme raisonnable qui pouvait tout juste se payer un cabriolet ne passait pas son temps à rêver de calèche à six chevaux. Mais à présent qu'il était à proximité, elle ne se priverait pas d'examiner en détail ce parangon de perfection masculine.

Elle le ferait cependant en tapinois. Baissant les yeux, elle commença donc par les chaussures.

Elles ne sortaient pas de chez le bottier, et avaient vu deux saisons au moins, peut-être trois. Pourtant elles ne montraient aucun signe d'usure, elles paraissaient confortables, rien de plus. Méticuleusement ciré et lustré, le cuir en était aussi fin et souple qu'une seconde peau.

En comparaison, les souliers flambant neufs de M. Pitt avaient l'air de lui massacrer les pieds.

Louisa laissa courir un regard furtif le long du pantalon impeccablement repassé de lord Wrenworth, jusqu'à la flûte à champagne qu'il tenait à hauteur de sa taille. Elle semblait avoir, de son propre chef, sauté du buffet pour se nicher dans la main de lord Wrenworth.

Il portait à l'annulaire une chevalière ornée d'armoiries gravées dans un gros chaton en cornaline d'un splendide brun rouge. Le poignet mousquetaire immaculé de sa chemise – qui dépassait du centimètre requis de la manche de son habit de soirée – était fermé par un bouton de manchette.

En or, le bouton, et ouvragé, mais le motif était trop discret et elle était trop loin pour le distinguer.

Elle s'attardait exagérément sur son bras, elle en était consciente, parce qu'elle avait… peur – non, ce serait excessif, disons qu'elle craignait de regarder son visage.

C'était stupide. Quel effet pourrait-il produire sur une femme aussi pragmatique qu'elle ? Jamais elle n'avait eu la moindre aspiration romantique, si elle n'avait pas désespérément besoin d'un mari, elle aurait embrassé le célibat avec bonheur.

Elle leva donc le nez – autant en finir au plus vite. Et découvrit d'abord un profil aristocratique et une épaisse chevelure noire.

Puis, comme s'il avait senti qu'elle l'observait, il tourna la tête vers elle.

La peste soit de tous ceux qui lui avaient dit que le Gentleman Idéal était séduisant. La grotesque litote ! Il était absurdement beau. Un seul regard à ces yeux verts, sereins et pourtant ensorceleurs, et ces fameuses aspirations romantiques, dont elle se flattait de tout ignorer, la frappèrent avec la violence d'un boulet de canon.

— Mademoiselle Cantwell, intervint Drummond, permettez-moi de vous présenter mon très estimé ami, le marquis de Wrenworth.

Celui-ci s'inclina légèrement – avec élégance et une amabilité dénuée d'arrogance ou de condescendance.

— Enchanté, mademoiselle Cantwell.

L'impalpable sourire qui jouait sur ses lèvres faillit la transformer en une répugnante masse gélatineuse – une méduse échouée sur le sable. Comment se défendre contre semblable perfection ? Était-ce seulement possible ?

Elle le devait, pourtant. Elle avait une tâche à accomplir, pas question de pister lord Wrenworth d'un bout à l'autre de Londres dans l'espoir pitoyable qu'il la remarque.

Oh, il la remarquerait ! Et comme il était charitable et perspicace, il la pousserait gentiment vers des gentlemen plus accessibles, lui rappelant ainsi que son avenir et celui de sa famille dépendaient du mariage judicieux qu'elle ferait dans un avenir proche.

Mais comment atteindre son but, désormais ? Où puiser l'énergie de traquer lord Firth ou M. Pitt tout en les comparant sans cesse à l'inégalable lord Wrenworth ?

— Lord Wrenworth, dit-elle en esquissant une révérence.

Elle se redressa et croisa de nouveau son regard. Elle réussit néanmoins à énoncer quelques platitudes – *Oui, je suis enchantée de ma première saison. Hélas, non, ma famille n'a pas pu m'accompagner ! Eh bien, non, à vrai dire je ne trouve pas l'atmosphère de Londres si malsaine.*

Elle se tenait très droite, ce qui confinait à l'héroïsme, car son épine dorsale se liquéfiait vertèbre après vertèbre.

Elle avait du mal à respirer. Son cœur battait la chamade, une peur panique, vaguement délicieuse, lui fouettait le sang, colorant sa figure d'une rougeur impossible à contrôler et encore moins à dissimuler.

Et brusquement, une coulée de glace se répandit dans ses veines.

Elle n'aurait pu expliquer d'où lui venait cette certitude, lord Wrenworth ne s'étant à aucun moment départi de son exquise courtoisie, pourtant elle savait : il la trouvait ridicule, voire pathétique.

Les présentations achevées, Drummond recommença à parler de lui, et lord Wrenworth parut content que son ami lui ravisse la vedette. Il en profita pour faire la conversation à lady Tenwhestle, qui chaperonnait ce soir la fille de lady Balfour en plus de Louisa.

Il était si poli, si bien élevé, si galant... toutefois Louisa ne pouvait se défaire de l'urticante impression qu'il la méprisait, avec une hautaine désinvolture.

Comme si elle était une grenouille décidée à embrasser un prince. Et pas de ces grenouilles qui étaient en réalité des princesses victimes d'une malédiction, mais un vulgaire batracien, stupide et présomptueux.

Elle n'imaginait pas qu'on puisse se sentir aussi mortifié quand on n'avait essuyé aucune humiliation publique.

Au temps pour cet accès tardif de romantisme, cette explosion d'émotions intempestives. Tout cela ne rimait à rien.

Elle agita son éventail, un peu trop vigoureusement, et feignit d'écouter Drummond.

Lord Wrenworth ne lui adressa plus un traître mot. Mais au bout de quelques minutes, elle s'aperçut que, mine de rien, il l'observait.

Un moment plus tôt, elle en aurait été surexcitée et aurait illico tiré des plans sur la comète. À présent, elle était lucide : il se livrait à un examen clinique, une sorte de dissection, suscité par une banale curiosité intellectuelle.

Sous ce regard froid, elle avait la sensation d'être transparente. Il la voyait telle qu'elle était – une fille physiquement quelconque, à l'affût d'un mari fortuné.

Pourquoi cette réaction affolée alors qu'il s'était contenté de la saluer aimablement ? Personne ne semblait partager son malaise. Au contraire, ces messieurs, M. Pitt inclus, paraissaient ravis de côtoyer lord Wrenworth. Et lady Tenwhestle rayonnait littéralement.

Louisa, elle, était sur des charbons ardents, comme s'il l'avait prise la main dans le sac et qu'elle attendait de voir s'il utiliserait sa découverte contre elle.

Il ne leur tint compagnie qu'une dizaine de minutes, le temps que Drummond achève le panégyrique d'un de ses chevaux qui avait des chances de devenir le crack des champs de courses. Le marquis les pria de l'excuser, on l'attendait ailleurs. Dès qu'il eut disparu, Louisa put de nouveau respirer librement.

Drummond les quitta peu après, lorsque débarqua son ancienne maîtresse avec laquelle il était à couteaux tirés.

Louisa s'efforça de se ressaisir afin de ne pas gâcher un instant de son séjour à Londres. Quoiqu'elle n'ait guère progressé avec Jane Edwards, la sœur de lord Firth qui lui décochait des regards assassins, elle dansa deux fois avec Firth et s'assit à côté de lui au dîner. Plus gratifiant encore, elle réussit à inciter M. Pitt à lui décrire avec force détails l'hygromètre de conception italienne qu'il avait commandé pour ses travaux météorologiques.

Tout cela était plutôt satisfaisant. Mais lady Tenwhestle avait d'autres raisons de considérer cette soirée comme un succès.

— Je suis aux anges, ma chère Louisa ! s'exclamat-elle, quand elle eut refermé la portière de la calèche. Vous avez fait la connaissance de Wrenworth, il faut fêter l'événement.

— Cela me semble prématuré. Lord Wrenworth ne me voit pas du tout comme une fiancée potentielle, déclara Louisa, s'efforçant d'apparaître pragmatique plutôt qu'amère. D'ailleurs, il n'a manifesté aucun intérêt pour ma personne.

— Naturellement ! Compte tenu de son titre et de sa fortune, il serait idiot d'exprimer ostensiblement son intérêt pour telle ou telle jeune femme. Cela déclencherait des émeutes. Il n'empêche qu'il a passé dix longues minutes en votre compagnie. Quand je raconterai cela à mère, elle en sera enchantée.

— Mais c'est avec vous, madame, qu'il a passé tout ce temps.

— Une attitude des plus louables. Cet homme est très respectueux de l'étiquette, déclara lady Tenwhestle avec un hochement de tête approbateur. Quoi qu'il en soit, si l'on pense que lord Wrenworth a des vues sur vous, cela rendra votre main d'autant plus désirable.

La reine Victoria quitterait ses habits de deuil pour se remarier avant que lord Wrenworth déclare sa flamme à Louisa. Elle ne lui inspirait qu'un dédain blasé. Et si jamais on murmurait qu'il s'intéressait à elle, cela jouerait contre elle. Car comment le pauvre M. Pitt réagirait-il, si on lui racontait, à tort, que l'un des gentlemen les plus convoités du pays se rangeait au nombre de ses soupirants ?

C'était bien là la dernière chose qu'elle souhaitait.

N'est-ce pas ?

Quoique partiale, l'analyse que lady Tenwhestle faisait de l'attitude de Wrenworth avait éveillé en Louisa un soupçon d'espoir. Peut-être s'était-elle trompée. Peut-être lady Tenwhestle avait-elle raison. Peut-être Wenworth, malgré la piètre opinion qu'il avait d'elle, la trouvait-il attirante à sa façon.

« Écoute-toi, ma pauvre fille, lui souffla l'implacable voix intérieure qui ne perdait jamais le nord. Lady Tenwhestle est exagérément optimiste, et tu le sais. Ne bâtis pas tout un roman sur les sentiments de lord Wrenworth : il n'en a pas, du moins pas pour toi. Dans l'immédiat, concentre-toi sur ce qui est réalisable. »

Cette nuit-là, Louisa demeura longtemps devant la petite fenêtre de sa chambre, à contempler le ciel d'un noir d'encre, annonciateur de mauvais temps. Elle révisa consciencieusement ses plans, dit une prière pour que M. Pitt se jette à l'eau et lui fasse sa demande en mariage.

Elle allait se mettre au lit quand, tout là-haut, apparut une étoile solitaire et brillante. Alors subitement, et ce fut comme si une petite flamme s'allumait dans son cœur, elle repensa à lord Wrenworth.

Immobile lui aussi devant sa fenêtre – de bien plus grandes proportions –, Félix scrutait le même ciel nocturne. Il songeait à Mlle Cantwell.

Elle éveillait en lui un intérêt inattendu et plutôt délectable.

Onze ans auparavant, cette curiosité l'aurait alarmé. Mais, à l'époque, il n'était qu'un gamin dont les blessures étaient encore à vif et que le moindre souffle de vent déstabilisait.

Aujourd'hui il était le Gentleman Idéal, que les hommes admiraient et que les femmes désiraient. On prenait ses avis, on imitait son style.

Mlle Cantwell lui avait quasiment tourné le dos, ce qui l'intriguait au plus haut point. Cela pouvait arriver, naturellement, cependant un tel dédain de la part d'une jeune femme aussi insignifiante avait de quoi surprendre – car elle n'était pas, très loin de là, la débutante la plus remarquable qu'il ait vue depuis qu'il sortait dans le monde, ni même depuis le début de cette saison.

Certes, elle avait de beaux yeux et une jolie poitrine. Cela la rendait agréable à regarder, sans plus. Elle n'avait pas un physique extraordinaire et ne semblait pas se distinguer par un esprit particulièrement brillant. Elle n'avait pas non plus ce mystérieux pouvoir de séduction que possèdent certaines femmes, ce charme puissant, redoutable, qui prend un homme au ventre.

Au fil des ans, il avait rencontré des petites futées qui lui avaient témoigné de la froideur pour mieux le captiver. Mlle Cantwell jouait aussi la comédie, évidemment. Sans fortune et sans titre, elle feignait d'être à Londres pour son seul plaisir, sans arrière-pensée. Mais elle n'était pas assez bonne comédienne, il l'avait tout de suite démasquée. Néanmoins, la façon dont elle lui avait laissé voir son trouble l'avait étonné. Lorsque leurs regards s'étaient croisés, il avait quasiment entendu la marche nuptiale résonner aux oreilles de la demoiselle.

Puis soudain, l'émoi, l'engouement s'étaient évaporés – et il ne s'agissait pas d'un numéro de comédienne.

C'était précisément *cela* qui avait retenu son attention.

Incarner le Gentleman Idéal lui plaisait, et cela continuerait à l'amuser, il en avait la certitude, jusqu'à la fin de son existence. Cependant, parfois, il se sentait nerveux, vaguement insatisfait. Était-il vraiment si facile de duper son monde ? Était-il possible que personne ne perçoive son cynisme, son immoralité ? Quelqu'un aurait-il un jour le cran de lui dire qu'il n'avait rien d'un gentleman, ni d'un exemple à suivre ?

Mlle Cantwell ne se révélerait sans doute qu'un mirage, une jeune femme pareille aux autres, incapable de gratter le vernis pour découvrir ce qu'il dissimulait.

Toutefois, c'était décidé, il lui donnerait une chance, voire plusieurs, de lui prouver le contraire.

2

— Il nous faut découvrir chez qui il a été invité, ma chère. Ou plutôt, cela nous sera plus utile, quelles invitations il a acceptées. Car cet homme croule sous les invitations, et il n'est pas du genre à se disperser, déclara lady Balfour d'un ton péremptoire.

Louisa changea nerveusement de position sur la banquette du phaéton qui roulait dans les allées du parc. La rencontre datait déjà de trois jours, cependant lord Wrenworth demeurait au centre des conversations. Cela ne l'aidait pas à s'en tenir à sa résolution de l'effacer une bonne fois pour toutes de son esprit. Et cela ne faisait pas avancer ses affaires d'un pouce, car s'imaginer que lord Wrenworth pourrait la demander en mariage était pure chimère – cela ne servait à rien d'en parler, encore moins d'élaborer une quelconque stratégie. Convaincre lady Balfour de recevoir chez elle M. Pitt serait infiniment plus profitable.

— Vous ne pensez pas que lord Wrenworth préférera épouser une jeune femme nantie d'un pedigree plus reluisant ou d'un portefeuille mieux garni ? objecta Louisa pour la énième fois.

Lady Balfour émit un reniflement autoritaire.

— Sans doute. Mais décrocher la timbale, ma chère petite, c'est précisément cela : mettre le grappin sur un homme qui, en toute logique, devrait faire un meilleur choix.

Si Louisa avait encore eu dans la tête ses idées folles concernant le Gentleman Idéal, elle aurait protesté dans l'espoir qu'on la ramène à la raison, tout en étant secrètement ravie que sa marraine l'encourage à se lancer à la conquête du mari de ses rêves.

Mais elle ne voulait plus s'approcher de cet homme qui lui donnait l'impression d'être une arriviste et une femme vénale.

— Quand on parle du loup, chuchota soudain lady Balfour.

Lord Wrenworth était là, dans le tournant de Rotten Row, l'image même du fringant gentleman conduisant son élégant tilbury. Malgré elle, le cœur de Louisa manqua un battement. Tant de splendeur était admirable, aucun doute.

— Je croyais que les célibataires ne fréquentaient pas le parc l'après-midi, marmonna-t-elle avec irritation.

— En principe ils ne le font pas, rétorqua lady Balfour à voix basse.

Elle s'empressa de saluer lord Wrenworth. Les convenances interdisaient en effet à ce dernier d'approcher un phaéton conduit par des dames si celles-ci n'avaient pas remarqué sa présence.

À la surprise de Louisa, loin de se contenter de répondre à ce salut et de poursuivre son chemin, il vint ranger son tilbury contre leur voiture.

— Bonjour, lady Balfour. Mademoiselle Cantwell. Vous profitez de cette éclaircie pour vous promener ?

Louisa ne décela aucune inflexion particulière dans sa façon de prononcer son nom. En revanche, sitôt qu'il posa les yeux sur elle, il lui sembla être pelée comme un oignon, couche après couche – une expérience qui n'avait rien d'érotique, une sorte d'examen clinique, de ceux qui se pratiquent avec des gants et des pinces.

— En effet, répondit lady Balfour. Et vous, jeune homme, qu'est-ce qui vous amène ici ?

— Une impulsion, dit-il en souriant.

Face à deux grenouilles, il aurait eu le même sourire enjôleur, songea amèrement Louisa.

Il les quitta une minute après, ainsi que l'exigeait le savoir-vivre. Dès qu'il se fut éloigné, lady Balfour se fustigea de ne l'avoir pas interrogé sur ses projets pour les jours à venir. Elle n'alla cependant pas jusqu'à prétendre que cette rencontre n'était pas purement fortuite.

Louisa n'en ressentit pas moins des picotements le long de la colonne vertébrale.

Lady Balfour avait tort de s'accabler de reproches, car Félix se démenait pour les suivre à la trace.

Il aperçut Mlle Cantwell le lendemain, dans le salon surpeuplé de Mme Conrad. Elle mit un point d'honneur à ne pas regarder dans sa direction – du moins en eut-il l'impression.

Il la croisa à la fin de la même semaine, lors d'une joyeuse régate sur la Tamise. Lui-même ne faisait pas partie des rameurs, bien sûr. Il était sur un petit voilier en compagnie de quelques amis. Elle folâtrait et riait à gorge déployée quand elle le vit soudain. Aussitôt, sur son visage, la gaieté céda la place à la méfiance.

Il ne se trompait donc pas.

Elle ne l'appréciait pas du tout.

Cela le plongea dans un abîme de perplexité. Et, bizarrement, il en fut excité. Comment réagissait-on dans pareille situation ? Il ne pouvait certes pas se planter devant elle et lui dire tout à trac : « Bravo, ma belle, vous vous méfiez de moi, cela prouve que vous avez de la jugeote. »

Il reposa le livre qu'il était en train de feuilleter, un carnet de voyage en Asie. Il était presque 16 heures, on l'attendait à son club où il lui faudrait, telle la pythie, commenter les événements du jour. Il sortait de la librairie, située tout près de Piccadilly Circus, quand il tomba nez à nez avec le sujet de ses préoccupations.

Vêtue d'une toilette de velours émeraude, elle descendait d'une victoria dont la portière s'ornait des armoiries des Balfour.

— Je vais juste prendre ce qu'a commandé lady Balfour, j'en ai pour une minute, dit-elle d'une voix douce au cocher.

Elle pivota et se figea, les yeux écarquillés, comme si la malchance l'avait précipitée dans la gueule d'un loup aux crocs acérés.

Elle ne tarda cependant pas à reprendre ses esprits et lui décocha un sourire dépourvu de chaleur.

— Lord Wrenworth, comment allez-vous ?

— Très bien, merci. Et vous, mademoiselle Cantwell ?

Ôtant son gant, il lui tendit la main. Elle la serra sans conviction.

Alors, soudain, une rougeur colora ses joues.

— Très bien. Je fais quelques courses pour lady Balfour. Je ne voudrais pas vous retarder...

Tandis qu'elle s'engouffrait dans la librairie, il se dit que, contrairement à ce qu'il pensait, il ne lui était pas si indifférent. L'attirance qu'il avait remarquée lors de leur première rencontre, et qu'il croyait depuis définitivement dissipée, couvait toujours en elle, il l'aurait parié. Il la troublait.

Il vivait là une expérience tout à fait nouvelle : provoquer le désir d'une femme à qui, par ailleurs, il n'inspirait que du dédain.

Jusque-là, Mlle Cantwell avait été pour lui une énigme abstraite. À présent, et pour la première fois, elle éveillait en lui un appétit sexuel.

Une faim de loup.

— Ma chère Louisa, la chance nous sourit, déclara lady Balfour.

Louisa, qui avait une mèche de cheveux enroulée sur le fer à friser brûlant que maniait la femme de chambre, ne bougea pas un cil.

— Vraiment ? articula-t-elle.

— Figurez-vous que, cet après-midi, Tenwhestle était à son club. Et devinez qui a couru vers lui pour lui faire ses plus plates excuses ? Notre bon M. Pitt. Il est forcé de quitter Londres sur-le-champ.

— Oh, non ! Rien de grave, j'espère ?

Louisa attendait impatiemment cette soirée. Lady Balfour avait beau le juger trop ordinaire, lady Tenwhestle – qui soutenait Louisa dans son entreprise – avait pris l'initiative de convier Pitt à dîner. Elle avait décidé de le placer à côté de Louisa, afin qu'ils fassent plus ample connaissance, ce qui, espérait-elle, le pousserait enfin à déclarer sa flamme.

— Rien de grave, un problème avec la propriété familiale, si j'ai bien compris. Enfin bref, poursuivit lady Balfour, ce désistement mettait Tenwhestle dans l'embarras – sans M. Pitt, nous étions treize à table, rendez-vous compte. Tenwhestle s'est donc tourné vers le gentleman qui était près de lui, et lui a demandé si, par extraordinaire, il ne serait pas libre ce soir.

Lady Balfour était si visiblement aux anges qu'un terrible soupçon s'insinua dans l'esprit de Louisa.

— Quel gentleman ?

Lady Balfour ignora sa question.

— Ce monsieur a accepté cette invitation de dernière minute, poursuivit-elle. Il a même eu l'exquise amabilité de dire à Tenwhestle que son épouse ne devait surtout pas modifier son plan de table afin de lui réserver la place due à son rang. Il prendrait celle de M. Pitt, a-t-il dit, ce qui épargnerait un casse-tête à notre hôtesse.

— Je vois, murmura Louisa.

Lady Balfour semblait à deux doigts de tournoyer sur elle-même.

— Ce soir, vous serez assise à côté de lord Wrenworth ! Vous n'imaginez pas combien de mères se sont démenées pour obtenir ce privilège pour leurs filles. Et vous, qui n'avez même pas levé le petit doigt, vous l'avez ! Vous êtes assurément la jeune femme la plus chanceuse de Londres.

Sur quoi, lady Balfour s'en fut chercher son éventail, laissant Louise pétrifiée face à son reflet dans le miroir de sa coiffeuse. Elle s'était donné beaucoup de mal pour paraître attrayante, le corsage de sa robe était astucieusement ajusté et rembourré pour donner du volume à ses seins, lesquels semblaient à présent sur le point de jaillir hors de son décolleté.

Et il était malheureusement trop tard pour changer de toilette.

À la seconde où le regard de Wrenworth croisa le sien, dans le salon où les dames et les messieurs attendaient que la maîtresse de maison les apparie pour gagner la salle à manger, elle ressentit une cuisante humiliation.

Il n'était pas dupe.

Il savait qu'elle s'était parée pour séduire M. Pitt – la robe en soie d'une blancheur aveuglante, les boucles coquines, et ce satané décolleté qui donnait à ses seins l'allure de fesses de bébé roses et rondes.

Il savait qu'elle s'était composé une image de jeune fille pure, dans l'intention de susciter chez M. Pitt des idées tout à fait impures. Et il devinait même qu'elle était furieuse d'avoir fourni tant d'efforts pour rien.

Toutes ces pensées mortifiantes l'assaillirent avant même qu'il ne s'incline devant elle et dise :

— Bonsoir, mademoiselle Cantwell.

Pourquoi cet homme avait-il le pouvoir de la mettre dans tous ses états ? Qu'avait-il de si particulier ?

Les choses empirèrent encore lorsqu'elle dut poser la main sur son bras pour gagner la salle à manger. Il sentait délicieusement bon – une odeur de brise d'été après l'orage. Ses doigts effleuraient à peine sa manche, pourtant elle sentait ses muscles, sa force. Et quand il se pencha pour lui murmurer : « Vous êtes ravissante ce soir, mademoiselle Cantwell », elle eut des frissons partout.

— Séjournez-vous souvent à Londres, mademoiselle Cantwell ? lui demanda-t-il après le hors-d'œuvre.

Elle le regarda rompre, de ses longs doigts vigoureux, le petit pain posé près de son assiette.

— Non, monsieur, je n'y viens que rarement.

— Et où vivez-vous, si je ne suis pas indiscret ? s'enquit-il tout en maniant le couteau à beurre.

— Dans les Cotswolds, non loin de Cirencester.

— Si je ne m'abuse, c'est dans cette région que se trouve le domaine du comte de Wyden ?

— En effet, il est à une quinzaine de kilomètres.

Comme il ne répliquait pas, elle se sentit obligée d'ajouter :

— Mais nous ne connaissons pas vraiment la famille du comte.

La veuve et les filles d'un simple baronnet, désargentées de surcroît, ne frayaient pas avec un comte.

D'autres lui avaient posé le même genre de question sur les éminentes personnalités qui résidaient dans les Cotswolds. Elle avait admis tranquillement, et avec le sourire, qu'elle ne les fréquentait pas. Mais il n'était pas facile de demeurer d'humeur enjouée avec lord Wrenworth. Car il l'avait vue se pâmer littéralement devant lui.

Cet égarement passager ne l'avait pas perturbé, elle en était sûre. Mais quant à elle, elle n'avait pas l'habitude d'afficher ses émotions. Elle n'hésitait pas à confesser qu'elle adorait le chiot des voisins ou qu'une pluie incessante durant trois semaines la déprimait, mais tout ce qui, de près ou de loin, ressemblait à une émotion – ses craintes pour l'avenir de Matilda, la peur que cette saison mondaine à Londres ne se solde par un échec, l'angoisse de subir un nouvel accès de romantisme imbécile – tout cela devait, pour être supportable, demeurer enfoui dans le secret de son cœur, à l'abri des regards indiscrets.

Hélas, comment dissimuler quoi que ce fût à ces yeux, absurdement beaux, qui lui fouillaient l'âme ?

Elle se sentait acculée.

— Quel dommage, murmura-t-il. Je connais très bien les fils du comte. S'ils comptaient au nombre de vos relations, nous nous serions rencontrés beaucoup plus tôt.

Elle contemplait fixement son assiette, mais la douceur de sa voix, qui avait sur elle un effet déconcertant, l'incita à tourner la tête vers lui.

Aussitôt une onde de chaleur l'enveloppa. Comment avait-elle pu penser que le regard qu'il posait sur elle n'avait rien d'érotique ? Dans une autre vie, sûrement. Car pour l'heure, il faisait naître en elle des images fulgurantes. De corps nus... et, le ciel lui vienne en aide, d'actes contre nature.

Lorsqu'elle avait évalué ses chances sur le marché du mariage, il lui était immédiatement apparu que son décolleté nécessitait de sérieuses améliorations. Mais un corsage rembourré constituait-il une tricherie flagrante ? Cette question l'avait énormément tracassée.

Puis elle avait surpris une conversation entre sa mère et lady Balfour, cette dernière évoquant la nouvelle maîtresse de son beau-frère, le mouton noir de la famille. « Une petite chose plate comme une limande et qui n'est même pas jolie – mais il paraîtrait qu'elle accepte de se livrer à des actes contre nature. »

En grandissant, Louisa avait été autorisée à rendre visite, de loin en loin, à ses grand-tantes paternelles, deux sœurs qui habitaient un charmant cottage à Bournemouth, sur une falaise surplombant la mer. Louisa avait treize ans quand elle avait compris que les deux « demoiselles » avaient autrefois exercé le plus vieux métier du monde – en tandem, de surcroît.

Armées de jumelles de théâtre, les vieilles dames épiaient la partie de la plage réservée à la baignade des messieurs – qui plongeaient dans l'eau en tenue d'Adam – et gloussaient à qui mieux mieux. Les souvenirs qu'elles égrenaient, quand elles croyaient Louisa occupée à lire ou à jouer, lui avaient enseigné une foule de choses que sa mère aurait jugées parfaitement inconvenantes.

Notamment ces fameux actes contre nature qui se pratiquent dans un lit. Elle avait aussi appris qu'il existait des femmes capables de survivre à de tels actes sans rien perdre de leur bonne humeur.

Conclusion, si son futur mari découvrait qu'elle avait moins de poitrine que, dans sa crédulité, il ne l'avait cru, elle pourrait se racheter en assouplissant ses principes concernant la chambre à coucher – sans s'en porter plus mal, si elle se fiait à l'exemple de ses grands-tantes.

Elle s'était donc contentée d'étudier sous toutes les coutures les corsets et brassières disponibles dans la maison, cherchant comment perfectionner ces attirails sans se sculpter une silhouette grotesque.

Et n'avait plus repensé aux actes contre nature – jusqu'à ce soir.

Il n'y avait pourtant rien d'ouvertement lascif dans le regard qui l'enveloppait. Lady Balfour, qui observait discrètement la scène, semblait enchantée. Louisa, cependant, lisait dans ces yeux qui la transperçaient l'annonce d'une catastrophe.

Car lord Wrenworth savait qu'elle n'était pas aussi indifférente à sa séduction qu'elle s'efforçait de le paraître – pourquoi avait-il fallu qu'elle tombe sur lui devant la librairie ? Résultat, il s'amusait d'elle comme un chat d'une souris, et la poussait à se trahir.

— Aimeriez-vous que je vous les présente ? demanda-t-il.

Elle regardait ses mains qui reposaient sagement sur le bord de la table. Elle aurait pourtant juré qu'il l'avait touchée devant tous les convives.

— Me présenter... à qui ? bredouilla-t-elle.

— Les frères Marsden, les fils de lord Wyden, répondit-il avec une exquise gentillesse. Des jeunes gens charmants, l'un comme l'autre.

Il esquissa un sourire, manifestement ravi de la troubler au point de lui faire perdre le fil de la conversation.

Ce dîner s'annonçait comme le plus éprouvant de sa vie, comprit Louisa.

Ce dîner serait sans conteste le plus captivant de sa vie, songea Félix.

Et peut-être aussi le plus excitant.

Il ne devait pas laisser deviner son plaisir. Il avait pour règle de dissimuler ses sentiments et ses véritables opinions derrière une façade opaque d'amabilité. Mais sans doute Mlle Cantwell l'avait-elle percé à jour dès le début. Une autre jeune femme se serait évertuée à l'impressionner, tandis qu'elle cherchait simplement à se débarrasser de lui. Elle avait compris qu'il n'avait pas la moindre intention matrimoniale à son endroit.

Comment pouvait-elle espérer le décourager alors qu'elle était si visiblement en proie à une délectable agitation ? Ses seins ronds palpitaient, elle se cramponnait à ses couverts, et il entendait sa respiration saccadée.

Tout compte fait, elle était assez jolie. Une peau de pêche, un teint lumineux, un petit menton adorable. Et des yeux...

Elle s'échinait à ne pas le regarder. Mais il l'y obligeait, s'interrompant au milieu d'une phrase, réclamant ainsi son attention, la forçant à tourner la tête vers lui.

Et chaque fois qu'elle soutenait son regard, il la sentait tressaillir, comme s'il lui avait retroussé ses jupes. Puis la colère assombrissait ses prunelles, elle lui en voulait de produire tant d'effet sur elle, de la pousser à réagir violemment pour la seule raison qu'il en avait envie.

Alors un frisson le parcourait, délicieux, incomparable. Sa propre puissance le grisait.

Tout ce qu'il faisait dans la vie – hormis peut-être sa passion pour l'astronomie – était motivé par son obsession du pouvoir, de la maîtrise de soi, de l'aptitude à réduire les autres en esclavage tout en restant d'une indifférence sereine.

Et généralement, les autres se pliaient sans rechigner à sa volonté, ce qui lui permettait de conserver sa position de supériorité en amitié comme en amour.

Il n'avait jamais rencontré quelqu'un comme Mlle Cantwell, capable de résister. Ou plutôt, qui oscillait entre résistance et capitulation.

Elle était écartelée entre un besoin viscéral de le fuir et l'attraction non moins viscérale qu'il exerçait sur elle. Grâce à elle, il découvrait une facette du pouvoir à la saveur singulière.

Tant et si bien que, quand les dames eurent quitté la salle à manger, lui qui d'ordinaire prenait tout son temps pour déguster son cognac et fumer son cigare, se mit à piaffer d'impatience et à presser ces messieurs.

Lorsque les hommes rejoignirent enfin leurs compagnes au salon, il ne s'approcha pas d'elle – la manœuvre eût été trop évidente. Mais il s'arrangea pour qu'elle ait bien conscience qu'il l'observait.

Avec délectation…

D'épais nuages noirs masquaient de nouveau les étoiles. Immobile devant la fenêtre, Félix scrutait la nuit.

Il était rentré chez lui d'excellente humeur, songeant qu'il ne s'était pas senti aussi vivant depuis des lustres. Son euphorie commençait toutefois à se dissiper. La rue en contrebas semblait aussi déserte que le ciel. L'écho de ses pas résonna tristement dans la chambre quand il la traversa pour gagner le cabinet de toilette.

46

Il aspirait à quelque chose, qu'il n'aurait su définir ni même nommer.

Dans la salle de bains, son regard tomba sur un ouvrage de feu la marquise, dans un beau cadre doré. On pouvait admirer des travaux d'aiguille du même style disséminés dans la demeure londonienne de Félix ainsi que dans son manoir à la campagne – quel fils respectueux aurait l'idée de se débarrasser d'aussi remarquables souvenirs d'une mère bien-aimée ?

Il l'avait si souvent regardée broder durant la demi-heure qu'elle lui octroyait quotidiennement. Après sa mort, dans un premier temps, ces ouvrages encadrés avaient eu pour fonction de lui rappeler qu'il devait être vigilant afin de ne plus jamais connaître l'amertume d'un amour à sens unique. Peu à peu, ils s'étaient fondus dans le décor, et il ne leur avait plus accordé d'attention.

Mais à présent il examinait les points minuscules, minutieux, qui formaient une fleur de dahlia écarlate. L'un des derniers chefs-d'œuvre maternels. Il se revoyait debout près d'elle, une cigarette entre les doigts, ravi de se sentir adulte, sophistiqué, capable de la défier et de l'exaspérer, elle qui ne supportait pas le tabac.

Un an après elle disparaissait, et il découvrait qu'il s'était leurré, qu'il n'était pas délivré de la douleur de n'être pas aimé.

Le destin lui adressait-il un signal, l'incitant à se méfier de Mlle Cantwell comme elle se méfiait de lui ? Le plaisir qu'il éprouvait en sa compagnie n'était-il pas suspect ?

Il pivota et retourna dans la chambre.

Il savait ce qu'était l'amour. Ce qu'il éprouvait pour Mlle Cantwell en était aussi éloigné qu'un bloc d'argile l'était de la Vénus de Milo. L'amour était don de soi, tandis que lui voulait seulement prendre.

L'amour ennoblissait – du moins en théorie ; le désir que lui inspirait Mlle Cantwell, il en était à peu près sûr, ferait de lui un homme fort peu recommandable.

Elle ne lui causerait aucun tort. Pas question de renoncer à elle pour éviter quelque désastre imaginaire à venir. Restait juste à savoir comment il allait s'y prendre pour atteindre son but.

Naturellement, il ne l'épouserait pas. Il était respectueux de la tradition, or que serait un bon et solide mariage, conforme à ladite tradition, sans une dose d'hypocrisie ? Avec sa future épouse, il serait le Gentleman Idéal, avec Mlle Cantwell en revanche...

Il espérait que, d'ores et déjà, elle pensait le plus grand mal de lui, sinon elle risquait d'être surprise.

3

À Fielding House, le plafond de la salle de bal était d'un bleu roi qui tranchait avec le rouge audacieux des tentures. Le sol en marbre miroitait dans la lumière des trois lustres et de leurs neuf cents bougies, qui jetaient des reflets mouvants sur les lugubres tapisseries de maîtres flamands alignées sur les murs dans leurs cadres dorés. Quelques messieurs en frac et leurs compagnes en robes du soir aux couleurs pastel descendaient le grand escalier entre deux haies de fougères en pots.

La soirée commençait à peine, la plupart des invités étaient encore à l'opéra ou à des dîners, ici et là. Les musiciens jouaient en sourdine derrière un paravent japonais en soie, ils économisaient leurs forces pour tenir jusqu'au milieu de la nuit.

Mais lady Balfour, elle, quittait toujours sa loge à la fin du premier acte de *La Traviata*. Et donc Louisa se retrouvait à Fielding House à une heure relativement indue.

Assise près d'une fenêtre qui montait jusqu'au plafond, quelque huit mètres plus haut, les mains sagement nouées sur la jupe vert mousse de sa robe de bal

– une toilette empruntée –, elle révisait son plan d'attaque.

Une semaine avait passé depuis le dîner de lady Tenwhestle, M. Pitt était de retour à Londres. Il serait là ce soir, ainsi que lord Firth. Mais comment venir à bout de la sœur de ce dernier, Mlle Edwards ? Louisa avait beau se répandre en flatteries et autres amabilités, ce dragon continuait à la détester.

À côté d'elle, lady Balfour bavardait avec une douairière de ses amies. Toutes deux évoquaient avec nostalgie les canons de la mode d'antan. La silhouette féminine n'était-elle pas plus élégante à l'époque de la crinoline, lorsqu'une jupe volumineuse mettait en valeur la finesse de la taille ? Les tournures d'aujourd'hui donnaient beaucoup trop d'ampleur à la croupe des dames. Ces attirails étaient en outre bien peu fiables, on craignait toujours, si l'on restait assise un moment, qu'ils ne s'écrasent lamentablement.

Certes, la crinoline avait aussi ses inconvénients. Précéder un homme dans un escalier pouvait s'avérer périlleux. Et nul n'avait oublié cette réception où les jupons de lady Neville, qui se tenait près d'une cheminée, s'étaient enflammés sans qu'elle s'en rende compte.

— Monsieur le marquis de Wrenworth, claironna soudain, d'une voix de stentor, le majordome de lady Fielding.

Louisa sursauta.

— Ah, voilà ce cher marquis ! s'exclama lady Balfour, ravie. Il arrive bien tôt, n'est-ce pas ?

À plusieurs reprises, durant la semaine, Louisa avait fait un affreux cauchemar. Lord Wrenworth et elle se rencontraient dans un parc ou un dîner. Tout allait bien pour elle, cependant, à la seconde où elle posait les yeux sur lui, elle s'apercevait avec horreur qu'elle était nue comme un ver. Personne ne le remarquait, à part lui – et il en profitait pour s'approcher d'elle et la toucher d'une façon... inqualifiable.

Elle le regarda descendre les marches, élégant et désinvolte. Une onde brûlante la parcourut tandis que la peur lui nouait les entrailles. Lui imputer ses cauchemars, l'accuser de magie noire, l'aurait soulagée, hélas, il lui fallait admettre qu'elle avait une petite part de responsabilité.

C'était elle seule qui, la nuit dans son lit, se le représentait tapi dans l'ombre, tout-puissant, le regard à la fois concupiscent et cruel.

Il prit tout son temps, fit nonchalamment le tour de la salle de bal, avant de venir saluer lady Balfour et son amie, qu'il complimenta sur leur mine resplendissante et leur toilette exquise.

Louisa se raidit, retenant son souffle comme on le fait quand on est dans une voiture qui s'arrête brutalement.

— Oh, taisez-vous donc ! le tança lady Balfour qui frétillait de plaisir. Ne gaspillez pas votre charme pour de vieilles dames. Faites-en plutôt profiter les demoiselles, comme ma chère filleule que voici. Vous vous souvenez d'elle, j'en suis sûre.

Dans un premier temps, lady Balfour avait considéré le mariage de Louisa comme une œuvre de charité, puis elle avait pris sa petite-cousine en main et était à présent fermement résolue à lui trouver le meilleur parti de Londres. Cette enfant aurait des noces grandioses, ou elle ne s'appelait pas lady Balfour !

— Bien sûr. Mademoiselle Cantwell, fit-il.

Il ne lui adressa qu'un bref regard, réservant son sourire à lady Balfour.

— Votre filleule est une voisine de table tout à fait délicieuse, sa compagnie, chez lady Tenwhestle, m'a enchanté.

— Dans ce cas, jeune homme, vous lui devez une valse.

Et ce fut ainsi que Louisa se retrouva à tournoyer sur les dalles de marbre dans les bras de lord Wrenworth. Il avait habilement manœuvré pour l'obliger à danser avec lui – cela donnait à réfléchir.

Elle était d'autant plus perturbée qu'elle n'aurait pu expliquer pourquoi elle était convaincue d'avoir été manipulée. Simplement, son instinct le lui soufflait. Sans doute à tort, car après tout cet homme valsait de temps à autre avec des filles à marier – juste assez souvent pour causer une certaine effervescence parmi la gent féminine sans faire naître des espoirs déraisonnables.

Elle aurait payé cher pour savoir ce qu'il voulait d'elle. Et pourquoi.

— Cette toilette vous sied à ravir, mademoiselle Cantwell, dit-il.

— Merci, murmura-t-elle, plus que consciente de la pression légère de sa main au creux de ses reins.

— Elle vous va mieux qu'à lady Tenwhestle qui, si je ne m'abuse, la portait la saison dernière, ou peut-être celle d'avant.

Le mufle ! Cette remarque était indigne du gentleman qu'il prétendait être – à vrai dire, il devait avoir vendu son âme au diable pour que tout le monde voie en lui l'incarnation du parfait gentilhomme.

— Lady Tenwhestle a eu la générosité de me la prêter – celle-ci et d'autres, riposta Louisa crânement.

Il lui fit exécuter plusieurs tours complets sur elle-même, l'obligeant à se cramponner à son épaule, dont elle sentait la solidité sous ses doigts.

Dans son cauchemar, il la poussait, nue, contre un mur et l'y retenait d'une seule main...

— C'est un plaisir de danser avec vous, mademoiselle Cantwell, dit-il à voix basse. J'attends cela depuis des jours.

Elle ne put réprimer un frisson. Peuplait-elle ses songes, comme il hantait les siens ?

— Vraiment, monsieur ? rétorqua-t-elle, baissant les yeux.

— Vous n'êtes pas simplement charmante et gracieuse, n'est-ce pas, mademoiselle Cantwell ? Vous êtes aussi excessivement intelligente.

Que signifiait cette remarque ? Cet homme était décidément redoutable, une espèce d'engin explosif qui menaçait de la réduire en poussière au moindre instant d'inattention.

— Je ne mérite pas de tels compliments, milord.

— Oh que si, mademoiselle Cantwell ! Rares sont les débutantes qui partent à l'assaut du mariage avec autant de détermination et de ténacité, tout en paraissant aussi candides. Vous vous êtes longuement entraînée, je suppose ?

Elle manqua de trébucher, réussit par miracle à garder l'équilibre.

— Mon Dieu, monsieur, vous me jugez donc si calculatrice ?

Il braqua sur elle ses yeux clairs si fascinants.

— Oui, mademoiselle Cantwell, et j'admire les femmes qui ont de l'énergie et un esprit d'initiative. Mais je regrette que vous ne m'ayez pas consulté avant de vous lancer dans votre entreprise. Car, voyez-vous, si votre stratégie est assez judicieuse, vous n'avez pas suffisamment étudié vos cibles.

Pourquoi avait-elle l'impression qu'il songeait à l'embrasser ? Et pourquoi souhaitait-elle qu'il le fasse ? Il ne lui voulait que du mal.

— Je ne comprends pas de quoi vous parlez, lord Wrenworth.

— Je vais vous expliquer. Considérons M. Pitt, par exemple. À première vue, le patrimoine familial semble indiquer que la crise des prix agricoles a été surmontée avec succès. Les terres sont fertiles, les méthodes de culture modernes et efficaces. De plus, le baron Sunderley – le père de notre M. Pitt –, conscient qu'il est imprudent de mettre tous ses œufs dans le même panier, a investi dans d'autres secteurs.

» Hélas, je sais de source sûre qu'il a fait de mauvais placements et a perdu de grosses sommes tout récemment. Ce qui a contraint M. Pitt à quitter Londres quelques jours. Ses parents souhaitent depuis toujours qu'il épouse une jeune fille agréable, nantie de biens rentables ou d'une dot conséquente. Désormais, ce mariage devient obligatoire.

» Évidemment, M. Pitt n'a pas votre détermination, et il est beaucoup moins bien préparé que vous, mademoiselle Cantwell. Donc j'imagine qu'il restera dans votre sillage aussi longtemps qu'il le pourra. Mais il vous faut comprendre une chose : sa docilité naturelle, qui vous a séduite et ferait de lui un époux parfait, l'empêchera de s'opposer à la volonté de ses parents.

Louisa crispa les doigts sur le fin cachemire de l'habit de son cavalier. Si ce qu'il disait était vrai, cela porterait en effet un rude coup à son projet de mariage.

— Quant à lord Firth...

Cette fois, Louisa s'embrouilla les pieds. Qu'il ait perçu son intérêt pour M. Pitt, passe encore, mais comment avait-il deviné qu'elle avait lord Firth dans son collimateur ?

Il la remit doucement dans le bon sens, celui des aiguilles d'une montre, effectua un demi-tour.

— ... c'est le prototype du bon Anglais, fidèle à la Couronne, à la chasse au renard et à ses chiens courants. Ajoutons, pour parfaire le tableau, qu'il couche avec sa demi-sœur.

Louisa en demeura muette de saisissement. Elle n'était pas naïve au point d'ignorer certaines réalités de la vie. Cependant, découvrir que des personnes de sa connaissance se livraient à de tels actes... la choquait profondément.

Lord Firth, si guindé, si conservateur, serait *incestueux* ? Lord Wrenworth disait-il la vérité ? Mais pourquoi inventerait-il un mensonge aussi odieux ?

— Naturellement, je n'en aurais pas soufflé mot si vous résidiez à Londres. Votre séjour n'étant pas censé durer des mois, je ne voudrais pas que vous perdiez votre temps à cause de ces messieurs. Ils ne méritent pas que vous leur accordiez trop d'attention.

— Merci de votre sollicitude, monsieur. Permettez-moi cependant de vous dire que vous auriez peut-être dû garder le silence.

— Il y a des réputations en jeu, certes. Mais comment aurais-je pu me taire, ma chère mademoiselle Cantwell, sachant que vous risquiez d'être cruellement déçue à la fin de la saison ? Il s'agit de votre avenir, n'est-ce pas ?

La valse aurait dû s'achever, mais les musiciens continuaient à jouer, et Louisa n'avait d'autre choix que de tourbillonner sur la piste de danse avec lord Wrenworth.

Pour une raison incompréhensible, son désarroi semblait accroître le plaisir de la danse. La chaleur de cette main d'homme sur ses reins, l'odeur de brise marine qui émanait de lui, leurs corps qui se frôlaient, et eux qui tournoyaient, parfaitement accordés, au milieu des danseurs...

Lorsque les derniers accords retentirent enfin, lord Wrenworth lui offrit son bras et la ramena auprès de lady Balfour. Ses manières étaient irréprochables, comme toujours, mais elle savait maintenant qu'il jubilait intérieurement.

— Vous vous délectez de mes mésaventures, milord ? articula-t-elle, trop malheureuse pour être diplomate.

— Certainement pas, répondit-il, mais une lueur démoniaque s'était allumée au fond de ses yeux.

— Vous êtes aussi crédible qu'un loup qui promettrait à l'agneau de ne pas le croquer, rétorqua-t-elle avec plus de véhémence qu'elle ne l'aurait voulu.

Il se contenta de sourire.

Quand M. Pitt arriva, plus tard dans la soirée, il vint aussitôt présenter ses hommages à Louisa. Elle en fut d'abord soulagée, mais sa satisfaction fut de courte durée car, pour la première fois depuis qu'elle le connaissait, elle remarqua qu'il jetait de fréquents coups d'œil à une certaine Mlle Lovett.

Mlle Lovett était une héritière dont la dot, disait-on, comprenait de vastes propriétés à Bath et à Bristol. Et l'expression peinte sur la figure de M. Pitt, quand il la regardait, était celle d'un homme conscient de ne pas faire son devoir et qui redoute les conséquences de sa légèreté.

Lorsque lord Firth apparut en compagnie de sa sœur, Mlle Edwards, celle-ci décocha à Louisa, comme à l'accoutumée, un coup d'œil chargé de mépris. Auparavant, Louisa voyait en elle une sœur possessive qui s'amadouerait quand elle aurait trouvé un compagnon. À présent, la vérité lui sautait aux yeux : Mlle Edwards pressait un sein généreusement dévoilé contre le bras de son demi-frère. Et elle lui parlait à voix basse, la bouche sensuellement collée à son oreille.

L'attitude non d'une sœur exagérément affectueuse, mais d'une maîtresse malade de jalousie.

Comme si cette réalité qui lui tombait dessus ne suffisait pas, de qui croisa-t-elle le regard à cet instant précis ? De lord Wrenworth, bien sûr. Il était de l'autre côté de la salle de bal, et haussa le sourcil d'un air de dire : « N'avais-je pas raison ? »

Louisa quitta bientôt la soirée. La migraine lui vrillait les tempes, l'écœurement lui donnait la nausée. Lady Balfour, qui ignorait tout des derniers événements – la bienheureuse ! – décréta qu'elle s'était fort bien débrouillée.

— Valser avec lord Wrenworth, voilà un excellent motif de se réjouir.

Si lord Wrenworth ne lui avait pas menti, sans doute aurait-elle dû le remercier de lui avoir ouvert les yeux. Elle s'y refusait cependant, car il n'avait pas parlé pour lui venir en aide, mais pour la blesser.

Elle n'en dormit pas de la nuit. À l'aube elle se leva, bien décidée à se ressaisir.

Les auspices ne lui étaient malheureusement pas favorables. Les jeunes filles à marier étaient plus nombreuses que les gentlemen célibataires – qui, pour certains, préféraient garder leur liberté. En d'autres termes, un prétendant sérieux était un oiseau rare.

La saison battait son plein, les réceptions s'enchaînaient. Louisa dansait, faisait la conversation et s'efforçait d'évaluer les atouts de chaque mâle qu'on lui présentait. Manque de chance, ces hommes étaient eux aussi, pour la plupart, en quête d'une héritière ou du moins d'une épouse bien dotée. Et ceux qui ne songeaient pas à l'argent recherchaient une compagne de noble naissance ou, en tout cas, issue d'une famille autour de laquelle ne flottait pas un parfum de scandale.

Louisa en perdait le sommeil. Elle ressassait de sombres pensées et d'accablantes perspectives d'avenir. Mme Cantwell tenait à son statut social comme à la prunelle de ses yeux. Elle était une lady, et l'idée que ses filles soient contraintes de travailler pour vivre lui semblait inconcevable. Il n'en était absolument pas question.

Mais Mme Cantwell avait les moyens de faire la délicate. Elle bénéficiait d'une rente à vie. Un luxe dont ses filles étaient privées.

Si Louisa échouait dans sa mission londonienne, il lui faudrait trouver un emploi de toute urgence. Mme Cantwell n'aurait qu'à raconter que sa fille était partie vivre chez une lointaine cousine. Cela l'aiderait peut-être à digérer la chose.

Toutefois, si Louisa n'était plus là, qui s'occuperait des comptes et veillerait à maintenir l'équilibre, déjà précaire, du budget familial ? Cecilia et Julia étaient aussi dépensières que leur mère, de vrais paniers percés. L'argent que Louisa réussirait à économiser suffirait-il à payer leurs caprices ?

Et quand Mme Cantwell quitterait ce monde, toutes ses filles seraient forcées de travailler. Julia, qui n'envisageait même pas de devenir préceptrice ou demoiselle de compagnie, n'aurait pas le choix. Mais elle s'en sortirait.

En revanche, qui prendrait soin de Matilda ? Elle avait besoin de quelqu'un près d'elle en permanence, pour lui éviter de tomber dans l'escalier lors d'une crise ou de se noyer dans son bain.

Si Frederica acceptait de s'occuper d'elle, il leur faudrait un logement et des ressources suffisantes pour se nourrir et se vêtir. Louisa, Cecilia et Julia ne pouvaient prétendre à des emplois très rémunérateurs. Seraient-elles en mesure d'entretenir leurs deux sœurs ?

Sinon, qu'adviendrait-il de Matilda ?

Louisa n'en avait discuté qu'une seule fois avec elle, lorsque Matilda avait pris conscience de ce qui leur arriverait après la mort de leur mère. Elle lui avait juré que jamais elle ne l'abandonnerait.

Je veillerai sur toi, tu m'entends ? Ne t'inquiète plus. Tout ira bien. Tu verras.

Réussirait-elle à tenir sa promesse ?

4

Félix s'absenta de la capitale durant une semaine. Dès son retour à Londres, il se rendit au British Museum et s'installa dans la salle de lecture sous le célèbre dôme bleu et or. Il passa deux heures à compulser des piles de bouquins puis, pour se délasser, alla boire une tasse de thé.

Ce fut dans le décor quelconque de la buvette qu'il découvrit Mlle Louisa Cantwell, assise devant une assiette de sandwichs au concombre aussi minces que des gaufrettes. Elle était vêtue de velours vert – la robe qu'elle portait quand ils s'étaient rencontrés devant la librairie.

Félix cilla, craignant de l'avoir fait apparaître par la seule force de la pensée. Il s'était précipité à Huntington, son fief campagnard, pour ne pas risquer de manquer les nuits étoilées d'une semaine d'embellie au cœur d'un été particulièrement pluvieux. Un observateur avisé aurait cependant pu avancer l'hypothèse qu'il était parti pour se prouver à lui-même que s'éloigner de cette jeune femme ne lui faisait ni chaud ni froid.

Et, en effet, il s'était porté comme un charme. Ses observations astronomiques l'occupaient, et s'il songeait souvent à Mlle Cantwell – ce qui était normal, vu ses projets la concernant –, cela ne le perturbait pas le moins du monde.

Délaissant ses sandwichs, elle tripotait sa serviette, la roulait en tube, la déroulait pour la replier en triangle. Il la trouva plus jolie ainsi : distraite, grave, sans ce masque aimable qu'elle affichait en toutes circonstances tel un maquillage de théâtre.

Mais soudain quelque chose changea dans son attitude. Cessant de triturer la serviette, ses doigts glissèrent sur le tissu, lentement, sensuellement, puis froissèrent le lin blanc. Félix eut tout à coup la vision d'une femme amoureuse sur un lit et qui, dans sa jouissance, saisissait à pleines mains le drap immaculé.

Il sentit son souffle s'accélérer, ce qui le déconcerta. Elle avait le pouvoir de le troubler alors qu'elle n'était même pas consciente de sa présence.

À cette seconde, elle leva les yeux. Sa réaction le combla – elle avait l'air d'une musaraigne face à un cobra cracheur, fascinée par le prédateur et clouée sur place malgré sa volonté de fuir. Il aurait aimé capturer son expression pour la distiller et la conserver précieusement dans un flacon. Une goutte de cet élixir rendrait à un eunuque une virilité digne d'Hercule.

Il s'approcha à pas lents de sa table.

— Mademoiselle Cantwell, je ne m'attendais pas à vous voir ici. Quel plaisir...

La façon dont il prononça ce mot, en détachant les syllabes, le consterna. Heureusement, elle le sauva du ridicule en réagissant elle aussi de manière excessive. Ses pupilles se dilatèrent, une veine se mit à palpiter à la base de son cou, et une vive rougeur se répandit sur tout son visage.

Elle s'éclaircit la voix.

— Lord Wrenworth... nous pensions que vous étiez encore sur vos terres.

— Je ne peux pas me priver longtemps des distractions qu'offre Londres durant la saison. Puis-je me joindre à vous ?

Sans attendre de réponse, il s'assit en face d'elle et passa commande au serveur qui était accouru.

— Quel bon vent vous a amenée ici, dans la salle de lecture ? interrogea-t-il.

Il ne l'aurait pas imaginée en rat de bibliothèque. Cette buvette était pourtant réservée aux visiteurs munis d'un ticket d'accès à la salle de lecture. L'autre, ouverte à tous, se trouvait dans la galerie de l'Antiquité gréco-romaine, non loin de la statue de Mercure.

— La curiosité, tout simplement, répondit-elle.

Dommage qu'il soit interdit de sortir livres et manuscrits de la salle de lecture – cela lui aurait fourni des indices sur les raisons de sa présence au British Museum.

Elle feignait de détourner la tête, cependant il sentait son regard se promener furtivement sur lui, s'attarder sur son col, ses épaules, son bras, de plus en plus intense à mesure qu'il descendait le long de son torse.

Pour un peu, les sensations qu'elle faisait naître en lui, cette faim qui le tenaillait soudain, l'auraient inquiété. Heureusement qu'il contrôlait la situation.

Néanmoins, par précaution, il aborda le sujet qui ne manquerait pas de la refroidir.

— Alors, mademoiselle Cantwell, où en est votre chasse au mari ?

Son charmant visage se crispa. Et lui, qui se découvrait des penchants pervers, jugea cette mine fâchée, soupçonneuse, des plus stimulantes. La donzelle dissimulait un sacré caractère sous ses dehors placides.

— Vous n'ignorez pas, lord Wrenworth, combien il est difficile de conquérir le cœur d'un homme prospère quand on est une jeune fille sans fortune, pas particulièrement bien née, et qui n'a pas un physique extraordinaire.

— Allons, mademoiselle Cantwell, à cette période de l'année, Londres regorge de candidats tout à fait acceptables. Vous en avez rayé deux de votre liste, mais cela ne compromet nullement vos espoirs de faire un bon mariage.

— Vous parlez ainsi parce que vous n'avez pas à vous tracasser pour votre budget. Mais beaucoup de vos congénères ne roulent pas sur l'or.

— Je reconnais que, sur ce plan, j'ai de la chance. Je ne suis toutefois pas le seul.

— Certes, malheureusement le duc de Lexington est encore à l'université, de même que M. Marsden.

Elle avait creusé le sujet. Peu de gens savaient que le benjamin des fils Marsden hériterait de la fortune de son parrain.

— Et le marquis de Vere ? Lui n'est plus étudiant.

Elle arqua les sourcils. Elle avait conscience qu'il posait cette question pour voir jusqu'où elle était prête à aller, car le Tout-Londres considérait le marquis de Vere comme un sombre crétin.

— Eh bien, je l'épouserais volontiers. Il n'est pas désagréable à regarder et il a de la fortune. Hélas, il préfère les débutantes ravissantes et bien nanties ! Il ne s'est approché de moi qu'une fois, et en a profité pour renverser de la limonade sur ma robe.

— Et M. de Grey ? D'après ce que j'ai pu observer, il ne s'intéresse pas aux héritières.

— Je m'étonne que vous n'ayez pas remarqué de quelle façon il regarde sa belle-sœur. Il n'épousera personne tant qu'il ne sera pas guéri de son obsession. Or ce sera trop tard pour moi.

— Eh bien, il vous reste Roger Wells. Il désire ardemment un héritier. Si vous vous montriez gentille avec lui, je suis certain qu'il vous accorderait sa main.

Elle lui décocha un regard mauvais – il adorait la mettre en colère, cela lui donnait le sentiment d'être suprêmement doué.

— Vous vous moquez de moi, lord Wrenworth. Je ne veux pas épouser sir Roger, non pas tant à cause de la maladie dont il souffre et que je ne nommerai pas, mais parce que plusieurs informateurs fiables m'ont certifié qu'il a dilapidé sa fortune et qu'il est criblé de dettes.

— Vous l'auriez donc épousé s'il était toujours riche ?

— Non.

— Pourquoi ?

— Même s'il n'avait pas contracté ce mal honteux, mon opinion ne varierait pas : je le considère comme un individu méprisable. Je suis à Londres pour aider ma famille, pas pour me sacrifier. Je n'ai aucun goût pour le martyre.

— Et si, à la fin de la saison, vous n'avez pas d'autre choix ?

— Ma famille n'est tout de même pas dans la misère, monsieur. Nous ne risquons pas de nous retrouver à la rue. Ma mère est en bonne santé, elle a encore de belles années devant elle.

— Mais pas l'éternité. Quand elle aura quitté ce monde, qu'adviendra-t-il de votre sœur qui est épileptique ?

Elle tressaillit. Sans doute se demandait-elle comment il savait cela alors qu'elle n'en avait jamais soufflé mot.

— Nous prendrons soin d'elle, évidemment, dit-elle avec raideur.

— Vraiment ? Si vous deviez prendre un emploi de gouvernante ou de dame de compagnie, vous ne seriez pas autorisée à l'emmener avec vous. Or j'ai cru comprendre qu'elle avait en permanence besoin de quelqu'un auprès d'elle. Il vous faudrait par conséquent deux personnes pour veiller sur elle jour et nuit. Comment pensez-vous les rémunérer ?

Une ombre passa sur le visage de la jeune femme, cependant ce fut d'un ton résolument optimiste qu'elle répondit :

— Ce que Dieu prend d'une main, Il nous le rend de l'autre. J'ai trois autres sœurs en âge de se marier. Sans parler de Matilda elle-même qui est douce et ravissante, et pourrait bien rencontrer un gentleman qui tomberait amoureux d'elle. Il serait sûr de vivre avec elle un bonheur sans nuage.

— Vous y croyez sincèrement ?

Cette fois, elle plongea son regard dans le sien.

— Peut-être pas. Mais s'il n'est pas inconcevable pour moi de me marier sans amour, je n'ai pas l'intention de prendre un époux que je ne supporte pas.

Elle avait des yeux immenses et très légèrement tombants qui donnaient l'impression qu'elle était limpide, spontanée et sans une once de méfiance. Il commençait à comprendre pourquoi la plupart des gens la trouvaient délicieusement candide.

Et pourquoi M. Pitt et lord Firth la jugeaient attirante.

On se trompait pourtant sur son compte, car si elle n'était pas un requin, elle tenait en tout cas du dauphin : enjoué, gracieux, mais doté d'une intelligence féroce – un authentique prédateur.

Une créature captivante, même quand elle ne tremblait pas de désir, certes refoulé, pour lui.

— Alors… qu'êtes-vous prête à accepter ? murmura-t-il.

66

Ses lèvres s'entrouvrirent, elle paraissait avoir de la peine à respirer. Et soudain, il sentit entre eux cette tension érotique dont il avait désormais du mal à se passer.

Mais, avant qu'elle ait pu répondre, une voix lança :
— Wren !

Surpris, Félix tourna la tête et découvrit John Baxter qui s'avançait vers eux. Baxter était parfaitement inoffensif, mais il avait un défaut majeur : il était le neveu par alliance de lady Avery, une cancanière de première force.

Félix se leva pour lui serrer la main et lui présenta Mlle Cantwell.

— J'ai été fort étonné de rencontrer Mlle Cantwell ici, se hâta-t-il de dire. On ne voit pas souvent des jeunes femmes parmi les plus populaires au milieu des ouvrages poussiéreux de la salle de lecture.

Cela convaincrait Baxter, espérait-il, qu'il ne s'agissait pas d'un rendez-vous, ce qui était la stricte vérité. Car pour parvenir à ses fins, on devait impérativement le croire indifférent au charme de la demoiselle.

Baxter prit rapidement congé pour aller dévorer une assiette de sandwichs. Félix leva le camp tout de suite après, afin que Baxter soit témoin de son départ.

— Je suis moi aussi au regret de vous fausser compagnie, mademoiselle Cantwell. Les livres qui m'attendent sur ma table ne se liront pas tout seuls.

— Dites un mot pour moi au marquis de Vere, voulez-vous ? rétorqua-t-elle en guise d'au revoir. Je suis persuadée que je serais très heureuse avec lui.

Il opina, lui sourit aimablement.

— Je verrai ce que je peux faire.

Félix revit Louisa Cantwell deux jours plus tard, à l'Opéra. La loge de lady Balfour, à l'entracte, ne désemplit pas. Y firent un passage, entre autres, M. Pitt et lord Firth, celui que Félix considérait comme l'obstacle le plus sérieux à éliminer.

Dieu merci, la petite conversation qu'il avait eue avec Mlle Cantwell lors du bal des Fielding produisit l'effet escompté : elle se montra plutôt froide à l'égard de lord Firth qui, du coup, ne tarda pas à lever le camp.

Une autre fois, Félix la retrouva aux courses, ce qui lui permit de l'observer à loisir ; à vrai dire il lui accorda infiniment plus d'attention qu'aux chevaux, y compris les siens. Elle était en beauté, possédait une gaieté et un entrain communicatifs, si bien que les hommes se bousculaient pour lui présenter leurs hommages.

Tel était le triste lot d'une jolie jeune femme désargentée : les mâles prenaient plaisir à la guigner et à lui tenir compagnie, mais ils n'avaient pas le courage de lui passer la bague au doigt. Ils lui préféraient une fille mieux dotée qui mettrait du beurre dans leurs épinards et leur donnerait l'assurance de ne jamais descendre l'échelle sociale fût-ce d'un petit barreau.

Louisa Cantwell ne ferait pas exception à la règle, Félix en avait la certitude. Néanmoins, chaque fois qu'un possible postulant au mariage venait la saluer, il se crispait, ce qui ne lui ressemblait pas. Deux hommes en particulier, Peterson et Featherington, le tracassèrent durant des jours.

Rejeton d'un riche industriel, le premier avait de quoi entretenir une douzaine de belles-sœurs épileptiques. Félix dut mener l'enquête pour découvrir que Peterson avait ordre d'épouser une aristocrate, fille de comte voire de duc, faute de quoi on lui couperait les vivres.

Featherington, un propriétaire terrien jouissant d'un revenu de huit mille livres, lui fit perdre le sommeil. Il fut sauvé de l'insomnie en apprenant que le bougre se servait sans vergogne de Mlle Cantwell pour rendre une autre femme jalouse.

L'intense soulagement qu'il éprouva en lisant dans le journal l'annonce des fiançailles de Featherington le plongea dans un abîme de perplexité. Il en conclut cependant que de telles réactions étaient naturelles chez un homme qui n'avait plus l'habitude de l'échec et n'envisageait même pas la possibilité de manquer son but.

Qu'il soit tendu, crispé, était tout à fait normal : son plan lui tenait à cœur, il y consacrait beaucoup d'efforts.

Il jugea toutefois nécessaire de le modifier. La date limite qu'il s'était fixée – fin juillet, trois jours avant son départ de Londres – ne convenait plus. Attendre si longtemps ne serait pas raisonnable, son entreprise comportant trop d'aléas. On ne pouvait exclure, par exemple, la survenue de quelque prince charmant juché sur son blanc destrier. C'était certes improbable, cependant Félix préférait ne pas courir le risque.

Il était temps de passer à l'action.

Félix décida d'agir lors du pique-nique organisé par lady Tenwhestle, auquel Mlle Cantwell participerait forcément.

Il faisait un temps magnifique. Le ciel, lavé par l'orage de la nuit, était d'un bleu pur où flottaient quelques nuages blancs pareils à des houppettes duveteuses.

Vêtue d'une robe de mousseline ivoire, Louisa Cantwell jouait au croquet avec d'autres jeunes femmes. À l'évidence, elle était novice et maniait maladroitement le maillet. Pourtant, durant toute la partie, elle se débrouilla pour éviter – quand elle marchait, se penchait, se redressait – les postures disgracieuses.

Cela exigeait de la discipline, de la concentration et une volonté inflexible. C'en était presque admirable.

Félix patienta, prit part à un match de cricket. Il effectua une série de lancers qui furent applaudis, puis s'assit dans l'herbe avec quelques membres de sa coterie habituelle. Quand ils eurent l'estomac plein, les jeunes gens décidèrent de jouer à colin-maillard.

Louisa Cantwell ne les suivit pas, ce qui fournit à Félix l'ouverture qu'il attendait. Dès que ses amis se furent éloignés, il s'en alla rôder du côté de la couverture sur laquelle trônait lady Balfour.

Celle-ci, comme il le prévoyait, lui fit signe d'approcher. Il s'empressa d'obéir – se dérober eût été grossier.

— Lady Balfour, mademoiselle Cantwell, comment allez-vous ?

Son ombrelle en dentelle ivoire sur l'épaule, elle saisit une grappe de raisin. Elle gardait les yeux baissés, la modestie faite femme.

Il remarqua toutefois qu'elle déglutissait avec difficulté, avant même de croquer un grain de raisin.

Malgré les deux ou trois mètres qui les séparaient, elle était dans tous ses états. Il en conçut un plaisir énorme, qui le grisa. Une réaction peut-être disproportionnée, mais il ne s'y arrêta pas. Cela n'avait rien d'alarmant.

Lady Balfour toussota, fronçant les sourcils d'un air faussement sévère.

— Nous allions extraordinairement bien, jeune homme, jusqu'à ce que je m'aperçoive que vous n'aviez pas complimenté ma filleule pour sa toilette.

Il commençait à éprouver une réelle affection pour la vieille dame, qui se démenait pour sa protégée.

— Je suis impardonnable, admit-il d'un ton léger. Mademoiselle Cantwell, me permettez-vous de dire que vous êtes absolument ravissante ?

Les joues roses, elle leva vers lui des yeux étonnamment brillants. Il y lut non pas le trouble qu'il espérait, mais de l'angoisse. Elle était donc lucide, elle sentait que, les jours passant, le beau mariage dont elle rêvait lui filait entre les doigts.

À sa stupeur, il en eut un pincement au cœur. Une bouffée de culpabilité, trop fugace cependant pour qu'il reconsidère son plan.

— Vous êtes trop aimable, monsieur, murmura-t-elle.

— Voyons, Louisa ! gronda lady Balfour. Surtout, ne le remerciez pas. Lord Wrenworth a manqué à la courtoisie, il a commis un faux pas. Il doit se racheter en vous emmenant faire une promenade dans le parc.

Eût-il soudoyé lady Balfour qu'elle n'aurait pas mieux défendu ses intérêts. Il réprima un sourire.

La jeune femme objecta aussitôt :

— Je suis sûre que lord Wrenworth n'avait pas...

— Je suis prêt à commettre une multitude de faux pas à l'avenir si le châtiment doit être aussi agréable, coupa-t-il. Mademoiselle Cantwell, m'accorderez-vous le plaisir de votre compagnie ?

— Accordé ! trancha lady Balfour. Et maintenant déguerpissez, pour parler comme les jeunes gens d'aujourd'hui.

— Vous ne devriez pas lui donner de faux espoirs, dit Louisa Cantwell dès qu'ils se furent éloignés.

Elle avait une démarche de reine ; elle semblait glisser sur le sol, avec une ondulation des hanches discrète mais suffisante pour attirer le regard.

— Sincèrement, je vous assure que je n'ai rien fait pour donner le moindre espoir à lady Balfour, rétorqua-t-il avec un brin de suffisance.

Qui n'échappa pas à sa compagne.

— Certes. À la fin de la saison, quand elle s'étonnera que vous ne me demandiez pas ma main, elle s'apercevra que chaque fois que nous avons passé un moment en tête à tête, vous vous y êtes résigné par courtoisie envers elle ou lady Tenwhestle. Sans elles, vous n'auriez pas recherché ma compagnie spontanément.

— Vous conviendrez qu'un homme dans ma position doit faire son possible pour éviter un mariage accidentel.

Elle fit tourner le manche de son ombrelle.

— Aucun doute, au bout du compte, on vous jugera irréprochable. Mais vous ne réussirez pas à me convaincre que vous n'êtes pas conscient de faire naître des espoirs dans le cœur de lady Balfour.

— Du moment que ce n'est pas dans votre cœur que je fais naître ces espoirs, je m'estime pardonnable, répliqua-t-il, suave. N'est-ce pas ?

— Je ne prétends pas comprendre ce qui suscite l'intérêt que vous me montrez, je sais juste qu'il n'est pas de celui qui conduit à l'autel.

La petite maligne.

— Alors je n'ai rien à craindre, déclara-t-il, et il la gratifia d'un sourire éblouissant.

Ils passèrent près des jeunes gens qui jouaient à colin-maillard. M. Pitt faisait partie du groupe, il ne quittait pas Mlle Lovett d'une semelle, et glissa un regard mélancolique à Louisa Cantwell.

— Il ne vous a pas... commença Félix.

— Non, répondit-elle simplement.

— Quel dommage ! Lorsque les membres du Parlement décidèrent d'abroger les lois sur le commerce

72

des céréales et d'instaurer ainsi le libre-échange, ces messieurs n'imaginaient pas qu'ils mettraient un jour en péril vos projets de mariage.

— Vous oubliez les messieurs qui ont modernisé le matériel agricole, et ont rendu les trains et les bateaux à vapeur plus rapides à moindre coût, répliqua-t-elle sombrement. Eux non plus n'ont pas pensé qu'ils appauvriraient les propriétaires terriens d'Angleterre qui, sans eux, auraient été de parfaits maris pour des jeunes femmes comme moi.

— Il semblerait que l'histoire politique récente, les progrès de la science et de la technologie conspirent contre vous.

— J'en ai bien l'impression.

Elle resta un instant silencieuse, puis :

— Pour quelle raison, au juste, vous intéressez-vous tellement à mes perspectives matrimoniales ? Vous ne souhaitez pas m'épouser, donc la raison n'est pas là. Malgré nos discussions à cœur ouvert sur ce sujet, vous n'êtes pas mon ami, par conséquent la raison de votre intérêt n'est pas là non plus. Mais, j'ai beau réfléchir, aucune autre hypothèse ne me vient à l'esprit.

Une attaque directe, enfin. Mlle Cantwell et lui seraient bientôt intimes.

— Vous consacrez beaucoup de temps à analyser mes motivations ?

L'ombrelle de la jeune femme tourna plus vite.

— Il m'arrive d'y penser. Vous êtes content ?

Oui, plus que tu ne l'imagines.

— Je ne suis pas mécontent.

— Et la malchance qui me poursuit – mon incapacité à trouver un prétendant sérieux – vous fait également plaisir ?

Elle n'y allait pas de main morte. Qu'elle soupçonne le Gentleman Idéal de se réjouir du malheur d'autrui l'amusait.

— Si tel était le cas, mademoiselle Cantwell, je serais un odieux personnage.

— Mais je ne me trompe pas, n'est-ce pas ? insista-t-elle en regardant droit devant elle. Cela vous amuse de me voir m'embourber de cette manière.

Prévenant, il écarta une basse branche qui risquait de griffer son joli visage.

— Il serait inexact de dire que cela m'amuse. En revanche, je ne nie pas que cela m'offre une opportunité non négligeable.

— Je ne saisis pas en quoi l'impossibilité où je suis de me marier vous serait profitable, rétorqua-t-elle en lui coulant un regard méfiant.

— J'ai fait quelques petits calculs concernant votre situation future, si vous deviez rentrer chez vous à la fin de la saison sans être fiancée.

— Et ces calculs vous ont-ils inspiré de la compassion ou du dédain ?

— Il m'est apparu que la somme nécessaire pour assurer à vos sœurs et à vous-même un confort raisonnable, voire un certain luxe, est en réalité insignifiante.

— Je suis consciente, milord, que votre revenu quotidien suffirait largement à loger, nourrir et habiller ma famille durant une année entière. Mais les hommes riches n'ont pas fait fortune en secourant les dames démunies, et croyez bien que je le déplore.

La bougresse avait la dent dure. Quel délice !

— Ils ne les financent pas par pure bonté d'âme, je le reconnais. Néanmoins, je serais disposé à vous offrir la somme en question, moyennant une contre-partie honnête.

Elle s'arrêta, le dévisagea. Il eut du mal à réprimer un sourire.

— Continuez à marcher, mademoiselle Cantwell. Je vois que votre esprit s'est déjà engagé dans une certaine direction.

Elle se força à avancer, quoique d'un pas un peu chancelant.

— Y a-t-il d'autres directions possibles pour ces choses-là ?

— Je vous accorde qu'il n'y en a pas beaucoup. Aussi je n'irai pas par quatre chemins : je vous donnerai une belle maison à proximité de votre actuelle résidence familiale. Vous en ferez ce que vous voudrez, je vous conseille toutefois de la louer. Cela vous procurera un revenu qui s'ajoutera à la rente annuelle de mille livres que je vous verserai jusqu'à la fin de vos jours.

De nouveau, elle s'arrêta net.

— Tout cela pour... coucher avec vous ?

— Pour le plaisir de votre compagnie.

Elle le regardait, refrénant visiblement une envie folle de lui casser son ombrelle sur le crâne.

— Non.

Il avait naturellement prévu qu'elle rejetterait d'emblée sa proposition. Elle était offensée, indignée, il s'y attendait. Son but, dans l'immédiat, n'était pas de lui arracher un consentement, mais de planter dans son esprit une sournoise petite graine, une idée qui ne manquerait pas d'y germer.

— Pourquoi non ? s'enquit-il d'un ton anodin, comme s'il lui avait demandé, non pas de se vendre, mais de faire une partie de tennis avec lui.

Sa question la laissa médusée. Quand elle retrouva l'usage de la parole, elle articula d'une voix sifflante :

— Je ne sacrifierai pas ma réputation. Je ne déshonorerai pas ma famille.

— Qui vous parle de déshonneur ? Vous ne pensez tout de même pas que j'envisage de faire d'une demoiselle on ne peut plus respectable une créature déchue ?

— Dans ce cas, qu'avez-vous en tête, concrètement ?

Il avait également prévu qu'elle soulèverait des objections d'ordre moral. N'empêche qu'ils en étaient déjà aux considérations pratiques, ce qui le comblait d'aise. Les choses allaient bon train.

— Oh, c'est très simple ! Deux fois par an, je reçois tous mes amis dans mon manoir à la campagne. La fête dure environ deux semaines. Je vous inviterai et je vous trouverai un chaperon – puis je ferai en sorte que ledit chaperon soit trop occupé pour vous surveiller.

Elle battit des paupières, interloquée.

— Ce que vous me proposez est insensé, souffla-t-elle. Les jeunes femmes qui se respectent ne frayent pas avec les hommes... de cette façon. Elles pensent aux conséquences. Qu'arriverait-il si je...

Elle s'interrompit, rougit.

— ... si je tombais enceinte ?

— Qui parle de procréer ?

Elle resta un instant bouche bée, puis rougit de plus belle.

— Vous comptez donc vous livrer à des actes... contre nature ?

— Parce que selon vous, rétorqua-t-il avec un petit rire, des rapports amoureux qui ne mettent pas une jeune femme respectable en danger de concevoir un enfant sont contre nature ?

Elle prit une profonde inspiration, crispa les doigts sur le manche de son ombrelle.

— Je n'avais pas une très haute opinion de vous, lord Wrenworth, mais je ne vous croyais pas aussi obscène.

Elle était scandalisée, il était ravi.

— Je vous concède que ma proposition manque de délicatesse, vous lui auriez sans doute préféré un bouquet de roses ou un poème joliment troussé. Mais cette offre épargnera à Mlle Matilda de croupir dans un hospice et à vos autres sœurs de faire des pieds et des mains pour garder un toit au-dessus de la tête.

— Matilda n'ira jamais à l'hospice ! riposta-t-elle avec véhémence. C'est une jeune fille adorable, et nous avons des parents qui seront heureux de l'accueillir chez eux.

— À quels parents pensez-vous ? Lady Balfour ne vivra peut-être pas beaucoup plus longtemps que votre mère. Et même si l'une de ses filles accepte de se charger d'une invalide dont il faut s'occuper jour et nuit, croyez-vous que son mari sera du même avis ? Prendrez-vous le risque de miser sur leur bienveillance, quand vous pouvez tabler sur une coquette pension, plus une belle demeure ?

Une idée affreuse frappa soudain Louisa.

— Vous n'en êtes pas à votre coup d'essai, n'est-ce pas ? Ce n'est pas la première fois que vous tentez d'inciter une femme aux prises avec des embarras pécuniaires à se prostituer.

Cette accusation parut le choquer.

— Mais pas du tout.

— Alors, pourquoi moi ?

Il la regarda au fond des yeux.

— Parce que je n'ai jamais été désiré si ardemment par une femme qui me déteste à ce point. J'aimerais vivre pleinement cette expérience.

Bonté divine, il avait des yeux magnifiques. Qu'il aille au diable ! Et que le Tout-Puissant veuille bien expliquer pourquoi Il prenait un malin plaisir à dissimuler les âmes corrompues derrière une splendide apparence.

— Vous n'êtes pas normal, maugréa-t-elle.

— Un aristocrate dégénéré... quelle horreur, murmura-t-il sans le moindre repentir.

Il assumait sa bassesse avec une gaieté sidérante. Le Gentleman Idéal ? Quelle farce !

— Vous êtes probablement la femme la plus rationnelle, la plus pragmatique qu'il m'ait été donné de rencontrer. Réfléchissez à ce que je vous offre. La sécurité pour Mlle Matilda, bien sûr, mais pas seulement. Vous n'aurez pas à supporter un mari que vous n'aimez pas. Onze mois par an, vous mènerez une existence agréable sans subir la présence importune d'un conjoint. Vous serez libre de voyager, si cela vous chante, ou de vous cloîtrer chez vous. Ou encore de passer toutes vos journées dans la salle de lecture du British Museum.

» Quel époux vous accordera pareille liberté ? Qui se montrera plus généreux sur le plan financier ? Et, même s'il est parfait par ailleurs, quel mari vous permettra d'être vous-même, c'est-à-dire dotée d'un esprit calculateur et d'un caractère qui n'est pas dénué d'aspérités ?

Cet homme était le serpent de la Genèse, il en avait la langue fourchue.

— Non, répéta-t-elle, quoique moins spontanément.

Il haussa un sourcil.

— Pas même pour votre chère Matilda ?

— Ma chère Matilda ne voudrait pas que je tombe dans un tel avilissement à cause d'elle.

— Vous êtes si sûre de son amour pour vous ?

— Oui. Du reste, si elle ne m'aimait pas, pourquoi me sacrifierais-je pour elle ?

— Bien dit, reconnut-il en souriant.

Elle en fut réchauffée – sensation sans aucun rapport avec cette discussion inconvenante, mais due au fait qu'il approuvait ce que le monde considérerait certainement comme de l'égoïsme de sa part.

Car elle pensait à elle, elle avait l'instinct de conservation. Elle le cachait soigneusement, même sa mère et ses sœurs ignoraient cette facette de sa personnalité – elles croyaient que leur Louisa, si bonne, si effacée, ferait n'importe quoi pour sa famille.

Lui l'acceptait telle qu'elle était. En réalité, il semblait apprécier davantage ses défauts que les quelques vertus dont elle pouvait se targuer.

— Laissez-moi vous expliquer en détail les gains que vous tireriez de notre arrangement, reprit-il. La demeure que je vous donnerais rapporte actuellement cinq cents livres par an. Imaginez tout ce que vous pourriez faire avec cette somme. Et au plaisir que vous auriez à regarder s'arrondir votre capital.

Cela lui plairait en effet beaucoup, elle devait l'admettre. Elle évaluerait ses revenus mensuels – rente, intérêts et peut-être dividendes des placements qu'elle ferait, sans prendre de risques inconsidérés. Une satisfaction qui lui était refusée depuis que les Cantwell s'étaient appauvris. Ensuite elle calculerait combien, une fois tous les frais réglés, il lui restait d'argent, et ces économies, cette poire pour la soif, lui mettrait le cœur en fête.

— Milord, dit-elle, et cette fois elle eut du mal à garder un ton catégorique, l'homme qui partagera ma couche m'aura d'abord épousée. Cette règle vaut également pour vous.

— Vous me tentez, hélas, je ne projette pas de me marier. Y aurait-il un autre argument susceptible de vous inciter à céder ?

Elle eut soudain l'impression que ses yeux se dessillaient, que la situation lui apparaissait clairement. Tout cela n'était pour lui qu'un jeu.

D'abord, il lui demandait de renoncer à ce qu'elle avait de plus précieux, tandis que lui, en échange, déboursait une somme négligeable – ainsi qu'il l'avait lui-même admis.

Ensuite, le refus qu'elle lui opposait ne le décourageait pas. Il s'était donné quelques semaines, d'ici la fin de la saison, pour saper sa résistance. Et il allait savourer ce processus comme le baron de Rothschild savourait la meilleure cuvée de son château-lafite.

Enfin, il y avait forcément un moyen de le battre à son propre jeu. Mais comment ? En faisant monter les enchères ? En réclamant deux maisons au lieu d'une, et deux mille livres de rente ?

Mais le voulait-elle vraiment ? Il n'exigeait certes que quatre semaines par an, mais elle n'était pas naïve au point de croire que, s'ils devenaient amants, elle serait capable de le chasser de son esprit le reste du temps.

Quatre murs et une bourse bien garnie valaient-ils qu'elle devienne son esclave ?

« Et n'oublie pas la jalousie, lui chuchota une petite voix intérieure. Car tu n'y couperas pas. Tu n'imagines tout de même pas qu'il restera chaste onze mois sur douze ? Il collectionnera les aventures et, naturellement, il finira par se marier. Il y aura une lady Wrenworth, mais ce ne sera pas toi. »

À cette pensée, il lui sembla que son cœur s'engourdissait. Elle imaginait déjà la suite : un jour, alors qu'elle approcherait les quarante ans et qu'il serait lassé d'elle, ils se rencontreraient par hasard dans un dîner ou au cours d'une promenade au parc. Un sourire narquois aux lèvres, il présenterait son ancien jouet – devenu une pauvre chose fripée – à son épouse qui serait évidemment jeune, belle et fraîche.

— Ai-je mentionné que je suis un amant attentionné et, paraît-il, habile ? précisa-t-il, la ramenant au présent.

— Je n'en doute pas, concéda-t-elle. En fait…

Elle n'acheva pas sa phrase.

— Oui ?

Elle avait failli évoquer les rêveries érotiques qui l'assaillaient toutes les nuits. En d'autres circonstances, c'eût été une bourde colossale. Mais lord Wrenworth se souciait peu des convenances.

— En fait, répéta-t-elle avant de se jeter à l'eau, le soir, quand je suis couchée, j'imagine que vous m'épiez, tapi dans l'ombre. Et lorsque je réussis enfin à m'endormir, je rêve que je suis nue devant vous, que je suis incapable de vous empêcher de prendre... certaines libertés.

Cette fois, ce fut lui qui resta bouche bée. Un bref instant.

— Mademoiselle Cantwell, chercheriez-vous à m'exciter ?

Le cœur de Louisa cognait dans sa poitrine, le sang lui rugissait aux oreilles.

— Je me contente de dire la vérité. Je me méprise d'être incapable de lutter contre ce désir insensé. Mais folie ou pas, je sais que jusqu'à la fin de mes jours je rêverai d'être dans vos bras.

Les yeux de lord Wrenworth s'assombrirent, sa main se crispa sur le pommeau de sa canne. Louisa sentit au tréfonds d'elle comme un tressaillement – de la nervosité, certes, mais aussi une sorte d'exultation.

Voilà comment elle jouait au jeu qu'il lui imposait.

— Pourquoi refusez-vous que ce rêve devienne réalité ? demanda-t-il d'une voix rauque.

— Mon éducation me l'interdit, cela va sans dire. Mais il y a autre chose, qu'un homme tel que vous, richissime, ne peut en aucun cas comprendre.

— Éclairez ma lanterne, je vous en prie.

— Nous sommes pauvres, voyez-vous. Mais pas indigentes, ma mère a toujours une cuisinière ainsi qu'un jardinier qui vient une ou deux fois par semaine. Nous sommes cependant contraintes de compter le moindre sou, nous n'achetons rien hormis la nourriture, le thé et le charbon.

» À Cirencester, il y a une boutique qui a longtemps exposé un télescope en vitrine. Pendant dix ans, je suis passée chaque mois dans cette rue pour admirer ce télescope. Jamais, de toute ma vie, je n'avais désiré quelque chose à ce point. J'y pensais sans cesse.

» Le propriétaire de l'instrument l'avait laissé là en dépôt. Le marchand me révéla en confidence jusqu'à quel prix cet homme était prêt à descendre. Malheureusement, c'était encore trop pour moi – nos maigres économies avaient servi à faire soigner Matilda. Et puis un jour, le télescope disparut. Un gentleman l'avait acheté pour son fils de dix ans, et il l'avait payé le prix fort.

Louisa s'aperçut soudain qu'ils s'étaient arrêtés dans l'allée et qu'il la dévisageait.

— Et ? dit-il.

— C'est tout. Ce télescope ne m'appartenant pas, j'étais habituée à m'en passer. Cela n'a donc rien changé pour moi. Et il en ira de même en ce qui vous concerne. Si puissant que soit mon désir, je réussirai à le museler. Je reviendrai à la raison et poursuivrai mon chemin.

Tout cela était un brin théâtral, certes, mais le mélodrame ne manquait pas d'allure. En tout cas, lord Wrenworth paraissait captivé.

Elle se remit à marcher – à rester ainsi plantés dans l'allée, ils commençaient à attirer l'attention des jeunes gens qui jouaient à colin-maillard.

— Pourquoi vouliez-vous tellement ce télescope ? interrogea-t-il.

Ce n'était pas la question qu'elle attendait – quoique, avec cet homme, elle ne savait jamais à quoi s'attendre.

— Peu importe, cela n'a pas de rapport avec la discussion qui nous occupe.

— J'aimerais tout de même savoir.

— Je vous répondrai quand nous serons ensemble dans le même lit, pas avant, murmura-t-elle, et elle ne put s'empêcher de rougir.

— Or nous ne serons ensemble dans le même lit que si je vous ai auparavant promis devant Dieu respect et assistance.

— Exactement.

— Vous êtes retorse, mademoiselle Cantwell.

Les mots étaient dits d'une voix si douce qu'elle en sentit la caresse sur tout son corps.

— La nécessité m'y oblige, répliqua-t-elle, feignant la timidité.

— Vous auriez gâché votre talent avec M. Pitt. Et plus encore avec lord Firth – s'il avait découvert votre vraie nature, il aurait exigé le divorce.

— Mais j'aurais fait en sorte qu'il ne la découvre pas.

— Vous avez une étrange conception du mariage.

— C'est aussi la vôtre, milord. Vous veillerez aussi à ce que votre épouse ne sache jamais qui vous êtes vraiment, déclara-t-elle, ce qui lui valut un nouveau regard surpris. Ce qui est bon pour vous l'est également pour moi. N'est-ce pas ?

— Touché, concéda-t-il.

Il se tut – un silence à la fois perturbant et galvanisant. Avait-elle été convaincante ? Ou *trop* convaincante ? Avait-elle piqué son intérêt ou lui avait-elle simplement donné à réfléchir ?

Lady Balfour était aux anges quand ils la rejoignirent.

— Je crois pouvoir dire que vous avez eu une conversation passionnante, tous les deux.

— Mlle Cantwell m'interrogeait sur les réceptions que je donne à la campagne, expliqua-t-il avec aisance. Elle n'imaginait pas qu'un célibataire puisse organiser une grande fête tout à fait convenable.

Lady Balfour se jeta sur la perche qu'il lui tendait.

— Alors il vous faut l'inviter. Vous n'avez pas le droit d'agiter un appât de ce genre sous le nez d'une jeune personne pour ensuite l'empêcher d'y goûter.

Louisa réprima un soupir, tandis que lord Wrenworth se récriait d'un air innocent :

— Oh, mais je n'ai pas l'intention d'en priver Mlle Cantwell ! Elle m'a cependant annoncé qu'elle compte rentrer chez elle à la fin de la saison et s'accorder un long repos.

— Allons, Louisa ! Je sais bien que votre famille vous manque, mais vous ne devriez pas négliger cette occasion d'apprécier l'hospitalité du maître de Huntington.

— Hospitalité qui vaut le détour, renchérit lord Wrenworth, tournant vers Louisa un regard apparemment candide. Quoi qu'il en soit, la fin de la saison est encore loin, Mlle Cantwell a tout le temps de changer d'avis.

— Et elle changera d'avis, je vous l'affirme, décréta lady Balfour.

— Puissiez-vous dire vrai, madame, fit-il en s'inclinant. Au revoir, lady Balfour. Mademoiselle Cantwell.

De retour chez lady Balfour, Louisa se retira dans sa chambre. Assise à son secrétaire, elle feuilletait distraitement son calepin, quand tout à coup l'énormité de la proposition de lord Wrenworth la frappa comme la foudre.

Il jouait avec le feu. Car si les choses tournaient mal, il avait autant à perdre qu'elle. Non, davantage.

C'était lui qui bénéficiait d'un revenu annuel de deux cent mille livres. Lui qui jouissait d'une réputation sans tache. Et lui qui avait jusqu'ici habilement échappé aux griffes des jeunes filles à marier.

Si on apprenait qu'ils avaient une liaison, il serait contraint de l'épouser.

Cette idée lui fit l'effet d'un coup de poing dans l'estomac. Chez un homme qui n'était ni impulsif ni stupide, pareille imprudence était stupéfiante.

Et étonnamment révélatrice.

Jusqu'ici, elle ignorait ce qu'il éprouvait pour elle. Elle croyait n'être qu'un divertissement. À présent elle pouvait supposer, sans crainte de se fourvoyer, qu'il la désirait aussi ardemment qu'elle le désirait.

Voilà qui était...

Elle se leva d'un bond, se mit à arpenter la pièce, puis s'assit au bord du lit et referma la main sur l'un des piliers du baldaquin.

C'était... rassurant.

Bien sûr, c'était aussi immoral, pervers, répugnant, abominable – les synonymes ne manquaient pas.

Mais elle savait désormais que cette folie dont elle souffrait ne l'avait pas non plus épargné.

Pas entièrement, en tout cas.

5

Félix se sentait à nu.

Cette impression bizarre s'était insinuée en lui alors qu'il quittait le pique-nique. Elle s'était accentuée au fil des heures jusqu'à devenir envahissante. Et lorsque vint le moment de se coucher, il se sentait affreusement mal dans sa peau.

Il lui était arrivé d'éprouver ce genre de sensation quand il était enfant, qu'il avait offert à l'un ou l'autre de ses parents un présent minutieusement préparé et qu'il guettait anxieusement leur réaction. Son père y jetterait-il ne fût-ce qu'un coup d'œil ? Et sa mère, après les roucoulements d'usage, emporterait-elle le cadeau dans ses appartements ou bien l'oublierait-elle dans le petit salon, où il traînerait jusqu'à ce que les domestiques le rangent ?

Mais la comparaison était ridicule. Il n'avait pas fait de cadeau à Louisa Cantwell. Sa proposition était en réalité monstrueuse, une insulte à la décence, un engin incendiaire catapulté au cœur même de sa forteresse.

Alors comment pouvait-il, lui qui était l'assaillant, se sentir si vulnérable ?

Parce que tu as été toi-même avec elle, ce qui ne t'était pas arrivé depuis des lustres. Parce que tu t'es dévoilé, beaucoup plus qu'avec quiconque. Parce que si elle devait refuser ton offre...

Il se hâta de bâillonner l'insidieuse voix intérieure. Si elle refusait, cela ne signifierait pas qu'elle rejetait ce qu'il était. Son éducation lui interdisait d'accepter sa proposition, de même que les normes sociales du petit monde qui était le leur et dont l'édifice reposait sur la pureté du corps féminin.

Il ne devait plus penser au malaise qui le tenaillait. Mieux valait se focaliser sur l'aveu qu'elle lui avait fait : elle se voyait nue dans ses bras, soumise à sa volonté.

Par précaution, il décida néanmoins de passer une autre semaine à la campagne, afin de ne pas être tenté de la suivre à la trace dans tout Londres.

À son retour, pendant plusieurs jours, il préféra aux garden-parties et aux soirées musicales, le havre de son club.

Il s'obligea cependant à se rendre au bal que donnait lady Tremaine, pour s'épargner de cinglantes remontrances – ils avaient été amants, autrefois, une brève liaison qui avait cédé la place à une amitié solide.

Il dansa avec une demi-douzaine de jeunes filles, joua un moment au pharaon, puis alla bavarder avec lady Tremaine.

— Quoi de neuf, ma chère ? Vous semblez particulièrement épanouie. Je parie que vous avez passé la journée dans l'une de vos manufactures.

— Pourquoi ? Aurais-je encore du cambouis sur le nez ? plaisanta-t-elle.

Lady Tremaine était une femme séduisante et sûre d'elle, qui adorait gagner de l'argent en faisant fructifier ses usines, et n'en avait pas honte.

— Vous irradiez cette intense satisfaction que seuls procurent un amant fabuleux ou un gain mirifique. Or comme vous n'avez pas pris d'amant ces derniers temps...

— Votre esprit de déduction est peut-être défaillant.

— Impossible. Alors, venez-vous d'apprendre que vous êtes encore plus riche qu'hier ?

Elle éclata de rire.

— Oui, et de beaucoup !

Il fouilla la salle de bal du regard, cherchant dans la foule une chevelure brune – il savait pourtant que Mlle Cantwell n'avait pas été invitée.

— Félicitations. Comment comptez-vous célébrer l'événement ?

Lady Tremaine eut un sourire canaille.

— Un amant suédois, puisque je vais visiter la Scandinavie.

— Vous partez bientôt ?

— Après-demain. J'en ai assez de Londres. Cette saison m'assomme.

— Dans ce cas, profitez bien de votre voyage. Vous devriez essayer aussi les Norvégiens, on en dit le plus grand bien. Votre périple vous mènera-t-il en Finlande ?

— Pas cette fois. Je me contenterai de la Suède, de la Norvège et du Danemark.

— Si je ne m'abuse, la sœur de lord Tremaine a épousé un Danois, n'est-ce pas ?

— En effet, et j'ai prévu de la voir puisque je passe par Copenhague. J'ai toujours eu de très bonnes relations avec mes belles-sœurs, ajouta-t-elle d'un air de défi.

— Bien sûr, dit-il, apaisant. J'attends un récit détaillé de vos aventures scandinaves à votre retour.

— Vous l'aurez, promit-elle, soulagée d'en avoir fini avec le sujet des belles-sœurs et de tout ce qui, de près ou de loin, avait un rapport avec son mari. Mais parlons de vous, mon cher. Avez-vous des projets intéressants ?

— Non, j'endurerai bravement le désert mortellement ennuyeux qu'est Londres quand vous n'y êtes pas. Après quoi il me faudra organiser ma fête annuelle à la campagne. Quelle corvée...

— Allons donc, vous adorez ces mondanités. D'un bout de Mayfair à l'autre, tout le monde est à vos pieds, et cela vous enchante.

— Si les gens tiennent tant à m'admirer, qui suis-je pour les en empêcher ?

Lui pressant discrètement la main, il la laissa à ses autres invités et se dirigea vers le salon de musique pour s'isoler un moment. Il aimait certes qu'on s'empresse autour de lui, mais il y avait des limites. Un homme avait besoin d'air et d'espace, or la salle de bal bondée était un véritable étouffoir.

Un magnifique piano Erard trônait au milieu de la pièce. Cette splendeur était un mystère qui intriguait Félix depuis longtemps. Lady Tremaine, qui n'était pas musicienne, n'était pas du genre à débourser une fortune pour un instrument. Elle en avait d'ailleurs un autre, plus banal, dans son petit salon. Il était réservé aux amis qui souhaitaient fredonner quelques chansons à la mode après le dîner.

Félix soupçonnait l'Erard d'avoir un lien avec l'époux dont elle ne parlait jamais, qui vivait outre-Atlantique, à New York, et ne lui rendait jamais visite. Le mariage parfait, selon les critères de la bonne société londonienne – courtoisie, détachement et liberté, surtout ne pas s'encombrer de sentiments déplacés et fatigants.

La vérité n'était probablement pas aussi simple. Toutefois Félix n'avait jamais posé de questions à lady Tremaine. Leur amitié reposait sur un strict respect de l'intimité de l'autre, ils ne se seraient jamais permis d'être indiscrets.

Lady Tremaine tenait à ce qu'on la croie pleinement satisfaite de sa situation conjugale. Félix, de son côté, se plaisait à passer pour l'homme idéal – un personnage tout aussi fictif que le mariage de lady Tremaine.

Soudain la porte s'ouvrit, livrant passage à la créature qui, par son refus de céder à ses exigences lubriques, était la cause même de ces élans introspectifs qui le tourmentaient ces derniers temps.

Elle arborait une toilette qui ressemblait à une imposante pâtisserie couleur crevette cuite, copieusement garnie de dentelle, guirlandes en velours, et bouillonnés de tulle piquetés de cristaux. Sur une autre qu'elle, cette robe eût été effrayante. Mais avec son visage apparemment angélique, elle réussissait à en faire un atout – on finissait par se dire qu'une jeune femme aussi douce et pure devait effectivement aller au bal affublée de vingt mètres de soie rose surchargés de tous les ornements imaginables.

Elle s'adossa au battant, comme si le choc de le voir là lui coupait les jambes.

Il avait souvent repensé à la confidence qu'elle lui avait faite, à propos du télescope dont elle rêvait et dont elle avait dû se priver. Cette envie inassouvie, ce renoncement, ne manquaient pas de dignité. Il n'y avait jamais eu une once de dignité dans les désirs sans espoir qui le hantaient autrefois, quand il était enfant, juste une détresse extrême.

Il prit tout à coup conscience que le silence se prolongeait et qu'ils ne s'étaient même pas dit bonsoir.

— Mademoiselle Cantwell, vous n'ignorez pas que la princesse royale a perdu son beau-père cette année et ne devrait pas tarder à porter le deuil de son époux.

Votre tenue pourrait apparaître exagérément joyeuse aux yeux de certains.

— En effet. Mais il n'y a rien de tel que cette couleur de sorbet à la fraise pour mettre en valeur le teint d'une paysanne.

Et pour rehausser l'éclat fiévreux de ses yeux.

Sous la lumière du lustre, sa gorge et ses épaules crémeuses semblaient scintiller. Elle demeurait immobile, le souffle court, les doigts pressés contre le battant, comme si elle tentait de se raccrocher à quelque chose. Il brûlait de lui renouveler sa proposition, quand bien même il savait ce qu'il ressentirait ensuite.

— Je vous accorde que cette robe, quoique passablement ridicule, a certains mérites, déclara-t-il.

Il s'approcha du piano, s'y appuya.

— Comment avez-vous su que j'étais invité ?

— Nous l'avons appris alors que nous assistions au bal de Mme Cornish. Des gens qui se rendaient ici ont dit que vous honoriez de votre présence la réception de lady Tremaine. Lady Balfour a aussitôt décidé de les suivre. Nous n'avions pas d'invitation, mais lady Balfour m'a ordonné de me tenir bien droite, la tête haute, et d'entrer d'un pas résolu.

— Et vous avez admirablement réussi, naturellement.

— Je souhaitais vous voir, répliqua-t-elle simplement. Et lorsque je suis allée me repoudrer le nez, je vous ai vu vous faufiler dans cette pièce.

— Vous ai-je manqué ?

En principe, il ne posait pas ce genre de question. Ou du moins il ne le posait pas lorsque la réponse avait de l'importance.

Il remarqua que sa main gauche se crispait.

— Bien sûr que vous m'avez manqué.

Le plancher cessa brusquement de tanguer sous ses pieds. Il put de nouveau respirer.

— Chaque jour, je me demande si je n'ai pas commis la pire erreur de ma vie en refusant d'être votre maîtresse, murmura-t-elle. Et chaque nuit...

Elle s'interrompit, eut un soupir tremblé.

— Disons seulement que la puissance et la violence de mon imagination me stupéfient.

— Racontez-moi.

Il voulait savoir, il en avait besoin. Songer qu'elle était follement attirée par lui rendait supportable cette sensation de vulnérabilité qui le déstabilisait tellement.

Elle se mit à triturer une perle de cristal cousue sur sa hanche. Elle gardait les yeux fixés sur le sol, non loin des pieds de Félix.

— Vous avez dit que vous m'emmèneriez sur vos terres. Il se trouve que lady Balfour a un livre qui recense les plus beaux domaines d'Angleterre. Trois pages entières sont consacrées à Huntington. Je les ai lues, et je n'ignore plus rien du jardin clos, du pavillon lavande et de la gloriette grecque érigée de l'autre côté du lac. Alors le soir... je me représente le manoir brillamment éclairé, les lumières qui se reflètent sur l'eau. Je suis appuyée contre l'une des colonnes de la gloriette, et vous approchez dans mon dos.

Il se sentit soudain presque étourdi.

— Savez-vous que, les soirs de fête, on allume des torches près de la gloriette, afin qu'elle soit visible du château ? dit-il.

— Cela ne m'étonne pas de vous. Maintenant je ne vais plus pouvoir fermer l'œil. Je m'imaginerai cachée, tremblante de peur, derrière cette colonne à laquelle hier encore je m'appuyais. Et je me demanderai pourquoi, puisque c'est une histoire imaginaire, je ne vous arrête pas, pourquoi je n'exige pas que vous

m'emmeniez dans un endroit plus discret. Et pourquoi je vous laisse faire tout ce dont vous avez envie.

Objectivement, en matière de badinage, il avait
connu mieux. Des mots torrides, avec ce qu'il fallait
de chair dénudée et d'impudeur. Mlle Cantwell, et son
« faire tout ce dont vous avez envie », pour le moins
succinct, aurait dû lui paraître bien gauche et prude.
Mais son inexpérience ne l'empêchait pas d'envisager
qu'il lui fasse l'amour dans un lieu ouvert à tous les
vents…

Lui aussi voyait clairement la scène. Et il y ajoutait
des détails de son cru, nettement plus épicés. Les
invités ne seraient pas dans le grand salon du manoir,
mais dans le parc pour assister au feu d'artifice qui
clôturait invariablement la dernière soirée de ses
fêtes estivales. La plupart d'entre eux ne s'éloigne-
raient pas de la terrasse, mais certains s'enfonce-
raient dans le parc et tomberaient sur eux, enlacés
dans l'ombre. Elle aurait sa jupe retroussée jusqu'à la
taille, et les jambes nouées autour de lui.

Ils se regardèrent. Elle déglutit avec peine. Elle
avait deviné quelle tournure avaient prise ses
pensées.

— Serai-je obligé de vous bâillonner de la main
pour qu'on ne vous entende pas ? s'enquit-il d'une
voix enrouée qui le surprit.

Elle avala de nouveau sa salive, difficilement.

— Sans doute.

Il s'avança lentement vers elle.

— Inutile de préciser que cet épisode dont nous
parlons n'occupera qu'une partie de la nuit. Vous
serez ensuite obligée de me suivre dans mes appartements et d'y rester jusqu'à l'aube.

— Combien de fois comptez-vous me faire l'amour ?
murmura-t-elle.

Jusqu'à ce que tu me supplies de te garder à Huntington toute l'année.

Il ne s'arrêta que lorsque les revers de son habit frôlèrent le corsage de sa robe. Ses pupilles étaient tellement dilatées que ses yeux paraissaient presque noirs. Il émanait d'elle une chaleur palpable. Elle entrouvrit les lèvres comme on aspire une bouffée d'air avant de plonger... comme si elle s'attendait qu'il l'embrasse.

Il se pencha, ses lèvres effleurèrent presque les siennes. Il lut dans son regard l'abandon, la capitulation, et il lui fallut faire appel à toute sa volonté pour incliner la tête et lui chuchoter à l'oreille :

— Vous êtes venue ici pour me dire oui, n'est-ce pas ?

Le souffle de la jeune femme se fit haletant.

— Si l'idée de vous exhiber vous excite, il y a une autre folie à Huntington, un genre de petit temple romain surmonté d'un belvédère. Le tout perché en haut d'une colline d'où l'on a une vue panoramique sur la campagne environnante.

La respiration de la jeune femme était de plus en plus précipitée.

— Ne trouvez-vous pas que ce serait beaucoup plus grisant que la gloriette grecque ? Imaginez la scène en plein jour... Peut-être pas à midi, plutôt au lever du soleil. Mais comme vous avez le goût du vice et du danger, il est possible que faire l'amour dans un lieu tout de même isolé ne vous stimule pas suffisamment. Alors je vous déshabillerai. Vous serez nue. Et quiconque, à des kilomètres à la ronde, braquera un télescope vers le belvédère...

Elle porta la main à sa gorge.

— Dites quelque chose, commanda-t-il. Ou je vais considérer que votre silence est un consentement.

95

Elle battit des paupières, et pour la première fois il remarqua ses sourcils à l'arc parfait. Elle posa sur ses lèvres un doigt ganté de soie au léger parfum de cèdre.

Il lui sembla que son cœur s'arrêtait de battre. Il divaguait, sentait déjà la pression de ce corps charmant contre le sien, la houle de la jouissance qui la secouerait, son cri qui déchirerait le ciel.

Elle laissa retomber sa main.

— Je... il faut que je m'en aille, bredouilla-t-elle. Lady Balfour doit se demander où je suis passée.

C'était lui maintenant qui la touchait, qui lui prenait le menton pour l'obliger à le regarder, l'empêcher de se dérober.

— Quand admettrez-vous que vous avez changé d'avis ?

Il lisait dans ses yeux qu'elle se savait condamnée à l'insomnie, à passer la nuit à s'agiter dans son lit et peut-être à se donner du plaisir.

Mais elle se contenta de répondre :

— Bonsoir, lord Wrenworth.

Sur ce, elle s'esquiva.

Elle le laissa se remettre de son vertige.

Et s'apercevoir, un long moment après, que le salon de musique était en réalité plongé dans la pénombre. Il avait pourtant eu l'impression qu'une chaude lumière illuminait la pièce, mais ce n'était que cela : une impression.

À l'étage au-dessus, quelqu'un tirait une lourde table sur le plancher, semblait-il.

Louisa leva le nez vers le plafond de la librairie, tendit l'oreille un instant, puis reporta son attention sur les livres. Elle était toujours prête à venir ici chercher les ouvrages commandés par lady Balfour. Elle avait rarement les moyens de s'en offrir un, mais elle ne manquait jamais une occasion de flâner parmi les rayonnages, de promener les doigts sur le dos des volumes reliés. Un plaisir presque douloureux car il s'accompagnait du besoin éternellement insatisfait de posséder ces beaux objets.

« Pourquoi ne pas dire oui à lord Wrenworth ? s'interrogea-t-elle. Tu pourrais passer le reste de ta vie plongée dans les livres, ce serait déjà ça. »

Pourquoi ne pas lui dire oui ?

Quand il avait disparu durant des jours après leur première conversation, elle s'était persuadée – une conviction qui lui tordait l'estomac – qu'elle avait mal analysé la situation. Ce qu'elle avait pris pour un prélude constituait en réalité tout l'opéra : il lui avait fait une offre, elle l'avait refusée, point à la ligne.

L'intérêt qu'il lui témoignait, qu'elle croyait profond et durable, n'était qu'une fugace bulle de savon.

Lady Balfour n'avait pas eu à la pousser pour qu'elle se précipite au bal de lady Tremaine sans carton d'invitation. Si un domestique lui avait interdit l'entrée de la résidence, elle lui aurait donné comme pourboire, et sans la moindre hésitation, la broche en perle de sa mère, tant elle avait besoin de voir lord Wrenworth.

Elle avait eu le mérite de garder ses vêtements sur elle, on ne pouvait que l'en féliciter car cet homme avait une façon de la regarder qui lui donnait l'irrépressible envie de se déshabiller, d'arracher son corset et ses jupons comme s'ils étaient en feu.

Et quand il lui avait demandé si elle était venue pour lui dire oui, quand il lui avait renouvelé sa proposition et qu'elle avait senti l'espoir renaître, elle avait manqué de s'évanouir.

Il ne saurait jamais qu'elle avait bien failli lui donner la réponse qu'il attendait.

Cependant, même si elle était infiniment soulagée qu'il n'ait pas renoncé à son projet insensé, et contente de ne pas lui être indifférente, elle l'avait planté là.

Le jeu n'était pas terminé, loin de là, force lui était de le reconnaître. Mais combien de temps encore pourrait-elle y jouer, alors qu'elle n'entrevoyait aucune possibilité de vaincre ? Continuait-elle dans le seul but de retarder la défaite ? Et qu'impliquait au juste cette notion de défaite ?

Soudain, pareil à un coup de canon, le fracas du tonnerre la fit sursauter. Les nuages crevèrent, une pluie diluvienne s'abattit sur Londres. Louisa se rendit alors compte que l'orage couvait depuis un bon moment – ce qu'elle avait pris pour un raclement de table à l'étage au-dessus était en réalité le grondement du tonnerre.

Elle allait devoir rester dans la librairie jusqu'à la fin du déluge, ce qui n'était pas pour lui déplaire. Et comme elle représentait lady Balfour, qui était une fidèle cliente, M. Richards, le propriétaire, ne verrait pas d'inconvénient à ce qu'elle s'attarde.

Elle en était là de ses réflexions lorsqu'une voix s'éleva à l'entrée de la librairie.

— Je cherche la jeune femme qui est passée prendre la commande de lady Balfour.

Louisa fronça les sourcils. Lord Tenwhestle. Que venait-il faire ici ?

Elle s'avança.

— Je suis là, lord Tenwhestle...

— Ah, vous voilà, ma chère cousine !

Saluant M. Richards d'un signe de tête, il s'approcha de Louisa. Mais au lieu de lui donner le bras pour sortir, il l'entraîna vers le fond de la boutique.

Quand il fut sûr que M. Richards ne pouvait plus les entendre, il demanda avec un sourire malicieux :

— Avez-vous lu *Orgueil et Préjugés*, mademoiselle Cantwell ?

— Oui, il y a longtemps, répondit-elle, déconcertée.

Mme Cantwell regrettait infiniment qu'aucun Darcy ou Bingley contemporain n'ait ouvert les portes de son château à l'une de ses ravissantes filles. Louisa, pour sa part, s'étonnait que sa mère ait pu nourrir de tels espoirs. Jane Austen elle-même n'avait jamais, dans la vraie vie, rencontré son Darcy. Pourquoi se matérialiserait-il à Londres un siècle plus tard, alors que sa créatrice n'était plus que poussière ?

— Vous rappelez-vous le passage où Mme Bennet envoie sa fille aînée à Netherfield, à cheval ? Elle sait que la pluie menace, et que Jane sera contrainte de passer la nuit au château.

Louisa se mordit la lèvre ; elle devinait la suite.

— Eh bien, figurez-vous que ma chère belle-mère a imaginé une manœuvre similaire, avoua-t-il, confirmant les soupçons de Louisa. Elle m'a envoyé à mon club, à pied, alors que j'étais sûr de me faire tremper, avec ordre de vous ramener à la maison saine et sauve, et surtout sèche.

Comment réagirait lady Balfour si elle savait que, tandis qu'elle concoctait ses petites manigances, Louisa se livrait en pensée à des jeux bien plus périlleux ?

— Et comme il est impossible d'arrêter un fiacre sous ces trombes d'eau...

— Précisément, acquiesça-t-il avec un clin d'œil complice. Je m'en plaignais, quand un honorable gentleman a proposé de mettre sa voiture à ma disposition.

« Le gentleman qui possède un domaine agrémenté de deux gloriettes, pas moins ? » faillit demander Louisa.

Elle dévisagea son interlocuteur et, baissant la voix :

— Ne croyez-vous pas, milord, que lady Balfour est exagérément optimiste quant à mon avenir ? Je n'aimerais pas qu'elle soit déçue, or, si le gentleman dont vous parlez est celui auquel je pense, je peux dire sans risque de me tromper qu'il ne songe pas au mariage.

Lord Tenwhestle lui tapota gentiment le bras.

— Il ne faut pas vous inquiéter, ma chère cousine. Nous sommes tous des adultes, n'est-ce pas ? Je connais le gentleman en question depuis longtemps et, tout parfait qu'il est, il n'en est pas moins retors. Il sait déjouer les ruses des mères nanties de filles à marier, et éviter les pièges des demoiselles en quête d'un mari. Je vous accorde que le soir où il est venu dîner chez moi parce que, sans M. Pitt qui avait dû quitter Londres, nous aurions été treize à table, ce n'était peut-être pas calculé. Mais qu'il rende service à deux reprises à un proche de la même débutante… je vous garantis que ce n'est pas une simple coïncidence.

Non, certes, ce n'était pas une coïncidence. Lord Wrenworth agissait dans un but précis : l'emmener dans son belvédère, à l'aube, la dévêtir et lui faire l'amour.

Son cœur se serra. Cette scène n'existerait-elle que dans son imagination ?

— Si vous le dites, murmura-t-elle.

Deux valets les attendaient devant la librairie, armés de grands parapluies. Lord Wrenworth, immobile près de sa luxueuse voiture, s'abritait lui aussi sous un parapluie. Il avait tout du prince charmant sorti d'un conte de fées. À ceci près que le prince était un filou et qu'il valait mieux expurger le conte de certains passages avant de le donner à lire aux petites filles.

Il la salua poliment – la correction même. Lorsqu'il l'aida à monter dans la voiture, sa main qui tenait celle de Louisa était légère, on ne peut plus convenable. Et quand il s'assit à son côté, son pantalon ne frôla même pas sa jupe.

Néanmoins, il n'eut qu'à poser le regard sur elle pour qu'une vague brûlante l'engloutisse. Elle baissa les yeux, se cramponnant aux livres qu'elle tenait sur ses genoux.

Lord Tenwhestle s'installa sur la banquette qui leur faisait face. Un valet referma la portière, et la voiture s'ébranla en douceur.

— J'étais en train de dire à Mlle Cantwell combien je vous savais gré d'être venu à mon secours, déclara lord Tenwhestle. Il tombe des hallebardes, je suis bien heureux de n'avoir pas eu à chercher un fiacre.

L'homme qui voulait Louisa mais n'avait pas l'intention de l'épouser – son amant éventuel, en quelque sorte – inclina courtoisement la tête.

— Et moi je suis heureux d'avoir pu vous aider.

« Mon amant », se répéta-t-elle. Ils n'avaient pas fait l'amour, mais ce n'était qu'un détail, car il s'était d'ores et déjà emparé d'elle, mentalement, sensuellement. Certes elle ne s'était pas dévêtue devant lui, mais elle lui avait assurément dévoilé ses désirs secrets.

La voiture avançait lentement dans les rues encombrées. Lord Tenwhestle meublait le silence, il racontait comment, à l'époque où il faisait le Grand Tour avec son frère, il s'était perdu dans Rome sous une pluie diluvienne.

Tout à coup, il s'exclama :

— Bonté divine, mon frère ! J'ai failli l'oublier. Je dois le retrouver chez lui dans dix minutes – un entretien avec notre notaire au sujet d'un lopin de terre inutile dont nous essayons de nous débarrasser depuis une éternité.

— Si je ne me trompe, M. Northmount n'habite-t-il pas dans la rue parallèle à celle-ci ? hasarda lord Wrenworth.

— En effet. Si je ne vous avais pas raconté cette anecdote, notre rendez-vous me serait sorti de la tête.

Lord Wrenworth ordonna au cocher de tourner à droite. Quelques minutes après, lord Tenwhestle s'engouffrait dans la demeure de son frère, et la voiture remettait le cap sur la résidence de lady Balfour.

Louisa était mal à l'aise, non parce qu'elle était seule avec son amant fantasmatique, mais à cause de la petite machination tramée par lady Balfour et lord Tenwhestle, tellement cousue de fil blanc qu'elle en devenait ridicule. Si elle leur était reconnaissante de déployer des efforts aussi touchants, elle était aussi terriblement embarrassée.

Car elle avait plus ou moins démontré à lord Wrenworth qu'elle était à l'opposé de la douce et pure jeune fille qu'un honorable gentleman se devait d'épouser. Elle était en réalité une nymphomane rêvant qu'il la possède charnellement et, pire, qu'il le fasse en public.

Pour se donner une contenance, elle posa les livres à côté d'elle sur la banquette, se mit à tripoter la ficelle qui maintenait le paquet.

— Parlez-moi du télescope, dit-il.

Elle leva les yeux.

— Je n'aborderai pas ce sujet, je croyais avoir été claire sur ce point.

— Vous avez dit que vous en parleriez quand nous serions ensemble dans le même lit, je me souviens parfaitement de vos paroles. Il s'agissait de m'expliquer pourquoi vous vouliez ce télescope. Pour l'instant, je vous demande seulement de me le décrire.

— Pourquoi ?

— Cela m'intéresse.

Elle comprit brusquement ce qui l'avait empêchée de lui dire oui, l'autre soir, et ce qui la poussait à poursuivre ce jeu dangereux.

Elle avait peur de le perdre.

Une fois qu'elle serait sa maîtresse, qu'il serait libre de se repaître de son corps, ce serait le début de la fin. Tant qu'elle résistait, qu'elle lui tenait la dragée haute, elle avait une chance de le garder dans sa vie.

Peut-être lui enverrait-il des lettres osées – tapées sur l'un de ces nouveaux appareils, une machine à écrire, afin qu'on ne puisse pas reconnaître son écriture. Peut-être trouverait-il une bonne raison d'acheter une propriété non loin de Cirencester et lui rendrait-il visite une fois l'an, quand il viendrait toucher ses fermages. Peut-être qu'il...

— Quel est le diamètre du miroir ? interrogea-t-il, l'arrachant à ses pensées.

Elle hésita. Elle ne pouvait pas dissimuler le trouble qu'il éveillait en elle, mais de là à étaler ce qu'elle avait de plus précieux et de plus secret...

— Six pouces ? insista-t-il.

— Neuf et demi, souffla-t-elle.

— Et la longueur focale ?

— Douze pieds, quatre pouces.

— Fichtre ! Je comprends pourquoi vous ne pouviez pas vous l'offrir. Je croyais, je vous l'avoue, que vous guigniez une lunette à deux sous. Mais j'oubliais que vous avez de l'ambition, mademoiselle Cantwell.

— Dans certains domaines, oui.

— Quand vous voulez un télescope, il vous faut celui qui vous permettra d'étudier en détail une étoile double. Et lorsque vous désirez un homme, vous choisissez le Gentleman Idéal.

L'index sur le pommeau de sa canne, il fit pencher celle-ci à droite, puis à gauche.

— Y a-t-il autre chose que vous vouliez ?

Elle n'aurait jamais dû évoquer ce maudit télescope, entrebâillant ainsi la porte de son univers intime.

— J'ai toujours souhaité être une femme libre, indépendante.

Elle se serait giflée. Quel mauvais génie la poussait à se mettre à nu devant lui ? Certes, on se sentait affreusement seul quand l'amour vous tombait dessus et que...

Elle se figea, tel un voilier subitement encalminé. Son cœur cessa même un instant de battre. Seigneur...

Elle avait pourtant été si prudente, si lucide. Engouement, emballement, toquade, folie – elle avait utilisé tous les synonymes du dictionnaire pour définir son état d'esprit.

Tous sauf le mot « amour ».

Car ce sentiment n'était pas susceptible de changer de nature du jour au lendemain, encore moins de disparaître. L'amour, c'était comme la variole : si on n'en mourait pas, on en gardait à vie de vilaines cicatrices.

Elle le regarda, avec l'impression de le voir pour la première fois – son beau visage, son port de tête orgueilleux, l'éclat cruel de ses yeux. Elle était amoureuse d'un homme qu'aucune femme dotée d'une once de bon sens ne s'aviserait de convoiter.

— Je peux vous offrir la liberté et l'indépendance. Et un télescope encore plus perfectionné que celui dont vous rêviez.

— Vous êtes aussi persuasif que le serpent du paradis.

— Mais vous, vous êtes beaucoup plus maligne et pugnace que cette pauvre Eve.

Il souleva sa canne et, la tenant par la base, posa le pommeau dans le giron de Louisa – un geste provocant et terriblement intime qui lui coupa le souffle.

Plus il se révélait dangereux et pervers, plus il l'ensorcelait. Et plus elle était sous son charme, plus il se sentait autorisé à lui révéler sa vraie nature.

Il croisa son regard.

— Laissez-moi vous donner tout ce dont vous rêvez.

Ce n'était plus possible, hélas !

Désormais, un télescope ruineux, une vie de célibataire et même un bel amant – il avait un corps splendide, à n'en pas douter – ne lui suffiraient plus.

Elle était amoureuse, et à présent elle voulait qu'il lui offre son cœur, même dénué de scrupules, qu'il se soumette au joug des sentiments.

Elle referma la main sur le pommeau de la canne encore tiède. Elle crut d'abord que c'était une boule d'ébène, mais en y promenant les doigts, elle se rendit compte que le bois était sculpté. Une tête de jaguar.

— Quel magnifique objet vous avez là, murmura-t-elle.

Elle n'en revenait pas de se comporter ainsi. Elle caressait cette part de lui qu'il avait couchée sur ses cuisses, elle en explorait chaque repli, chaque sillon. Et lui la contemplait, les paupières mi-closes, son regard passant de son visage à ses doigts intrépides.

— Il vous plaît ?

Jamais elle n'avait rencontré un homme aussi déterminé, aussi maître de lui. Quand elle se voyait dans ses bras, elle l'imaginait infiniment patient, capable de se contrôler et de la mener où il voulait, de la faire gémir et se tordre. Un amant qui peut-être la torturerait un peu en se retenant et en lui refusant ce qu'elle le supplierait de lui donner.

Mais cette question qu'il lui posait faisait naître dans son esprit une autre image : il la plaquait contre un mur, ou plutôt contre une colonne grecque et, sa patience et son calme envolés, la prenait brutalement.

— Oui, répondit-elle d'une voix qui tremblait.

— J'ai d'autres spécimens, bien plus remarquables. Je peux vous les montrer.

— Je ne doute pas qu'ils soient remarquables. Mais je préfère celui-ci.

Le carrosse avait de larges fenêtres sur les côtés dont les rideaux n'étaient pas tirés, et il n'était pas le seul véhicule à circuler dans cette rue. Cela n'empêcha cependant pas Louisa de lever le pommeau de la canne jusqu'à sa bouche et d'y presser les lèvres.

— Vous me faites faire des choses insensées, souffla-t-elle, les yeux rivés sur la tête de jaguar.

D'un geste lent, il tira sur la canne pour la lui ôter des mains, examina le pommeau, puis tourna vers elle un regard brûlant quoique indéchiffrable.

La pluie crépitait sur le toit de la voiture, le tonnerre grondait, les roues faisaient gicler l'eau des flaques qui se formaient sur la chaussée. Pourtant Louisa n'entendait que les battements désordonnés de son cœur, un staccato fiévreux de désir inassouvi.

Il se taisait. Elle n'était pas de ceux qui ne supportent pas le silence et se hâtent de le meubler. Mais son mutisme rompit soudain une digue au tréfonds d'elle-même. Les mots jaillirent.

— Laissez-moi la toucher encore, cette tête de jaguar. J'aime son poids au creux de ma paume.

Il jouait distraitement – du moins en apparence – avec le pommeau d'ébène. Louisa sentit ses joues s'enflammer.

— Est-ce vraiment moi qui vous fais faire ces choses insensées ? murmura-t-il. Ou êtes-vous naturellement portée sur les… cannes masculines ?

Elle changea de position sur le siège.

Félix aurait aimé l'imiter afin de soulager certaine partie de son anatomie qui commençait à le gêner. Mais ce serait inutile : rien d'autre n'apaiserait son excitation que posséder cette femme.

Il pensait constamment à elle, il la voyait couchée sur un lit, offerte, ou à genoux, ou debout. Parfois nue, parfois non. Mais toujours il était en elle et, les yeux grands ouverts, elle le regardait avec cette expression qui n'appartenait qu'à elle, où le désir se mêlait à la crainte, l'ardeur à la méfiance, le tout relevé d'une pointe d'adoration.

En cet instant même, il ne songeait qu'à lui soulever ses jupes avec sa canne, à lui écarter les cuisses et à la contempler tout son soûl.

— Je ne sais pas, répondit-elle après un long silence. Je le découvrirai lorsque j'épouserai le boucher.

Il crispa les doigts sur le pommeau – une réaction intempestive. De quel boucher parlait-elle ?

— Il a une canne qui vous plaît ?

— J'ignore tout de sa canne. Je ne le rencontre que dans sa boucherie. C'est un homme bon, et pas mal de sa personne. À en croire la rumeur, il aurait des vues sur moi, mais ma mère a laissé entendre, quoique peut-être pas assez clairement, qu'elle ne permettrait jamais à ses filles de se mésallier. Fi des bouchers, épiciers et consorts.

» Une attitude compréhensible, car son père était un gentleman. Le mien n'était qu'un coureur de dot, je n'ai donc pas les moyens de faire la fine bouche. L'argent d'un boucher vaut celui d'un lord. S'il accepte de prendre Matilda chez nous, alors il sera mon mari.

Il refusait de la croire. Cependant ces vérités qu'elle lui assénait se cristallisaient en lui en une écharde douloureuse.

— Êtes-vous sûre qu'il acceptera Mlle Matilda ?

Elle haussa les épaules.

— Cela dépendra sans doute de moi, il me faudra le convaincre que j'adore… sa canne.

Et soudain, le pommeau d'ébène se retrouva sur la poitrine de la jeune femme, entre ses seins. Félix eût été bien incapable d'expliquer ce qui s'était passé. Il ne se savait pas si impulsif.

Elle le regarda avec stupéfaction, mais n'ébaucha pas un geste.

— Couchez avec moi et vous disposerez du meilleur télescope d'Angleterre, ce que votre boucher ne pourra jamais vous offrir.

Elle avait le cœur qui battait la chamade – chaque battement résonnait le long de la canne, il le percevait au creux de sa paume.

— Je ne suis pas ce genre de femme, je croyais avoir été claire sur ce point.

L'idée qu'un autre homme la toucherait… et qu'elle, avec cette alacrité qui la caractérisait, l'encouragerait…

Et lui n'aurait que ses souvenirs pour se consoler…

Sa fortune lui permettait d'éclipser la plupart de ses pairs londoniens, mais comment rivaliser avec des « bouchers, épiciers et consorts » ?

À contrecœur, il écarta sa canne.

— En tout cas, faute de mieux, vous mangerez à votre faim.

Le commentaire, qui se voulait léger, lui parut amèrement caustique.

— Il faut regarder le bon côté des choses, répliqua-t-elle posément.

— Je suis certain que vous vous en tirerez très bien.

— Oui, dit-elle, soudain grave. Je m'en tirerai toujours, d'une manière ou d'une autre.

La portière, qui s'ouvrit brusquement, les fit sursauter. Félix ne s'était pas aperçu que la voiture s'était immobilisée devant la résidence de lady Balfour.

L'attitude de Mlle Cantwell changea alors en un clin d'œil. Un doux sourire aux lèvres, elle le remercia de l'avoir si gentiment ramenée chez elle. Retrouvant lui aussi sa courtoisie et sa galanterie, il lui déclara qu'il était heureux d'avoir pu lui épargner le désagrément de marcher sous la pluie.

Puis l'attelage s'ébranla de nouveau, et Félix s'abîma dans ses réflexions. Ce n'était pas à leur intermède grivois qu'il songeait, mais à la détermination – et à la mélancolie – qu'il avait lue sur son visage quand elle avait affirmé qu'elle se marierait avec le premier venu, pourvu qu'il ne soit pas trop laid, et qu'elle n'en mourrait pas.

Tout le plan de Félix reposait sur sa conviction qu'elle ne réussirait pas à harponner un homme de sa condition. Il n'avait pas prévu qu'elle irait jusqu'à accepter une mésalliance. Un commerçant était un honnête citoyen, certes, cependant si Mlle Cantwell en épousait un, elle pouvait s'attendre à être irrémédiablement bannie de chez ses proches, lady Balfour et les Tenwhestle en tête.

Toutes les personnes avec qui elle avait noué des liens amicaux durant son séjour à Londres la rejetteraient. Ainsi que son cercle amical de Cirencester. C'était cruel, mais tant que le monde demeurerait tel qu'il était, les membres de la haute société ne côtoieraient pas les bouchers, épiciers et consorts.

Il l'imagina mariée, toujours attentive à se montrer joyeuse et pleine d'entrain, pour que son époux, sa sœur épileptique, sa belle-famille et son nouvel entourage ne la croient surtout pas malheureuse. Parfois le hasard lui ferait croiser une ancienne relation qui la saluerait avec gêne, surtout si elle était en compagnie de son conjoint.

Il lui arriverait d'avoir envie d'écrire à de vieux amis. Elle prendrait une feuille de papier, une plume... hésiterait et, finalement, renoncerait pour ménager le destinataire, qui ainsi n'aurait pas à se demander s'il devait ou non répondre, et s'épargner le chagrin d'attendre une réponse qui ne viendrait pas.

Et les étoiles ? La jeune fille qui désirait passionnément le télescope dans la vitrine ne voulait pas se contenter d'observer les cratères de la lune ou les anneaux de Saturne. Elle avait l'ambition d'étudier le relief de la planète Mars. Les confins de notre galaxie.

Pourquoi se priverait-elle de tout ce qui lui était cher, alors qu'elle pourrait si facilement...

Il s'interdit de s'aventurer sur ce terrain-là.

Dépité, il envoya sa canne valser sur le siège qu'elle avait quitté, maudissant l'entêtement de cette stupide créature.

6

Louisa n'avait pas tout dit à lord Wrenworth au sujet de M. Charles, le boucher qui avait des vues sur elle.

M. Charles était effectivement un homme bon et un excellent boucher, cependant il avait un frère buveur et joueur invétéré, qui venait souvent quémander de quoi payer ses dettes. Il avait aussi une sœur, veuve, qui dépendait de lui pour nourrir ses deux enfants en bas âge. Par conséquent, en admettant qu'il rêve d'épouser Louisa, il y réfléchirait à deux fois – et même trois – avant de s'encombrer d'une belle-sœur invalide dont il fallait s'occuper vingt-quatre heures sur vingt-quatre.

Et en supposant que M. Charles parvienne à contourner ces obstacles, Louisa pouvait-elle réellement l'épouser ? Se marier avec un homme qu'on n'aimait pas follement, c'était une chose, mais se marier avec lui alors qu'on était follement éprise d'un autre...

Qui aurait cru, au début de l'année, qu'elle était aussi douée pour s'attirer des ennuis ? Tout le monde la considérait comme la fille la plus placide, la plus équilibrée de la création, ou du moins des Cotswolds. Elle-même était de cet avis.

Si on lui avait dit qu'elle serait terrassée par un amour passionné, elle aurait ricané. Si quelque prophète lui avait prédit qu'elle subirait une irrésistible attirance sexuelle, elle aurait ri à se rompre les côtes.

Et pourtant, voilà où elle en était…

— Louisa, voudriez-vous servir le thé, je vous prie ? demanda lady Balfour.

— Bien sûr, madame, répondit Louisa qui s'empressa de remplir les tasses des nouveaux arrivants.

Le mercredi, lady Balfour recevait. Aujourd'hui, les visiteurs étaient particulièrement nombreux, à cause du dîner d'apparat que lady Balfour avait donné l'avant-veille. Les dames, vêtues de leurs élégantes toilettes de ville, restaient un petit quart d'heure et buvaient à peine une gorgée de thé avant de quitter la maîtresse de maison pour filer à leur prochain rendez-vous.

Louisa brodait, sans vraiment prêter attention à son ouvrage. Cinq jours s'étaient écoulés depuis sa promenade en voiture avec lord Wrenworth. On serait bientôt à la mi-juillet, et certains noms commençaient à tinter à ses oreilles – Cowes, Écosse…

Les gens échafaudaient des projets pour la fin de la saison, ils cherchaient une villégiature.

La fin de la saison.

Elle devait impérativement réfléchir à son avenir mais, telle une collégienne amoureuse, elle ne pensait qu'à lord Wrenworth. Le reverrait-elle après son départ de Londres ? Dans dix ans, cinq ans, et même dans un an, se souviendrait-il d'elle avec regret ou avec indifférence ?

Elle était en plein désarroi, mais n'aurait su dire si les personnes qui l'entouraient l'avaient remarqué.

112

Mi-juin, lady Balfour lui avait affirmé avec autorité qu'on lui demanderait sa main avant que la première semaine de juillet ne s'achève. Cette date était passée sans qu'aucune intention matrimoniale ne s'exprime. Cependant lady Balfour ne perdait rien de son enthousiasme, et se disait sûre du succès de Louisa.

— Vous ai-je raconté nos aventures de la semaine dernière ? déclara la vieille dame d'un air suffisant. Mais non, suis-je sotte… je gardais cette croustillante anecdote pour aujourd'hui.

Il était plus de 16 heures. Il ne restait dans le salon que les intimes de lady Balfour, qu'une amitié de longue date autorisait à s'attarder au-delà du quart d'heure d'usage.

— Vous vous rappelez, n'est-ce pas, qu'il y a eu un orage terrible, poursuivit lady Balfour.

— Si je m'en souviens ! L'ourlet de ma robe ne s'en est pas remis, se plaignit lady Archer, qui connaissait lady Balfour depuis l'accession au trône de Victoria.

— Cela ne m'étonne pas. Ce jour-là, donc, il était prévu que ce cher Tenwhestle raccompagne Mlle Cantwell, que j'avais priée de passer à la librairie pour moi. Or voilà qu'une pluie diluvienne se met à tomber. Notre Tenwhestle, qui s'est rendu à pied à son club, est coincé. Pas un seul fiacre à l'horizon et, naturellement, il n'est pas question de sortir sous cette averse, même avec un parapluie.

— C'est sûr, acquiesça Mme Constable – lady Balfour et elle avaient fréquenté le même pensionnat de jeunes filles.

— Tenwhestle s'affole, vous savez qu'il a un grand sens du devoir. Il mentionne Mlle Cantwell, disant qu'il lui faut absolument trouver une solution. Et c'est alors que surgit un chevalier sur son blanc destrier. Ou plutôt dans un rutilant carrosse !

— Bonté divine ! s'exclama Mme Tytherley, la sœur de Mme Constable. S'agirait-il de nouveau de lord Wrenworth ?

— Précisément ! se rengorgea lady Balfour.

S'ensuivit un chœur de « oh » et de « ah ».

— Nous n'ignorons pas que ce garçon sait se défendre contre les aventurières et qu'il fuit les jeunes filles à marier, commenta Mme Constable. Mais il semble faire une exception pour Mlle Cantwell, n'est-ce pas ? Un dîner, un bal, un pique-nique, et maintenant une promenade en carrosse sous la pluie... Je n'oublie rien ?

— Non, madame, bredouilla Louisa.

— Permettez-moi de ne pas être d'accord, intervint Mme Tytherley.

Louisa sursauta.

— Ce matin, j'ai croisé lady Avery chez la modiste. Elle m'a raconté que son neveu, M. Baxter, avait vu Mlle Cantwell et lord Wrenworth attablés à la buvette du British Museum, voici quelque temps. M. Baxter, qui est, comme tous les hommes, tête en l'air, ne lui en a parlé qu'hier, incidemment.

— Louisa ! s'écria lady Balfour, et Louisa faillit se piquer le doigt avec son aiguille. Pourquoi ne m'avez-vous rien dit ?

— Ce n'était qu'une coïncidence, se justifia Louisa – là, elle ne mentait pas. Je ne m'attendais pas du tout à le rencontrer au British Museum, et je dois dire que lord Wrenworth a été aussi surpris que moi.

— Votre rencontre était peut-être fortuite, il n'empêche que lord Wrenworth aurait pu se contenter de vous saluer et passer son chemin. Or, il a engagé la conversation.

— Coïncidence ou pas, vous êtes chanceuse, mademoiselle, renchérit lady Archer. Il se pourrait même, si les choses continuent à ce train-là, que vous soyez la jeune femme la plus chanceuse de Londres.

— Je ne voudrais pas vous contredire, lady Archer, mais je...

Louisa n'acheva pas sa phrase car, à cet instant, la porte du salon s'ouvrit, et le majordome annonça :

— Sa Seigneurie le marquis de Wrenworth.

Les quatre vieilles dames se tournèrent vers Louisa, une expression de stupéfaction identique peinte sur le visage – front plissé, bouche grande ouverte. Louisa les fixa du regard, tout aussi sidérée.

Lord Wrenworth entra d'un pas nonchalant, très élégant dans sa redingote Newmarket gris tourterelle. Baissant la tête, Louisa se remit précipitamment à sa broderie – en s'efforçant de ne pas se transpercer le doigt.

En principe, c'était exclusivement les dames qui recevaient l'après-midi et se rendaient visite. Comme lady Balfour ne tenait pas salon et n'appartenait à aucune coterie, la présence d'un homme dans ce décor féminin, à cette heure de la journée – alors qu'il aurait dû être avec ses congénères, au club, à faire sa petite sieste d'après le déjeuner – était proprement ahurissante.

Que voulait-il ?

On fit cependant comme si tout était parfaitement normal – on approcha un siège pour le visiteur, on réclama du thé, on échangea de menus propos sur le temps – quel beau soleil, n'est-ce pas, ce n'est pas si fréquent, il faut en profiter.

Parmi ces dames, certaines étaient meilleures comédiennes que d'autres. Lady Archer possédait un réel talent, elle décrivit avec conviction les instruments de mesure dont son époux avait rempli leur demeure, car il s'intéressait particulièrement à la pression atmosphérique et aux intempéries sous toutes leurs formes.

Mais elles n'arrivaient pas à la cheville de l'acteur prodigieux qu'était lord Wrenworth, qui se comportait comme s'il prenait le thé chaque mercredi avec des dames de l'âge de sa mère.

Il demanda à lady Archer des nouvelles de son fils, qui faisait son Grand Tour en Europe. Puis il s'enquit de la grille qui clôturait la résidence de Mme Tytherley, et causait, apparemment, de multiples désagréments depuis l'automne. Enfin il évoqua les roses hybrides de Mme Constable, ce qui la flatta et la surprit – Louisa elle-même ignorait que l'amie de lady Balfour s'essayât à de nouvelles variétés.

Était-il possible qu'elle lui manquât un peu ? Et même plus qu'un peu ? Peut-être se trouvait-il dans le quartier et avait-il décidé, sur un coup de tête, de faire irruption chez lady Balfour car ne pas voir Louisa lui était insupportable.

Elle grimaça. Ces pensées dangereusement complaisantes prouvaient s'il en était besoin qu'elle s'abêtissait. La Louisa d'avant n'aurait jamais bâti tout un roman d'amour sur un argument aussi trivial que l'appétit sexuel d'un homme.

Il était maintenant 16 h 30. Lord Wrenworth était là depuis dix minutes, dans cinq petites minutes il devrait prendre congé, ainsi que l'exigeait l'étiquette.

Louisa aurait donné cher pour déchiffrer ce regard vert si fascinant. Il avait forcément une bonne raison de s'exposer ainsi aux cancans. Mais laquelle ?

Elle n'y comprenait rien, le chaos régnait dans sa tête.

— Et sur un arceau, elles sont du plus bel effet, disait Mme Constable, agitant les mains pour mimer le mouvement d'un rosier grimpant. D'ici quelques années, nous aurons une profusion de fleurs au début de l'été.

— Je ne manquerai pas d'en toucher un mot à mon jardinier en chef, répliqua lord Wrenworth d'un ton pénétré, comme si son existence entière tournait autour des rosiers grimpants.

— Si vous le souhaitez, je demanderai au mien de lui faire parvenir un croquis de la tonnelle, proposa Mme Constable d'une voix que l'émotion faisait vibrer.

— Je vous en serais reconnaissant, chère madame.

Il décocha à la vieille dame un sourire si enjôleur que Louisa elle-même en eut des vapeurs. Sur quoi, il s'empara de sa tasse – que lady Balfour lui avait elle-même remplie – et but une gorgée de thé.

Il y eut un silence. Qui se prolongea le temps que lord Wrenworth déguste tranquillement une tranche de cake.

Il ne paraissait pas se rendre compte qu'elles étaient toutes dans l'expectative. Louisa brodait obstinément, plantant et tirant l'aiguille, point par point, alors que son cœur battait comme un tambour au plus chaud de la bataille.

N'y tenant plus, lady Balfour demanda finalement :

— Eh bien, lord Wrenworth, nous expliquerez-vous ce qui nous vaut le plaisir de votre visite ? Je n'ose croire que vous soyez là dans le seul but de goûter mon cake.

Il reposa sa petite assiette en porcelaine.

— Si j'avais su qu'il était aussi délicieux, je serais venu plus souvent. Cependant vous avez raison : j'avais un autre but.

— Et lequel ? interrogea lady Balfour d'une voix qui grimpait dans l'aigu.

Il ne répondit pas tout de suite. Louisa, le nez sur sa broderie, eut la sensation qu'il posait sur elle son regard impénétrable.

— Avec votre permission, j'aimerais m'entretenir avec Mlle Cantwell en privé.

Elle ne laissa pas tomber son ouvrage, ne se piqua même pas le doigt – il aurait fallu pour cela qu'elle fût capable de bouger, or elle était pétrifiée.

— Louisa, mon enfant, lord Wrenworth souhaite vous parler, claironna lady Balfour. Conduisez-le dans le petit salon, voulez-vous ? Nous comptons sur vous pour nous la ramener dans dix minutes, mon cher, ajouta-t-elle à l'adresse de son visiteur.

Louisa se leva précautionneusement. Les yeux fixés sur le parquet – elle avait tout de la jeune fille pudique, à ceci près que son attitude n'était pas due à la timidité mais à la stupeur –, elle montra le chemin à lord Wrenworth.

Dès qu'il eut refermé la porte du petit salon, elle fit volte-face.

— Avez-vous perdu l'esprit ? Maintenant, lady Balfour et ses amies s'attendent à une demande en mariage. Que vais-je leur dire après votre départ ? Non, mesdames, lord Wrenwoth n'a aucune envie de m'épouser. Il voulait seulement que je lui narre encore l'un de mes rêves inracontables.

Il s'approcha – il avait le maintien orgueilleux d'un homme accoutumé à avoir tout ce qu'il désirait.

— Avez-vous fait un nouveau rêve ? lui murmura-t-il à l'oreille.

Son souffle sur sa joue la fit frissonner. Son odeur fraîche lui donna le tournis ; elle aurait aimé nicher son visage au creux de son cou et s'enivrer de ce parfum de cèdre après l'orage.

— Bien sûr, mais la question n'est pas là. Il faut que…

— Racontez-moi ce rêve inracontable.

Du pouce, il suivit le dessin de son col. Une onde brûlante circula le long de ses nerfs.

— Maintenant ? balbutia-t-elle.

— Nous avons quelques minutes devant nous. Alors pourquoi pas ?

— Pourquoi pas ? Eh bien, je vais vous le dire...

Elle n'acheva pas sa phrase. Il venait de déboutonner son col.

— Mais... que faites-vous ? s'écria-t-elle, à la fois effrayée et excitée.

— À votre avis ? Racontez-moi ou je déboutonne votre corsage.

Elle battit des cils, ne sachant trop si elle souhaitait vraiment qu'il s'arrête.

Il eut un petit rire.

— Seigneur... vous voulez que je continue.

— Pourquoi pas ? rétorqua-t-elle crânement.

— Ah... je n'ai donc pas le choix. Très bien, je vais vous le demander gentiment. S'il vous plaît, ma chère mademoiselle Cantwell, racontez-moi votre rêve.

Elle déglutit avec peine.

— Ce n'est pas assez gentil. Vous devez dire : ma chère Louisa.

Il la dévisagea longuement, avec une expression étrange.

— S'il vous plaît, ma chère, très chère Louisa.

Son prénom dans sa bouche était une mélodie ensorcelante. Elle ne s'en lasserait jamais.

Ma chère, très chère Louisa.

— La nuit dernière, et aussi celle d'avant, j'ai rêvé que nous étions ensemble dans une voiture. Elle ressemblait à la vôtre, à un détail près : elle était tout en verre. Et... et moi, j'étais nue.

Ses yeux étaient d'un vert profond, sombre – celui des forêts de sapins en décembre – et brûlant.

— Continuez.

— Je suis nue, donc, et affolée. Alors vous me bandez les yeux avec votre cravate, en m'expliquant que si je ne vois rien, je ne me soucierai pas de qui peut me voir.

— Une logique imparable. Et ensuite ?

— J'ai ce bandeau sur les yeux, et vous me touchez avec quelque chose. Votre canne, prétendez-vous, mais je ne suis pas sûre de vous croire.

— Pourquoi ce doute ?

— Parce que c'est... chaud, répondit-elle en rougissant. Ne me demandez pas ce qui se passe ensuite, je vous en prie. L'histoire s'arrête là.

En effet, chaque fois, le rêve s'achevait là, et elle se réveillait dans un état d'excitation effarant.

Un impalpable sourire joua sur les lèvres de lord Wrenworth.

— Vous aimez que je vous touche avec... ce qui n'est pas une canne ?

Elle vit, incrédule, sa propre main se tendre vers son visage, lui effleurer les cheveux.

— Dans mes rêves, tout ce que vous faites me plaît.

— Cela valait la peine de vous enlever devant témoins pour entendre cela.

Seigneur, lady Balfour et ses amies.

— S'il vous plaît, ne me dites pas que vous êtes venu uniquement pour me mettre dans l'embarras.

— Bien sûr que non. Je suis venu vous annoncer que j'ai décidé d'annuler mon offre. Elle n'est plus valable.

Louisa eut l'impression que son cerveau volait en éclats. Elle ne pouvait plus penser. Elle n'y voyait plus rien. Elle suffoquait.

Ce n'était pas un homme d'honneur, et elle s'en était moqué. Elle était prête à passer sur tous ses défauts, pourvu qu'il éprouve un peu, un tout petit peu, de ce qu'elle ressentait à son endroit.

Or pour lui, ce n'avait été qu'un jeu sans importance.

— C'est aussi bien, s'entendit-elle répondre d'une voix qui lui parut étrangement lointaine. Je ne me serais jamais abaissée à accepter votre proposition.

Elle mentait. Elle aurait détesté devenir sa maîtresse – c'eût été le début de la fin –, cependant jamais, à aucun moment, elle n'avait écarté cette possibilité.

— Vous ne semblez pas aussi soulagée que vous devriez l'être, observa-t-il avec une douceur insidieuse.

— Détrompez-vous, je suis tranquillisée. Ce n'est que ma vanité qui est froissée.

Et son pauvre cœur.

— Ma pauvre petite Louisa, murmura-t-il, l'immonde personnage.

— Je déplore néanmoins que vous m'ayez entraînée ici dans le seul but de me dire que vous renonciez à vos coupables projets. Que vais-je raconter à lady Balfour dans – elle jeta un coup d'œil à la pendule – une minute ?

Quand ces quelques secondes seraient écoulées, qu'il franchirait le seuil de la demeure, elle ne le reverrait peut-être plus jamais. Qui d'autre que lui l'aimerait pour son esprit terre à terre ? Qui d'autre l'applaudirait parce qu'elle avait le sens de ses intérêts ? Et qui d'autre s'intéresserait au télescope qu'elle avait tant convoité et qui lui avait échappé ?

Il lui toucha le visage, et elle se rendit compte, effarée, qu'elle pleurait et qu'il lui essuyait les joues.

— Vous direz simplement à lady Balfour que, dans exactement trois semaines, vous serez mariée.

Elle le dévisagea à travers un voile de larmes.

— Avec qui ? hoqueta-t-elle.

Il la regarda comme si elle était une enfant excessivement lente, à qui il fallait expliquer que deux et deux font quatre.

— Je... je ne comprends pas, bredouilla-t-elle – ce qui n'était pas tout à fait vrai, car une idée inouïe s'insinuait dans son cerveau embrumé.

— Qu'y a-t-il à comprendre ? Je vous ai demandé votre main. Me l'accordez-vous ou faut-il que je retire aussi cette offre ?

Ce fut tout à coup comme si elle avait ingurgité des litres de café. Elle tremblait.

— Bien sûr que je vous l'accorde, je suis venue à Londres pour épouser l'homme le plus riche que je rencontrerais, or vous êtes le plus fortuné de tous. Mais pourquoi vous, vous m'épouseriez, *moi* ?

— Parce qu'il faut récompenser les jeunes femmes assez audacieuses pour confesser leurs rêves érotiques.

Cela n'avait aucun sens.

— Mais je...

— Nos dix minutes sont écoulées, coupa-t-il en lui reboutonnant le col de son corsage et en essuyant sur sa joue, d'un doigt autoritaire, une dernière larme. Je n'abuserai pas de la bienveillance de lady Balfour, cela entacherait ma brillante réputation. Il est temps d'aller retrouver ces dames, Louisa.

Il se détournait déjà lorsqu'elle lui agrippa la main.

Embrassez-moi. Ne devriez-vous pas donner un baiser à votre future épouse ?

Au lieu de cela, elle s'entendit déclarer :

— Je veux quand même une maison à moi et une rente annuelle de mille livres, jusqu'à la fin de mes jours. Et j'exige que ces conditions figurent dans le contrat de mariage.

Il inclina la tête de côté avec une expression qu'elle ne put déchiffrer – était-il vexé ou amusé ?

— Vraiment ?

— Quand une chose paraît trop belle pour être vraie, elle l'est probablement, répondit-elle avec un certain courage. Je parierais que, d'ores et déjà, votre notaire se tient prêt à vous délier de toute obligation envers moi.

— Vous êtes affreusement cynique.

— Je préfère pécher par manque de romantisme plutôt que me retrouver pauvre comme un rat d'église quand vous vous serez lassé de moi.

Il lui prit le menton.

— Et si je ne me plie pas à votre volonté ?

— Je dirai à lady Balfour que j'ai refusé votre demande en mariage.

Elle était en train de marchander avec le célibataire le plus en vue de Londres ! C'était à peine croyable.

— Je vous donnerai une maison et cinq cents livres par an, concéda-t-il.

— Huit cents, contra-t-elle. Je ne vous épouserai pas à moins. Et la maison devra comporter au moins vingt pièces.

Du pouce, il lui caressa les lèvres. Son regard était sévère, froid, et soudain elle eut peur.

Non, non, un taudis me suffira. Et même... tenez, prenez la broche en perle de ma mère. Et l'épingle en jais de la tante Imogene. Vous voulez aussi les économies que j'ai cachées dans ma chambre ? Onze livres et huit shillings, une petite poire pour la soif.

Il lui sourit.

— Vous me le paierez. Vous en êtes consciente, n'est-ce pas ?

Cette façon qu'il avait de la regarder, avec une jubilation corsée d'un zeste de méchanceté et de... camaraderie, c'était le mot. Heureusement qu'elle avait la robustesse d'un percheron, sinon elle se serait évanouie, tant la joie qui l'inondait était violente.

— Oui, souffla-t-elle.

Mille fois oui.

7

La vie de Louisa bascula à l'instant précis où lord Wrenworth annonça à lady Balfour et à ses amies que Mlle Cantwell avait accepté de devenir sa femme.

Le lendemain matin, dans le carnet mondain du *Times* tout juste sorti des presses paraissait l'annonce de leurs fiançailles. Une heure après, on livrait à Louisa un énorme bouquet d'orchidées blanches à cœur rose, de la part de son futur mari. Et à midi, on lui remettait une somptueuse bague de diamants qui fit tomber lady Balfour en pâmoison.

— Je vous l'avais dit, Louisa ! s'écria-t-elle. N'est-ce pas que je vous l'avais dit ?

Une pluie de bristols s'abattit sur la demeure. On félicitait Louisa et on l'invitait à d'innombrables réceptions, de quoi l'occuper jusqu'à la fin de la saison. Elle passa deux journées entières à répondre à tous ces gens. Lorsqu'elle accompagnait lady Balfour ici ou là, elle était au centre de l'attention générale et sentait peser sur elle des regards envieux, et parfois incrédules.

On la considérait comme la femme la plus chanceuse de Londres.

La plus médusée de tous était sans conteste Louisa elle-même. Elle pouffait de rire dès qu'elle était seule. Bouche bée, elle contemplait sa bague de fiançailles. Souvent la nuit, dans son lit, elle martelait le matelas de ses poings et de ses talons, telle une petite fille surexcitée à la veille des grandes vacances.

Mais parfois cette exaltation se teintait d'une certaine morosité. Cette demande en mariage, si elle était bel et bien réelle, lui semblait invraisemblable. Dans la vie d'un homme, une maîtresse était une agréable distraction destinée à être remplacée ou mise au rebut. Tandis qu'une épouse était faite pour durer, à l'instar d'une mère elle était en quelque sorte irrévocable.

Quelle mystérieuse lubie avait poussé lord Wrenworth à prendre cette décision ? Louisa était trop équilibrée pour se dénigrer elle-même, se dénier toute valeur, elle ne comprenait toutefois pas ce qu'elle avait de si irrésistible aux yeux d'un homme qui avait à ses pieds la gent féminine dans son ensemble.

L'explication qu'elle entrevoyait était démoralisante. Sans doute se délectait-il du pouvoir qu'il exerçait sur elle – car depuis le début, il s'ingéniait à la perturber et la déstabiliser. Elle avait dû lutter en permanence pour ne pas perdre pied.

Mais peut-être était-ce justement sa résistance qui lui plaisait. En bon chasseur, il préférait que le gibier ne lui tombe pas tout rôti dans le bec.

Elle se remémorait souvent le moment où le lien qui l'unissait à lui était devenu concret, l'euphorie qui l'avait submergée à l'idée qu'il la désirait suffisamment pour promettre de lui donner son nom et tous les privilèges dont il jouissait. Mais il n'en demeurait pas moins que son fiancé d'aujourd'hui n'était pas plus fiable que l'amant potentiel d'hier, débauché et joyeusement amoral.

Quand ils seraient mariés, elle se soumettrait à son emprise dans le lit conjugal – ses sens la rendraient probablement toujours vulnérable et incapable de lui dire non. Mais ce serait la seule faiblesse qu'elle s'autoriserait : il serait maître de son corps, jamais de son esprit. Elle garderait enfoui au fond de son cœur son amour pour lui, ce sentiment absurde et un peu honteux. Elle emporterait ce secret dans la tombe.

Il n'y avait pas d'autre chemin possible dans la périlleuse traversée que serait leur mariage.

La sensationnelle réussite de Louisa amena sa famille à Londres. Sa mère et ses sœurs durent toutefois retarder leur départ de deux jours à cause de Frederica qui refusait obstinément de quitter sa chambre. Louisa reçut plusieurs télégrammes affolés, auxquels elle répondit ainsi : *Dites à Frederica que lord Wrenworth connaît des médecins capables d'effacer ses cicatrices, et qu'il a les moyens de les rémunérer.*

À vrai dire, le remède ne viendrait pas de là. À vingt-sept ans, Frederica était toujours d'une beauté radieuse – son problème n'était pas dermatologique mais psychologique.

— Je vous charge d'une mission, déclara Louisa à lord Wrenworth. Lorsque Frederica sera là, débrouillez-vous pour qu'elle se sente ravissante.

C'était la première fois qu'ils se voyaient depuis l'annonce de leurs fiançailles. Louisa n'avait pas eu une minute de répit, car organiser en trois semaines un mariage en grande pompe – ainsi que l'exigeait la position sociale du marié – était une tâche exténuante.

— Quoi ? s'exclama-t-il, narquois. Je me suis délesté d'une chaumière de vingt pièces, plus huit cents livres de rente, et je dois aussi abreuver ma belle-sœur de compliments ?

Il était magnifique, campé devant la fenêtre du salon de lady Balfour, auréolé de lumière. Louisa en éprouva de la fierté, du désir et pour finir de l'angoisse. Elle était condamnée à endurer ce maelström d'émotions tant qu'elle serait l'épouse d'un homme dont elle était éprise mais dont elle se méfiait, et dont les véritables motivations demeuraient pour le moins opaques.

— Cela vous évitera de dépenser plus tard une fortune en lait d'ânesse pour le bain et autres crèmes émollientes exotiques, répliqua-t-elle. Quoique c'est plutôt à moi que cela fera faire des économies.

— Et pourquoi, je vous prie, vous empêcherais-je de jeter votre argent par les fenêtres ?

Il s'approcha du fauteuil capitonné où elle était assise.

— Ne serait-il pas plus malin de vous pousser à le gaspiller pour qu'ensuite vous soyez contrainte de venir mendier quelques livres ?

Elle regardait sa bouche. Il ne l'avait jamais embrassée, pas une seule fois. Elle rêvait d'un baiser, cependant, la tête sur le billot, elle ne l'avouerait pas. Elle se retenait même de frôler sa main, posée sur le dossier du siège. Tenter de le désarçonner à coups de petites perfidies, c'était un jeu auquel elle se sentait capable de jouer, mais pas question de trahir ses désirs les plus secrets – autant offrir sa gorge au bourreau.

— Même si j'essayais, jamais je ne réussirais à dépenser huit cents livres en une année.

— Ne vous en vantez surtout pas en public. Si l'on venait à apprendre que j'ai épousé une créature qui se contente de huit cents livres, ma réputation serait ruinée. De quoi me plaindrai-je, au club, si ma femme n'est pas suffisamment dépensière ?

Ma femme.

Une épouse pouvait être un objet d'adoration ou un fléau. Où se situerait-elle sur ce canevas ? Et parviendrait-elle jamais à conquérir son cœur ?

Elle noua les mains dans son giron.

— Aucun de vos congénères ne se plaint que sa moitié est insatiable au lit ? s'enquit-elle d'une voix suave.

Il l'enveloppa d'un tel regard qu'elle en eut des picotements partout. Il brûlait de lui faire des choses indécentes – c'était précisément la réaction qu'elle espérait –, mais il se garda bien de la toucher. Il n'effleura même pas la soie de ses énormes manches gigot.

Il s'assit en face d'elle, ses longues jambes occupant presque tout l'espace entre eux.

— Envisagez-vous d'être une épouse excessivement ardente ?

La façon qu'il avait de l'étudier la grisait tout en la mettant mal à l'aise.

— Le souhaitez-vous ?

— Ce qui m'intéresse surtout, c'est de découvrir l'épouse que vous ne pourrez vous empêcher d'être, déclara-t-il.

Il voulait la dénuder de toutes les manières possibles, corps et âme, la dépouiller de ses défenses les plus intimes.

Elle but une gorgée de thé, crispant les doigts sur l'anse de sa tasse.

— Bien... pour revenir à Frederica, me promettez-vous de la couvrir de louanges ?

Deux jours plus tard, lorsque lord Wrenworth fit son entrée dans le salon de lady Balfour pour être présenté à la famille de Louisa, un silence l'accueillit. Les Cantwell mère et filles retinrent un instant leur souffle comme devaient le faire jadis les simples mortelles quand Apollon surgissait inopinément devant elles.

Louisa en eut un coup au cœur, elle aussi. Chaque fois qu'elle posait les yeux sur lui, c'était comme si elle le voyait pour la première fois. Sa perfection physique la laissait sans voix.

Vous êtes un vaurien, milord.

Comme s'il l'entendait penser, il se tourna vers elle. Ils échangèrent un long regard – deux mécréants se reconnaissant mutuellement dans une assemblée de gens honorables.

Cet échange muet ne dura qu'une seconde, cependant cette communion secrète, d'une ineffable douceur, emplit le cœur de Louisa d'une joie presque douloureuse. Ils se ressemblaient tellement, et elle aurait tant voulu ne pas avoir à se défendre contre lui.

— Permettez-moi de vous présenter le marquis de Wrenworth, déclara lady Balfour d'un air extatique, car elle n'en revenait toujours pas d'être l'ordonnatrice de l'union – ou de la mésalliance, songeait parfois Louisa – la plus fabuleuse de la décennie. Voici ma chère cousine, Mme Cantwell. Et Mlle Julia, Mlle Matilda, Mlle Cecilia. Et Mlle Frederica.

Cette dernière, assise sur une chaise, regardait fixement le sol.

Lord Wrenworth s'approcha. Elle ne releva pas la tête.

Alors, à la stupeur générale, il mit un genou à terre pour être à la hauteur de la jeune femme. Gênée, elle se tourna sur le côté. Il étudia avec attention le profil qu'elle lui offrait, puis tranquillement se déplaça de l'autre côté.

Lady Balfour et Mme Cantwell lancèrent un coup d'œil interrogateur à Louisa qui, d'une mimique, leur répondit qu'elle ne comprenait pas non plus ce que signifiait ce manège.

Il se redressa.

— Je crois savoir, mademoiselle Cantwell, que vous pleurez depuis des années la perte de votre beauté. Je ne saisis pas, je vous l'avoue, pourquoi votre famille vous a laissée vous complaire dans ce narcissisme effréné.

Frederica sursauta.

— Les seules imperfections que je remarque sont ces minuscules marques sur votre joue droite. Si j'avais une sœur, je ne lui permettrais pas de se désespérer pour une pareille vétille.

» Si vous étiez venue à Londres avant, pour la saison par exemple, vous n'auriez sûrement pas détrôné Mme Townsend. C'est la plus belle femme de la capitale. Peut-être que vous n'auriez pas non plus supplanté Mlle Bessler, qui occupe la deuxième place du palmarès des beautés londoniennes. Mais vous auriez fait partie de la triade, n'en doutez pas. Franchement, vous n'auriez pas dû gâcher votre jeunesse à vous lamenter sur un malheur qui n'existe pas : ces imperceptibles cicatrices vous retirent, disons, cinq pour cent de votre joliesse, tout au plus.

» Votre sœur, Mlle Louisa, m'a demandé de vous couvrir d'éloges pour vous rassurer. Eh bien, je m'abstiendrai, puisqu'il vous suffira de sortir de cette demeure pour récolter une profusion de compliments. Mais si vous préférez rester cloîtrée, personne ne peut rien pour vous. Ce n'est pas votre visage qui est en cause, mais votre psychisme.

Sans laisser à Frederica le temps de réagir, il pivota et enchaîna :

— Mademoiselle Matilda, avez-vous fait bon voyage ?

Louisa était sidérée. Elle s'attendait à une offensive de charme, or il avait opté pour une autre tactique : laisser entendre que l'obsession de Frederica était parfaitement ridicule.

De fait, elle l'était, malheureusement Frederica refusait de croire ses sœurs et sa mère quand elles lui affirmaient qu'elle était belle. Elle les accusait de mentir, par affection ou par pitié.

Les paroles de lord Wrenworth, simples et presque brutales, eurent sur elle un effet stupéfiant. Lorsqu'il prit congé, Louisa surprit sa sœur aînée en train de se regarder subrepticement dans le miroir au-dessus de la cheminée – elle qui fuyait depuis des années tout ce qui pouvait réfléchir son image.

Elle ne fut pas la seule à le remarquer.

— Vous avez vu ? chuchota Cecilia, dès que Frederica se fut retirée dans sa chambre.

— Oui, j'ai vu ! s'exclama Mme Cantwell. Oh, je suis ravie ! Si elle trouve le courage de se montrer, elle peut encore faire un beau mariage. Il y a forcément quelque part un riche veuf qui ne serait que trop heureux de l'épouser.

— Pourquoi ne lui avons-nous pas parlé plus tôt avec cette franchise ? s'étonna Cecilia.

— Nous l'avons fait, lui rappela Matilda. Nous lui avons répété des centaines de fois tout ce que lui a déclaré lord Wrenworth. Mais, venant de lui, ces mots ont fait mouche.

Lady Balfour hocha vigoureusement la tête.

— C'est sa façon de le dire qui a fait la différence, décréta-t-elle.

Mme Cantwell se tourna vers Louisa.

— On dit que tu es la femme la plus chanceuse de Londres. Je dirais de toute l'Angleterre, si tu veux mon avis.

Toutes étaient d'accord sur ce point. Matilda, qui partageait la chambre de Louisa, fut la seule à déclarer, au moment du coucher :

— Je sais que tout le monde considère que tu as beaucoup de chance, Louisa, mais à mes yeux c'est lui qui est béni des dieux.

Louisa serra dans ses bras sa sœur bien-aimée.

— Merci, ma chérie.

— J'espère que tu ne l'épouses pas uniquement parce que nous avons besoin d'argent. Tu as de l'affection pour lui, n'est-ce pas ?

Louisa ne s'était jamais posé la question en ces termes. Cependant la réponse était évidente. Oui, elle tenait à lui, et les facettes les plus sombres de sa nature, qu'elle était seule à connaître, renforçaient encore son attachement.

— Si je n'avais pas pu l'épouser, j'aurais accepté de devenir sa maîtresse, avoua-t-elle.

Éclatant de rire, Matilda l'embrassa.

— Que je suis contente ! Je suis certaine que vous serez heureux ensemble.

Louisa était beaucoup moins optimiste. D'une part, elle ignorait ce qui pouvait faire le bonheur de son fiancé. Elle ne savait pas davantage comment elle réagirait le jour où il ne la désirerait plus et irait passer ses nuits dans le lit d'une autre.

Pour conjurer ce malheur, il faudrait gagner son cœur. Mais quel chemin emprunter, et comment vaincre les trolls géants et le dragon cracheur de feu postés au pied des remparts qui défendaient le Gentleman Idéal ?

En supposant qu'il ait un cœur.

— Je suis votre débitrice, milord, lui dit-elle lorsqu'elle le revit.

Une semaine s'était écoulée depuis qu'il avait rencontré la famille Cantwell au complet. Frederica avait fait une apparition au thé donné par lady Balfour en l'honneur de sa cousine et de ses filles. Mieux, elle s'était rendue chez la couturière dans une calèche découverte, coiffée d'un chapeau muni d'une voilette diaphane qui ne dissimulait pas vraiment son visage.

— Voilà qui est ennuyeux, ma chère, vu que vous ne pourrez me rembourser qu'avec mon propre argent.

Il lui tendit la main pour l'aider à monter dans sa voiture. Il pleuvait de nouveau à verse et maintenant qu'ils étaient officiellement fiancés, lord Wrenworth était autorisé à venir la chercher à la librairie sans chaperon.

— Plaisanterie mise à part, êtes-vous en train de me dire que mon petit discours a produit un effet positif sur votre sœur ?

— Oui. À présent elle ne se sépare plus de son miroir et s'étudie à longueur de temps.

— C'est préoccupant. Ne serait-ce pas le signe de quelque désordre mental ?

Avec sa canne, il tapa au plafond de la voiture pour ordonner au cocher de se mettre en route. Louisa n'avait pas revu ce troublant accessoire depuis leur dernière promenade sous la pluie, avant les fiançailles. Elle ne put s'empêcher de fixer du regard le pommeau d'ébène.

D'autant que lord Wrenworth caressait ostensiblement la tête de jaguar.

— Arrêtez, souffla-t-elle.

Avec un petit sourire qui la chavira, il abandonna sa canne contre la portière.

— C'est mieux ainsi ?

— Pas vraiment, mais… que disiez-vous ?

Il lui sourit de nouveau.

— Je disais que la tendance toute neuve de votre sœur à se regarder sans cesse dans un miroir me semble maladive.

— Vous avez raison, cependant je préfère cette maladie-là à celle dont elle souffrait avant. Nous sommes toutes très contentes. Surtout ma mère – elle ose de nouveau espérer que Frederica épouse un homme très riche.

Elle marqua une pause, puis :

— Un homme tel que vous, en somme. En fait, elle s'étonne que vous m'ayez choisie, moi qui suis beaucoup moins jolie que mes sœurs.

— Votre mère croit vraiment que l'une de ses filles pourrait me tenter ?

Le ton presque indigné sur lequel il prononça ces mots la combla.

— Vous affichez tout à coup un sourire ravi, ma chère, très chère Louisa, commenta-t-il.

— C'est que mon cœur est ravi, cher, très cher lord Wrenworth.

À cet instant, la voiture bifurqua brusquement. La canne glissa. Tous deux tendirent la main pour la rattraper. Louisa fut la plus rapide. Elle posa la canne en travers de ses cuisses.

— Là, elle est en sécurité, murmura-t-elle.

Lord Wrenworth jeta un coup d'œil à la tête de jaguar, puis plongea son regard dans celui de Louisa.

— À propos, on est en train d'élaborer, en ce moment même, notre contrat de mariage. Lorsque vous reverrez votre notaire, il vous annoncera que vous disposerez chaque année de cinq mille livres d'argent de poche.

Elle sursauta si violemment que la canne faillit tomber.

— Cinq mille !

— Ne parlez pas si fort, s'il vous plaît, n'ayez pas l'air si surprise et, de grâce, épargnez-moi votre gratitude. Il me serait impossible de paraître dans le monde s'il se chuchotait que mon épouse n'a pas réussi à me soutirer plus de huit cents misérables livres par an.

— Vous vouliez ne m'en accorder que cinq cents ! lui rappela-t-elle.

— C'est que vous êtes une bien piètre négociatrice. Demander mille livres de rente à un homme qui en a deux cent mille, vous devriez avoir honte.

Louisa s'empourpra.

— Je ne vous ai pas caché que je ne suis qu'une pauvre fille de la campagne.

— Je vous croyais ambitieuse. D'ailleurs, en matière de télescopes, vous l'êtes.

— Votre demande en mariage m'avait désarçonnée.

— Vous vous cherchez des excuses, Louisa. Si j'étais moins soucieux de ma réputation, vous auriez été volée.

Absolument pas, vu qu'elle lui aurait volontiers abandonné les onze livres et huit shillings économisés à grand-peine, simplement pour qu'il ne revienne pas sur sa proposition.

Tout de même, cinq mille livres par an. Elle avait envie de rire et de chanter : elle était riche, désormais.

Alors, tout à coup, elle repensa à son imposture.

— Bonté divine, marmonna-t-elle. Il y a une chose que je… comptais vous laisser découvrir après notre mariage. Mais avec cinq mille livres de rente, ma conscience m'interdit de me taire plus longtemps.

Il lui coula un regard oblique.

— Parce qu'avec huit cents livres, votre conscience ne vous tourmentait pas ?

— À ce prix-là, elle dormait en paix.

— C'est bien ce que je pensais, vous n'avez aucune moralité. Alors, quel abominable secret m'avez-vous caché ?

Était-ce de la tendresse qu'elle entendait dans sa voix ? Et pourquoi avait-elle la sensation de fondre ?

— Je rembourre mes corsages.

Il haussa les épaules.

— Comme la moitié des Londoniennes. Les poitrines opulentes ne sont pas légion.

— Il ne s'agit pas pour moi d'avoir des seins plus généreux, mais d'en avoir tout court.

Il considéra sa poitrine.

— Ah... et quel pourcentage de ceci vous appartient ?

— Vingt-cinq. Trente-cinq au maximum.

Il écarquilla les yeux.

— Je suis navrée, dit-elle.

— Seulement parce que vous êtes au pied du mur.

— J'ai toujours eu l'intention de me racheter.

— Et comment, je vous prie ? rétorqua-t-il – n'y avait-il pas un sourire dans sa voix ? Vous comptiez vous faire pousser une poitrine plus ronde ? C'est un peu tard, non ?

— Un jour, j'ai entendu lady Balfour parler de la maîtresse de son beau-frère. Cette femme, disait-elle, est plate comme une limande, mais elle accepte de se livrer à des actes contre nature.

Il ravala ce qui ressemblait à un rire étranglé.

— Excusez-moi... poursuivez.

— Eh bien, j'ai pensé que... si j'y consentais, moi aussi, mon mari aurait peut-être moins de mal à me pardonner. Parce que vous avez très probablement un penchant pour ces actes contre nature.

— Ah bon ?

— Ce n'est pas le cas ?

Elle n'aurait su dire si elle posait la question avec espoir ou appréhension.

Il n'y répondit pas.

— Imaginons que vous vous soyez fiancée avec M. Pitt. Auriez-vous passé votre tricherie sous silence ?

— J'aurais diminué peu à peu le rembourrage en croisant les doigts pour qu'il ne le remarque pas. Mais s'il l'avait remarqué, je me serais peut-être rabattue sur les actes contre nature.

— Il aurait pu vous retirer définitivement sa confiance.

Elle se moquait bien de M. Pitt.

— Et vous ?

— Depuis notre rencontre, ma chère, je ne crois pas un mot de ce que vous me racontez.

— Pourtant je dis parfois la vérité, se défendit-elle avec une moue. Du reste, maintenant que j'ai pris un riche lord dans mes filets et que je lui ai confessé mes péchés concernant mes attributs, je n'ai plus à mentir.

— Vous pensez donc que le mariage est le lieu de la sincérité, de l'honnêteté et de la transparence ?

— Eh bien, non, pas vraiment…

— Je suis d'accord avec vous. Et vous connaissant, vous continuerez à mentir.

— Dans ce cas, pourquoi m'avez-vous demandé ma main ?

Elle en revenait toujours à cette interrogation, cette énigme à laquelle elle devait sa bonne fortune.

— Parce que vous n'aurez jamais la migraine, déclara-t-il doctement.

— Je vous demande pardon ? fit-elle, déroutée.

Il se retint de rire.

— Rien. Sachez seulement que j'ai hâte de devenir le mari le plus heureux de tout l'Empire britannique.

Il lui sourit. Ce sourire était si envoûtant qu'un long moment passa avant que Louisa se souvienne qu'elle non plus ne croyait pas un mot de ce qu'il lui racontait.

Pourquoi lui avait-il demandé sa main ?

Félix n'avait pas répondu à la question pour la bonne raison qu'il ne parvenait pas à déterminer où était exactement la vérité.

Cela équivalait à tenter de repérer les étoiles dans le ciel – si l'on ignorait où elles se trouvaient, l'exercice était stérile. Une connaissance précise de la vérité était, pour lui du moins, un préalable indispensable à tout mensonge bien ficelé.

Lui qui était capable de regarder les gens droit dans les yeux et de leur sourire tout en leur débitant une fable parfaitement tricotée, éludait les questions de sa fiancée parce qu'il ne réussissait pas à cerner ses propres motivations.

L'avait-il demandée en mariage parce qu'il regrettait ce qu'il avait dit sur lord Firth, que sa conscience le chatouillait ? Parce qu'il avait pitié d'elle ? Ou qu'il avait toujours eu l'intention d'épouser une fille de la campagne aux joues roses, et qu'un spécimen de cette espèce ne se trouvait pas sous les sabots d'un cheval ?

Il était parvenu à incarner le Gentleman Idéal car il connaissait sur le bout des doigts chacun de ses nombreux défauts – et que donc, il savait comment masquer ses failles et créer l'illusion.

Mais voilà qu'aujourd'hui il appuyait l'une des décisions les plus importantes de sa vie sur des fondations pour le moins branlantes.

Plus alarmant encore, c'était à peu près le cadet de ses soucis – quelle importance, par rapport à la révélation fracassante qu'elle lui avait faite ? Elle rembourrait son corsage. Cet aveu l'avait exalté. Ce jour-là, en la quittant, il lui avait recommandé de ne surtout pas renoncer à cet artifice, et même de ne pas hésiter à en rajouter.

Son expression ahurie et suspicieuse l'avait plongé dans l'allégresse.

Pour enfoncer le clou, il lui avait ouvert un crédit dans plusieurs établissements, et avait offert à sa mère une demeure de trente pièces. Outre les préparatifs du mariage, elle devait donc contrôler l'aménagement de la résidence – tentures, fauteuils, guéridons et autres.

— Si vous cherchez à m'épuiser, vous êtes en passe de réussir, lui reprocha-t-elle la dernière fois qu'ils se virent avant la cérémonie.

Personne n'osait lui parler comme elle le faisait, avec autant de franchise et de... pouvait-il dire affection ? Oui, sous l'exaspération, il devinait de l'affection.

— Cesserez-vous un jour de me soupçonner d'avoir des arrière-pensées ? rétorqua-t-il.

— Oui, quand vous arrêterez d'en avoir et de vous conduire en adepte de Machiavel.

Il avait éclaté de rire. Il avait toujours été d'une nature sociable. Mais elle... s'il s'était écouté, il lui aurait consacré tout son temps.

Demain, ils seraient unis par les liens du mariage. Pour la vie.

Il s'était efforcé de ne pas songer à leur nuit de noces. Inutile de se torturer avec des fantasmes qui allaient se concrétiser.

La chère, très chère Louisa s'en souviendrait éternellement.

Elle toussota, le ramenant au présent.

— Vous êtes venu m'apporter mon cadeau de mariage, disiez-vous ?

Elle l'avait surpris en train de la reluquer – ce qui était pardonnable chez un homme qui serait son époux le lendemain.

— Votre cadeau est actuellement à Huntington, dans le jardin d'hiver. Vos sœurs et votre mère m'ayant toutes décrit le fameux télescope qui vous a échappé, je me suis senti obligé de vous acheter exactement le même.

Louisa étrécit les yeux.

— Dois-je comprendre que vous ne me l'auriez pas offert spontanément ?

— Bien sûr que non. J'aurais choisi un instrument beaucoup plus perfectionné. Tant pis, vous vous contenterez de l'objet de votre désir.

Un sourire éclaira le visage de la jeune femme.

— Je m'y résignerai.

Les gens lui souriaient à longueur de journée, mais quand c'était elle il éprouvait... un incroyable sentiment de plénitude.

En réalité, dès qu'il était avec elle, il se sentait bien. Voilà qui donnait à réfléchir.

— Cependant, comme vous ne disposerez pas immédiatement de votre télescope, je vous ai apporté ceci.

Il extirpa un petit livre de sa poche et le lui tendit.

— Si on ne sait pas où chercher, un télescope est inutile.

Il s'agissait d'une édition originale du *Catalogue des nébuleuses et des amas d'étoiles*, plus connu sous le nom de *Catalogue Messier*.

Elle fronça les sourcils. Ce qui le plongea tout à coup dans la perplexité – comment son cadeau allait-il être reçu, s'en débarrasserait-elle sitôt qu'il aurait tourné les talons ?

À vrai dire, ce n'était même pas un cadeau, il avait pris ce bouquin dans sa bibliothèque de Huntington au moment de partir, juste après s'être assuré que le télescope était convenablement monté et installé dans le jardin d'hiver. Il avait pensé que cela ferait plaisir à une fille qui avait la passion des étoiles.

— Si vous ne maîtrisez pas le français, ne vous inquiétez pas, ajouta-t-il d'un ton guindé. Il existe des ouvrages en anglais, et qui sont en outre beaucoup plus simples.

Les yeux baissés, elle caressait la reliure du manuel.

— Sans doute, mais j'ai toujours rêvé de posséder celui-ci.

— Alors pourquoi avez-vous l'air consternée ? interrogea-t-il, incrédule.

— Je suis déconcertée, rectifia-t-elle. Parce que vous savez lire dans mon cœur.

Son appréhension s'envola, cédant la place à une satisfaction sidérante.

— Je vais devenir votre mari, il est normal que je devine vos désirs secrets.

Elle leva la tête, le regarda droit dans les yeux.

— Vous êtes le genre d'homme capable de faire à la fois le bonheur et le malheur d'une femme.

Elle était certainement la seule à savoir qu'il n'avait rien du Gentleman Idéal. Et cela ne la freinait pas.

— Je me permets de vous rappeler que vous étiez prête à épouser le bourreau que je suis pour la ridicule somme de huit cents livres.

Elle esquissa un sourire contraint.

— Depuis que je suis en proie à certains appétits charnels à cause de vous, je n'ai plus les idées claires.

L'attraction sexuelle qu'il exerçait sur elle le comblait d'aise depuis le début. Aujourd'hui néanmoins, pour une raison mystérieuse, le lui entendre dire ne l'enthousiasmait pas autant qu'à l'ordinaire.

C'était comme s'il voulait davantage.

Quoi, il n'aurait su le dire. Peut-être était-il simplement impatient de l'allonger sous lui et de l'écouter gémir de plaisir.

142

— Bien, dit-il, je vous laisse feuilleter votre livre.

Il se détournait, quand elle lui saisit la main. Ils se touchaient rarement, et le contact de sa peau douce lui coupa le souffle.

— Ne croyez pas que je n'éprouve aucune reconnaissance, murmura-t-elle.

— Ce n'est pas le cas ?

— Non. Mais je me méfie. Avec vous, une femme dotée d'un peu de jugeote a intérêt à se méfier.

Sur ce, elle lui planta un baiser sur la joue.

— Nous nous verrons demain, à l'église.

8

Le mariage fut un succès retentissant, comme prévu. La robe de la mariée, le déjeuner, les fleurs qui décoraient la nef – tout était somptueux et raffiné. Digne du Gentleman Idéal.

— Je me félicite d'avoir contribué à l'organisation de la cérémonie la plus époustouflante du siècle, déclara malicieusement la jeune épousée, lorsque Félix et elle se retrouvèrent enfin en tête à tête.

Ils étaient seuls dans le luxueux compartiment qui leur était réservé, dans le train pour Huntington.

— Ainsi s'achève mon règne de célibataire le plus convoité d'Angleterre, déclara-t-il avec un petit sourire. C'est la fin d'une époque.

Elle leva les yeux au ciel. Le sourire de Félix s'élargit.

— On pourrait en dire autant de vous, ajouta-t-il. Quand avez-vous commencé à fourbir vos armes en prévision de la saison londonienne ?

— Il y a huit ans.

— Une époque révolue pour vous aussi. Quels sont vos projets, à présent ?

Elle tira sur la manche de sa tenue de voyage flambant neuve, une élégante, quoique fort simple, toilette gris anthracite qui, si elle ne retenait pas immédiatement l'attention, se révélait, quand on y regardait de plus près, magnifiquement coupée. Tant de perfection et de discrétion n'étaient pas le fruit du hasard. Elle avait réfléchi à l'apparence que devait avoir lady Wrenworth, avait préféré laisser son mari attirer tous les regards, tout en veillant à ce que personne ne puisse lui reprocher d'avoir mal choisi son épouse.

— J'ai été tellement occupée à confectionner mon trousseau, à faire des courses avec ma mère et mes sœurs, et à répondre à toutes les questions de lady Balfour et de votre secrétaire concernant le mariage, que je n'ai pas eu le loisir de penser à l'avenir.

— Menteuse. Vous ne cesserez de cogiter, de calculer, qu'à l'article de la mort. Alors dites-moi : quels sont vos plans ?

Elle tourna vers lui de grands yeux limpides.

— Je possède une demeure de trente pièces, cinq mille livres de rente, et un superbe télescope. Sans oublier le *Catalogue Messier*. Cela me suffit.

Il s'accouda sur la tablette, le menton dans la main.

— Vous êtes ambitieuse, pourtant. Je parie que vous avez essayé de lire des revues astronomiques, et que cela vous a rebutée parce que vous possédez une instruction scientifique superficielle. Surtout dans le domaine des mathématiques.

— Je sais tout de même compter.

— Oh, je ne doute pas que vous soyez capable de gérer le budget d'un ménage et d'évaluer la fortune d'un homme à la livre près ! Mais pouvez-vous résoudre une équation ?

Elle lui décocha un regard outré.

— Bien sûr. Y compris du second degré.

— Et celles du quatrième degré ?

— Celles-là me dépassent, admit-elle en pinçant les lèvres.

— Vous connaissez la trigonométrie ?

— Non.

— Et la géométrie non euclidienne ?

— Non plus.

Il se tut, le regard fixé sur elle.

— Arrêtez, vous me rendez nerveuse.

— Parce que je sais que vous souhaiteriez maîtriser les mathématiques ?

— Parce que vous lisez en moi comme dans un livre ouvert, soupira-t-elle. Or je ne suis pas si transparente. Du moins je ne devrais pas l'être.

Avec une autre, il se serait borné à sourire et aurait changé de sujet. Mais c'était le jour de ses noces, il avait juré de chérir son épouse, et il se sentait d'humeur charitable.

— Je vais vous dire une chose : j'ai appris tout ce que j'ai besoin de savoir sur vous le soir de notre rencontre. Cependant vous restez pour moi une sorte d'énigme.

Ces paroles la rassérénèrent. Il la vit se détendre.

— Donc, pour résumer... je ne vous fais pas confiance et vous, vous ne me comprenez pas.

Il s'esclaffa.

— Pas étonnant que nous nous entendions si bien !

Il y eut un silence. Elle contempla un instant le paysage, puis jeta à son mari un regard oblique.

— Maintenant qu'il est démontré que notre mariage est fondé sur l'ignorance et le doute, que faire ?

— Jouez-vous aux cartes, ma chère lady Wrenworth ? demanda-t-il en se penchant vers elle.

Non seulement elle y jouait, mais elle se révéla être l'un des adversaires les plus redoutables que Félix ait jamais affrontés.

— Où avez-vous appris à jouer ainsi ? s'exclama-t-il, après qu'elle eut remporté une nouvelle partie.

— À la maison. Nous n'avions pas de livres, pas de piano. Les cartes étaient notre passe-temps.

— Vous étiez la plus douée de la famille, je présume ?

— Non. Je peux tenir tête à Cecilia et à Julia, mais à une table de jeu, Matilda est une vraie terreur.

— Vraiment ? fit-il, surpris.

— Si elle avait été un garçon, nous l'aurions expédiée à Monte-Carlo. Elle y aurait fait sauter la banque.

— Et quel était l'enjeu de vos parties de cartes en famille ?

— Quelle drôle de question ! Nous jouions pour *gagner*, et cela nous suffisait. Mais laissez-moi me concentrer, voulez-vous ?

Il aurait aimé pouvoir capturer son expression dédaigneuse pour la graver dans le marbre. Une duchesse douairière n'aurait pas eu l'air plus hautain, c'était irrésistible.

— Certainement, lady Wrenworth.

Elle leva les yeux de ses cartes.

— Vous continuerez à m'appeler Louisa, n'est-ce pas ?

C'étaient les petits détails de ce genre qui constituaient le mystère Cantwell : elle lui affirmait n'avoir aucune confiance en lui, et l'instant d'après, elle exprimait le souhait d'être plus proche de lui.

— Ce n'est ni le moment ni le lieu, ma chère.

D'un geste ample, elle montra le wagon vide.

— Nous sommes dans l'intimité.

— Ce n'est ni le moment ni le lieu, répéta-t-il.

Les joues de la jeune femme rosirent – ils n'auraient plus longtemps à attendre.

— Très bien.

Elle se racla la gorge.

— À vous de jouer, mon ami.

Après ce dialogue troublant, il ne lui fut pas facile de se concentrer. Mais comme son mari avait aussi la tête ailleurs, elle le battit tout de même à plate couture.

— Heureusement que vous jouez seulement pour le plaisir de gagner, la taquina-t-il. Rappelez-moi de ne jamais miser un penny contre vous.

— D'accord, à condition que vous ne préveniez pas vos amis. Je ne détesterais pas leur prendre leur argent.

— J'aimerais vous voir affronter lady Tremaine. Elle est assez redoutable.

Elle se rembrunit.

— Lady Tremaine, votre ancienne maîtresse ?

— Lady Tremaine est une excellente amie. Un jour, elle m'a dépouillé de cinq cents livres. Vous me vengerez, vous la plumerez, vous lui reprendrez tout – intérêt et principal.

— Vous croyez sincèrement que je suis meilleure qu'elle ?

— Elle a un avantage sur les hommes : une poitrine considérable dont elle abuse sans vergogne quand elle prend place à une table de jeu. Mais vous, bien sûr, vous ne risquez pas d'être distraite par une paire de seins.

Louisa eut soudain la vision des mains de Félix sur la poitrine généreuse de lady Tremaine – ce qui lui donna le sentiment déprimant d'être singulièrement mal équipée.

— Est-elle invitée à votre grande fête ? demanda-t-elle.

— Elle l'est toujours. Mais elle n'est pas en Angleterre en ce moment. Elle est partie en Scandinavie, à la chasse aux mâles.

— Si elle revient, serez-vous, vous aussi, distrait par sa poitrine considérable ?

— Cela n'a rien à voir avec elle. Vous savez, je me surprends parfois à contempler les statues de femmes aux seins nus qui ornent le parc de Huntington. À ce propos...

Ils étaient arrivés à la gare de Huntington. Le cocher et un valet, qui les attendaient sur le quai, les conduisirent jusqu'à leur voiture.

— Soyez la bienvenue, murmura Félix. J'espère que votre nouvelle demeure vous plaira.

Elle avait naturellement lu avec une extrême attention le livre de lady Balfour répertoriant les manoirs les plus remarquables du royaume. Un passage était consacré à Huntington, mais les mots ne pouvaient restituer le charme puissant et serein du domaine, des collines ondulant jusqu'à l'horizon et des vallées verdoyantes.

Ils franchirent les hautes grilles et, tout à coup, au bout d'une interminable allée surgit l'imposant manoir que nimbait la lumière dorée du crépuscule. De style Tudor, il avait au fil des siècles acquis une beauté fastueuse et baroque. La façade de pierre, jadis austère, s'enorgueillissait à présent d'une coupole et de douze pilastres monumentaux qui s'élevaient d'une magnifique terrasse à laquelle on accédait par un escalier à double révolution. Vingt-sept fenêtres, neuf par étage, reflétaient l'eau du bassin circulaire creusé au centre du jardin à la française.

— C'est presque injuste, dit-elle. Le maître de céans devrait avoir l'allure du bossu de Notre-Dame.

— C'est arrivé, rétorqua-t-il en enfilant ses gants. Quand vous visiterez la galerie des portraits, vous constaterez que mes ancêtres n'avaient rien d'engageant.

Elle n'eut pas le temps de réfléchir à cette remarque. La voiture s'était arrêtée au pied du perron, où attendait le personnel au grand complet.

Quand les présentations furent achevées, on conduisit Louisa à son appartement qui disposait d'une salle de bains en marbre bleu et blanc, avec baignoire et eau courante.

Elle veilla à ne pas trahir son émerveillement lorsque la femme de chambre, qui la servirait désormais, lui fit couler un bain et lui montra comment fonctionnaient les robinets. Mais dès qu'elle fut seule, elle pressa la main sur sa bouche pour étouffer un cri ravi.

Elle avait décidément beaucoup trop de chance.

Elle se laissa glisser dans l'eau chaude et parfumée, appuya la nuque contre l'émail de la baignoire et éprouva de... l'impatience. Un sourire joua sur ses lèvres. De ce point de vue, du moins, il n'y avait rien à redire dans ce mariage. Elle aurait épousé cet homme de toute façon. Il suffisait qu'il ait de quoi entretenir Matilda. Et s'il n'en avait pas eu les moyens, ils auraient trouvé une solution.

Ils se ressemblaient, deux intrigants.

Et cette nuit, ils se retrouveraient dans le seul endroit au monde où elle aurait une totale confiance en lui : le lit nuptial.

Elle termina sa toilette en chantonnant.

Félix avait de plus en plus de mal à se montrer objectif en ce qui concernait son épouse.

Sa première impression restait valable : c'était une jeune femme plutôt jolie et qui savait surtout se mettre en valeur. Cependant, lorsqu'elle pénétra dans le salon ce soir-là, il oublia d'un coup les habiles artifices de cette rusée.

Elle était éblouissante.

— Vous êtes magnifique, lady Wrenworth, lui chuchota-t-il à l'oreille, tandis qu'ils gagnaient la salle à manger.

— Et vous, si vous étiez né pauvre, vous auriez facilement fait fortune avec votre charme, votre ruse et votre visage d'Apollon.

Il éprouva une sensation inconnue, une étrange palpitation au creux de l'estomac.

— C'est le plus beau compliment qu'on m'ait jamais fait avant le dîner.

— J'espère pouvoir vous complimenter aussi après le repas. S'il ne dure pas toute la nuit...

— Rassurez-vous, répliqua-t-il avec un petit rire. Le chef a reçu l'ordre de ne pas vous épuiser avec une ribambelle de plats. La journée a été longue, vous souhaitez sans doute vous retirer de bonne heure.

— En effet, acquiesça-t-elle en s'asseyant sur la chaise qu'il venait de tirer.

Il n'avait jamais imaginé être le genre d'homme qui touche sa femme en public. Pourtant ses doigts effleurèrent la nuque de Louise, comme si sa peau douce les attirait à l'instar d'un aimant.

Il l'entendit soupirer.

Il s'écarta, alla s'asseoir avec une nonchalance étudiée.

— Je crois que, de votre place, vous pouvez apercevoir la gloriette de style grec, dit-il.

Qui, ce soir, était brillamment illuminée, pour la séduire.

— Mon Dieu, s'écria-t-elle, écarquillant les yeux, ces colonnes sont très fines. Elles ne dissimulent rien, n'est-ce pas ?

— Elles ne sont pas si fines, je vous assure. De nuit, quand elle est éclairée, la gloriette paraît plus proche qu'elle ne l'est réellement.

— Hum... Quand vos amis doivent-ils arriver ?

— Après-demain.

Il avait été entendu que leur lune de miel se passerait à Huntington, et que la fête annuelle aurait lieu comme d'ordinaire. Comment, sinon, donner vie aux rêves érotiques de la jeune épousée ?

— Elle est fascinante, cette gloriette, souffla-t-elle.

C'était elle qu'il trouvait fascinante. Il ne comprenait pas comment il avait pu, à une époque, concevoir d'épouser une fille de vingt ans sa cadette, dotée d'une poitrine fabuleuse et d'une cervelle de la taille d'un petit pois.

— Nous avons aussi une gloriette romaine, vous vous rappelez, déclara-t-il d'un ton pompeux.

Sur quoi, à la stupéfaction des domestiques, ils éclatèrent de rire.

9

Ils expédièrent le repas en quarante minutes – à Huntington, c'était un record. Louisa se leva et quitta la salle à manger en lançant à Félix un regard qui disait : « Ne me faites pas attendre. »

Mais, bien sûr, il la fit attendre. Elle aurait dû savoir mieux que quiconque qu'il n'était qu'un malappris. Il sirota son armagnac avec aux lèvres un sourire égrillard tandis qu'il pensait à ses cuisses écartées. Quand il regagna ses appartements, il imaginait ses gémissements de plaisir. Et comme il se préparait, il l'entendait déjà supplier : « Encore, encore… »

Mais lorsqu'il ouvrit la porte de communication, il évita de justesse une brosse à cheveux volante.

Louisa se tenait devant la coiffeuse, toujours vêtue de sa robe du soir, les cheveux dénoués, le visage rouge de colère.

— Je vous avais dit de ne pas me faire attendre !

— Bonté divine ! s'esclaffa-t-il. J'ai épousé une tricheuse doublée d'une virago !

Elle détourna ostensiblement la tête.

— Je ne suis plus d'humeur amoureuse, annonça-t-elle.

Il s'avança vers elle à pas lents, tel un félin qui s'approche de sa proie.

— Et vous dites cela à un homme qui vient vous faire l'amour. Mais expliquez-moi une chose : si vous étiez tout à l'heure d'humeur amoureuse, pourquoi avez-vous gardé votre robe ?

— Avant le dîner, j'ai renvoyé ma femme de chambre. Je comptais recourir à vos services pour quelques menues corvées. Notamment pour me brosser les cheveux, ce que j'ai dû faire seule, pendant que vous rôdiez dans le parc et reluquiez sans doute les seins des statues.

Il la coinça contre la coiffeuse.

— Faux ! Je m'imaginais vos seins à vous, en espérant qu'ils seraient minuscules.

Repoussant les cheveux de Louisa, il déposa un baiser sur sa nuque. Elle laissa échapper un soupir tremblé.

— Pourquoi voudriez-vous une telle chose ?

Il lui mordilla l'oreille, sentit courir sur sa peau un frisson qui le ravit.

— Parce que j'adore les secrets, ma chère, très chère Louisa, or la taille de vos seins est un secret considérable.

Les petits boutons de nacre, dans le dos de la robe, ne représentaient pas un très grand défi. Elle le regarda les défaire, les yeux rivés sur le miroir, les paupières mi-closes, les lèvres entrouvertes.

Il fit glisser sa robe sur ses hanches et entreprit de délacer son corset.

— Où est donc ce fameux rembourrage ? J'ai hâte de le découvrir.

— Il est cousu sur l'envers du corset.

Il la débarrassa du sous-vêtement, examina la chose.

— Très ingénieux.

— Merci.

— Maintenant, si vous me permettez de vous ôter ces jupons, nous pourrons nous attaquer à votre chemise et mesurer l'ampleur de la tricherie.

— Vous ne voyez donc pas que j'ai le buste quasiment concave ?

Les jupons tombèrent à leur tour sur le sol. Doucement, il fit pivoter la jeune femme.

— Des promesses, encore des promesses…

— J'aimerais que ma mère entende vos commentaires enthousiastes sur ma poitrine creuse. Lorsqu'elle m'a prodigué les conseils d'usage avant le mariage, elle était assez anxieuse. Elle a bien failli proposer que Frederica, qui n'a pas besoin de rembourrer son corsage, prenne ma place.

Il fit courir son doigt sous le col de la fine chemise.

— Madame votre mère manque cruellement de jugeote. Vous a-t-elle tout de même donné quelques informations utiles ?

— Non, je pense que vous m'en avez plus appris sur l'anatomie masculine avec votre canne.

Ils pouffèrent de rire, et elle le gratifia d'un clin d'œil complice. Il souriait toujours quand il se mit à jouer avec le premier bouton de sa chemise. Elle était ravissante avec ses lourdes boucles brunes qui cascadaient sur ses épaules, son regard limpide qui suivait le mouvement de ses mains.

Lui, en revanche, ne scrutait que son visage. La taille de ses seins lui était indifférente – l'évidence de son désir l'excitait comme jamais. Elle était folle de lui, c'était magnifique.

Il lisait dans ses grands yeux une impatience mêlée d'une certaine nervosité. Elle voulait lui plaire, et c'était plus que gratifiant.

Alors, noblesse oblige, il regarda.

Une voix intérieure, singulièrement étouffée, lui rappela qu'en ce qui la concernait, il avait perdu toute objectivité, et que par conséquent il convenait de nuancer sa réaction, d'y ajouter une bonne dose de scepticisme.

Mais il ne l'écouta pas, cette voix. Il n'entendait soudain que le sang lui rugissant aux tympans. Car ce qu'il découvrait était admirable, la quintessence de la perfection.

Ses seins étaient certes petits, mais hauts et fermes, et merveilleusement formés, avec les plus jolis mamelons qu'il ait jamais vus, roses et dressés tel le pistil frémissant d'une fleur. La bouche sèche, il en saisit un entre ses doigts. Du satin.

Son cœur cognait, sa respiration s'accéléra. Son sexe durcit si brutalement qu'il en fut tout étourdi.

Il regarda de nouveau le visage de Louisa. Quel plan de bataille avait-il échafaudé pour séduire cette créature miraculeuse ? Car il avait eu un plan. Il se souvenait vaguement des choses qu'il avait prévu de lui faire, des polissonneries qu'il comptait lui souffler à l'oreille.

Mais la violence du désir qui le submergeait le rendait incapable de tels raffinements. La prenant par la nuque, il l'attira contre lui et s'empara de ses lèvres. Avidement. Il savait que, pour un premier baiser, pareille gloutonnerie était malvenue. Heureusement, elle ne sembla pas s'en offusquer. Elle plongea les doigts dans ses cheveux, s'accrochant à lui comme une noyée à une planche de salut.

Sans cesser de l'embrasser, il la souleva de terre, la porta jusqu'au lit, lui retira sa chemise. Il n'en était plus à la stratégie ni à la tactique. Il la voulait tout entière. Sa peau d'une douceur inouïe, sa bouche tendre, son corps souple.

Il glissa les doigts entre ses cuisses, et ne put réprimer un grognement, car elle était prête pour lui, comme s'il la lutinait depuis des heures. Des jours.

Il la caressa, elle ondula, gémit. Il insista et, soudain, elle poussa un cri, se cambra.

Une seconde après, il la pénétrait. Il était en elle, il explosait en elle, un plaisir d'une violence sidérante le terrassait.

Il crut que les spasmes de l'orgasme allaient le vider définitivement de ses dernières forces, pourtant il retrouva presque aussitôt sa vigueur. Il était de nouveau dur comme la pierre, tremblant du désir de posséder la femme délicieuse étendue sous lui.

Il couvrit son visage de baisers. Sa joue veloutée, ses lèvres, son adorable menton. Et puis sa gorge, son épaule ronde. Ses mamelons rosés. Un parfum délicat émanait d'elle, l'odeur fraîche d'une fleur emperlée de rosée.

D'un coup de reins, il plongea en elle. Au prix d'un effort de volonté colossal, il s'obligea à ne plus bouger.

— Dis-moi d'arrêter et j'obéirai, articula-t-il d'une voix rauque qu'il ne reconnut pas.

Il gardait les yeux fermés. Il s'était promis de la regarder jouir encore et encore, de se repaître de ce spectacle. Mais la douceur du fourreau qui étreignait son sexe le chavirait trop – la vue de son visage dans l'extase aurait eu raison de lui.

— Je ne veux pas que tu t'arrêtes, lui souffla-t-elle à l'oreille. Jamais.

Elle lui enfonçait les ongles dans les bras. Il la sentit se tendre, s'arc-bouter pour mieux s'offrir.

Cela le rendit fou. Perdant tout contrôle, il se mit à aller et venir en elle avec force. Les gémissements qu'il lui arrachait, ses petits cris émerveillés allumaient dans ses veines un feu qui finirait par le dévorer.

Il répétait son nom, c'était comme une prière qui jaillissait de son cœur.

Jamais il n'avait connu pareille volupté.

Cette nuit ne ressembla en rien à ce que Louisa avait imaginé et dépassa tout ce dont elle avait pu rêver.

Connaissant son mari, elle s'était préparée à être le jouet de son caprice, la proie consentante dans le jeu tendre et cruel du chat et de la souris. Elle pensait qu'il s'amuserait à la tourmenter, à attiser son désir jusqu'à ce qu'elle le supplie de la prendre.

Mais elle avait découvert un amant impétueux, déchaîné – ce qui était infiniment plus gratifiant pour sa vanité féminine.

Et les mots qu'il lui murmurait, qu'elle n'avait jamais entendus de sa vie. Des mots si osés, si... crus.

Elle avait donc le pouvoir de lui faire perdre la tête, malgré sa poitrine plate.

Un sourire lui incurva les lèvres.

Si elle ne s'était pas retenue, elle aurait pouffé de rire.

Lorsqu'il roula sur le côté, elle se blottit contre lui.

— Je t'ai fait mal ? demanda-t-il, un bras replié sur ses yeux.

— On ne fait pas d'omelette sans casser les œufs, répliqua-t-elle gaiement.

Elle avait effectivement ressenti une douleur, au début, qu'elle avait très vite oubliée. Elle l'embrassa dans le cou.

— Nous allons continuer jusqu'au matin, n'est-ce pas ? souffla-t-elle.

Sauf erreur de sa part, lorsqu'ils avaient évoqué la fameuse gloriette grecque – ou plus exactement, le projet de s'aimer en public, ou presque –, il lui avait dit que cette étreinte ne serait que le prélude d'une très longue nuit. Qu'ensuite il l'emporterait dans leur chambre et la retiendrait prisonnière jusqu'à l'aube.

— Certainement pas, répondit-il. Ce serait irrespectueux de ma part.

— Mais si j'en ai envie ? insista-t-elle.

Il ouvrit les paupières. Elle ne l'avait jamais vu ainsi, ébouriffé, le regard voilé. Il n'en était que plus séduisant, car cela le rendait plus humain – il cessait d'être ce démon versatile dont l'humeur passait en un clin d'œil de la malice à la cruauté.

Il lui effleura les cheveux, enroula une mèche autour de son index – un geste hésitant, presque réticent.

— Si je continuais, je te meurtrirais. Il faut être sages. Du moins cette nuit.

Elle s'écarta de lui, boudeuse. Mettre un peu de distance entre eux permettrait à son mari de contempler plus aisément son corps nu. Si cela avait marché la première fois…

De fait, il exhala bruyamment.

Elle écarta ses cheveux, révélant ses seins. Et dès qu'il y posa les yeux, elle sentit ses mamelons durcir.

Comme en transe, il frôla la pointe de son sein de la paume. Elle laissa échapper un soupir. Il la saisit entre le pouce et l'index, joua doucement avec. Elle gémit.

Elle obtint aussitôt ce qu'elle désirait – il prit son téton dans sa bouche, le titilla avec sa langue.

— Tu me donnes envie de faire avec toi, et pour toi, tout ce qu'on peut imaginer… avoua-t-elle.

Ses paroles eurent l'effet escompté. La seconde d'après, il était en elle, fiévreux et tremblant. Elle l'emprisonna entre ses jambes, et ne le lâcha pas avant que le plaisir l'inonde.

Elle voguait en plein ciel, parmi les étoiles.

Félix ne se lassait pas de toucher sa femme, c'était plus fort que lui.

Ses caresses n'avaient rien de lascives, il n'essayait pas de l'exciter, du moins pas pour le moment. Dans l'immédiat, il savourait le pur bonheur de laisser sa main vagabonder sur sa peau de satin. De dessiner l'arc parfait du sourcil, l'arrondi de la joue, le modelé des lèvres. Elle baisa le bout de son doigt, un sourire pétillait dans son regard, mais elle avait les paupières lourdes. Elle était épuisée.

— Il n'est même pas minuit, marquise. À cette heure, il n'y a que les vieilles dames qui tombent de fatigue.

— Visiblement, marquis, tu ignores ce que représente un mariage. J'ai dû me lever dès potron-minet pour m'apprêter afin d'être à la hauteur du Gentleman Idéal.

— Je ne pensais pas que tu serais si vite rassasiée, la taquina-t-il.

— Mais je ne le suis pas, assura-t-elle d'une voix ensommeillée. Je me repose un peu, voilà tout.

Il se pencha, fit pleuvoir des baisers sur son front, l'arête de son nez… quand il atteignit le menton, elle était assoupie.

Il avait envie de la manger, de la grignoter centimètre par centimètre. Il voulait la faire gémir et se tordre dans son sommeil, il voulait goûter encore au plaisir affolant de se perdre en elle.

Mais bien sûr il se maîtriserait, la pauvre enfant avait manifestement besoin de reprendre des forces. Il se contenterait donc de lui toucher les cheveux, les épaules, le dos… Tout en réfléchissant à la meilleure manière – celle qui la comblerait – de la réveiller au point du jour.

Elle tressaillit, bougea.

— Pardon, souffla-t-il, penaud – sa manchette empesée avait dû la chatouiller désagréablement.

Il sursauta. Sa manchette ? Il n'avait donc pas retiré sa *chemise* ?

Il s'inspecta. Quand il l'avait rejointe dans la chambre, il était en chemise et en pantalon. Eh bien… il était à peu près dans la même tenue.

Il en fut choqué, et terriblement perturbé. Dans sa hâte, il n'avait pas pris le temps de se déshabiller, et surtout il était tellement ivre de plaisir qu'il ne s'en était même pas rendu compte.

Son sexe palpitait, se tendait vers elle. Un spectacle qui, un instant plus tôt, l'aurait amusé, voire flatté : il n'avait plus dix-huit ans, mais il était toujours capable de faire l'amour cinq ou six fois dans la nuit, ce que beaucoup de ses congénères envieraient.

À présent, cependant, cela le préoccupait. Il remonta son pantalon, reboutonna sa braguette et réprima une grimace de douleur – ce qui accentua encore sa consternation.

Que diable lui arrivait-il ?

Il avait bien sûr prévu de savourer pleinement chaque minute de sa nuit de noces, mais avec sérénité, en gardant une certaine distance, comme s'il observait les choses de loin.

Il se rappelait clairement avoir patienté une heure entière après qu'elle avait quitté la salle à manger. Il était alors très calme, détaché. Et même lorsqu'il était entré dans sa chambre, il était resté maître de lui. La preuve, il l'avait déshabillée avec une lenteur des plus satisfaisantes.

Les sourcils froncés, il se leva, l'entendit pousser un soupir plaintif. Privée de sa chaleur, elle geignait comme un chaton. Il s'empressa de remonter sur elle la courtepointe, la borda, hésita.

Était-ce quand il avait vu ses petits seins adorables qu'il avait perdu tout contrôle ? Cela signifiait-il que s'il évitait de contempler sa poitrine, il serait à l'abri d'une telle déconfiture ?

Hélas non ! Elle était couverte jusqu'au menton, pourtant il lui suffisait de regarder son visage pour avoir besoin de la toucher. De l'embrasser, de la faire gémir et murmurer : « Tu me donnes envie de faire avec toi, et pour toi, tout ce qu'on peut imaginer. »

Il recula. Un pas, puis un autre. Perdre la tête à l'occasion, il l'acceptait. En revanche, il ne supportait pas de devenir la victime de ses sens.

Il était urgent de se ressaisir.

Il la contempla encore un instant avant de quitter la chambre. Il gagna ses appartements, enfila une redingote et des bottes, et ressortit. Le silence régnait dans les couloirs obscurs. Félix n'avait pas pris de bougie, il connaissait par cœur les moindres recoins du manoir.

Il se dirigeait vers son observatoire, situé dans le dôme qu'il avait fait construire dans l'intention de se détendre en étudiant le ciel nocturne. Malheureusement, il ne parvint pas à se concentrer sur les étoiles et se mit à arpenter la salle, jurant à voix basse, les doigts pressés sur ses tempes.

Il avait trop longtemps incarné son personnage du Gentleman Idéal, et le succès de sa mascarade avait annihilé toute prudence.

Après leur première rencontre, lorsqu'il avait senti que Louisa envahissait ses pensées, quand il s'était mis à accepter n'importe quelle invitation dans l'unique but de la voir, quand il avait convaincu M. Pitt de quitter Londres sur-le-champ et de lui laisser sa place à la table des Tenwhestle... à ce moment-là, il aurait dû prendre le recul nécessaire pour analyser lucidement la situation et mesurer son imbécillité.

Mais son attitude ne lui avait pas paru bizarre. Pire, il avait mitonné ce plan aberrant : faire d'elle sa maîtresse. Dire qu'il lui avait proposé de l'entretenir... c'était effarant. Comment avait-il pu dérailler à ce point sans même s'en rendre compte ?

S'il l'avait compris plus tôt...

Il se figea, marmonna un nouveau juron. En réalité, depuis le début, la part la plus sensée de son être tirait la sonnette d'alarme. Mais il avait fait la sourde oreille. Quel abruti !

Il s'était dit et répété qu'il cherchait seulement à se divertir. Un peu comme si le capitaine Achab, qui écumait les mers du globe son harpon à la main, affirmait n'être qu'un pêcheur du dimanche.

Lui aussi était la proie d'une obsession. Un mot détestable, et malheureusement pertinent.

Pour se tranquilliser et s'assurer qu'elle ne serait pas contrainte d'épouser le premier venu, il aurait pu se contenter de lui offrir une demeure et une rente annuelle. Sans l'obliger à se donner à lui.

C'eût été une façon intelligente de dépenser son argent. Elle n'aurait pas eu à regretter de l'avoir rencontré. Et lui aurait été délivré d'elle.

Mais cette solution ne lui avait même pas effleuré l'esprit.

Évidemment. Il n'y avait pas plus crétin qu'un homme persuadé d'être l'individu le plus malin de la création.

Il avait mal au crâne. Allait-il continuer à se fustiger jusqu'à l'aube ? Il en avait assez, il voulait regagner le lit nuptial et faire l'amour à sa femme. Sa sensualité, son bel appétit lui rendraient le sourire.

Seigneur Dieu ! Il ne désirait qu'une chose : être près d'elle.

Quelle distance séparait l'obsession de l'amour ? N'était-il pas au bord du désastre ? Tout près du point de non-retour ?

Quand il se réveillerait à son côté au matin, qu'il plongerait son regard dans le sien, ne risquait-il pas de sombrer corps et biens ?

Pas question.

« Pourquoi ? lui souffla une perfide petite voix, celle de son moi déraisonnable. Elle t'adore, et c'est le vrai Félix qu'elle aime. »

Pauvre idiot, elle ne connaît pas le vrai Félix.

L'homme qui ne demandait rien avait le monde à ses pieds. Celui qui avait besoin de quelque chose – quoi que ce fût – se condamnait à la déception et à la souffrance.

Or il avait eu plus que son compte de désillusions et de chagrins.

Il se massa le front. Cette femme éveillait en lui un désir excessif, certes, mais tout n'était pas perdu. Pas encore. Le temps finirait fatalement par éteindre la flamme. Son ardeur se calmerait, comme d'ailleurs celle de son épouse.

En attendant, il garderait ses distances avec elle.

10

L'orage qui éclata dans la nuit ne réveilla Louisa qu'un bref instant. Elle se pelotonna sous la courte-pointe et se rendormit, bercée par le crépitement de la pluie.

Ce fut le soleil du matin qui la tira du sommeil. Elle fut d'abord désorientée en découvrant au-dessus de sa tête un baldaquin qui, à l'instar du décor qui l'entourait, ne lui était pas familier.

Puis la mémoire lui revint. Elle était une femme mariée, au lendemain d'une nuit de noces qui l'avait en tout point comblée.

La main sur la bouche, elle pouffa de rire.

Son mari avait décidément une déplorable influence sur elle. Il faisait d'abord d'elle une nymphomane – c'était bien le terme scientifique pour désigner une jeune femme insatiable ? – et mainte-nant une vraie « glousseuse ».

Elle n'avait jamais été du genre à rire pour un rien. Au contraire, elle était toujours celle qui pensait aux conséquences, qui gérait le budget et réprimandait Cecilia ou Julia lorsqu'elles dépensaient trop. Elle était l'empêcheuse de danser en rond, selon Cecilia. Le rabat-joie.

« Je pourrai au moins lui rétorquer qu'avec moi, au lit, on ne s'ennuie pas », songea-t-elle, pouffant de plus belle.

Elle ne se calma que lorsque Betsey, sa femme de chambre, lui apporta une tasse de chocolat. Mais cet accès de sérieux fut de brève durée. Ses vêtements étant éparpillés tout autour du lit, elle dut se cacher sous la courtepointe pour enfiler son déshabillé, ce qui déclencha un autre fou rire.

Lorsqu'elle se glissa dans son bain, elle réprima un tressaillement. L'eau chaude ravivait la douleur sourde entre ses cuisses. Mais cela passa vite.

Elle était prête à faire de nouvelles découvertes.

Peut-être un seul homme ne lui suffirait pas pour satisfaire ses appétits, pensa-t-elle, ce qui naturellement l'amusa au plus haut point.

Lorsqu'elle fut habillée et coiffée, un valet l'escorta jusqu'à la salle où l'on servait le petit déjeuner. Chemin faisant, elle imagina son époux en train de lire le journal. Il lèverait les yeux, esquisserait un sourire lascif – qu'elle lui rendrait, bien sûr, après quoi, dès qu'ils seraient seuls, elle lui exposerait sa théorie selon laquelle sa puissance virile ne serait pas à la hauteur de ses espérances.

Mais lord Wrenworth brillait par son absence.

Le gredin ! Il le faisait exprès, évidemment. La veille, elle l'avait attendu une heure entière dans la chambre, et voilà qu'il recommençait.

Cependant, en ce premier jour de sa nouvelle vie, elle ne manquait pas d'occupations. De fait, elle passa la matinée à découvrir Huntington et à se retenir de béer d'admiration. Car jamais elle n'avait rien vu d'aussi grandiose. Cinquante serviteurs vivaient au château, une quarantaine de jardiniers s'occupaient du parc, trente garçons d'écurie bichonnaient les chevaux, et le garde-chasse et ses aides prenaient soin de toute une population de faisans – près de cinq mille volatiles, lui dit-on.

Heureusement qu'elle n'avait pas à diriger pareille armée de domestiques, son expérience dans ce domaine se limitant à ses pourparlers avec Sally, la cuisinière des Cantwell, qui menaçait régulièrement de rendre son tablier. Louisa la suppliait de rester et, pour la soulager, se chargeait même de certaines corvées – dans le dos de sa mère, bien sûr – puisqu'on n'avait pas les moyens d'augmenter ses gages.

À Huntington, la domesticité était organisée selon une hiérarchie pyramidale. Louisa n'aurait affaire qu'à la gouvernante, Mme Pratt, au majordome, Sturgess, et à M. Boulanger, le cuisinier. Trois individus qui paraissaient terriblement compétents.

La visite des sous-sols l'éblouit littéralement. Une discipline militaire régentait cette ruche. Les cuisines, immenses, auraient aisément pu contenir la maison où Louisa avait vécu avec sa mère et ses sœurs. L'espace dévolu aux blanchisseuses comportait une buanderie, une pièce où l'on mettait le linge à sécher, une autre où on le repassait, une troisième pièce où on le pliait et enfin l'endroit où se croisaient à une cadence infernale linge propre et linge sale. Louisa devint cramoisie en songeant que les draps de sa nuit de noces feraient bientôt leur apparition dans ces lieux et ne manqueraient pas de susciter des commentaires.

Après lui avoir montré le cellier, la resserre et le gigantesque placard où l'on rangeait la porcelaine, Mme Pratt entraîna Louisa à la découverte du manoir. La jeune femme savait que Huntington était ouvert au public, mais c'était tout de même étonnant de voir les visiteurs se démancher le cou pour admirer les ornements architecturaux et le superbe mobilier des pièces d'apparat et des chambres qui avaient jadis abrité des têtes couronnées.

La longue galerie des portraits était déserte lorsque Louisa y pénétra. Elle se remémora sa conversation avec son mari, lors de leur arrivée. Il avait dit que certains de ses ancêtres n'étaient pas gâtés par la nature.

De fait, les treize marquis de Wrenworth qui l'avaient précédé – et les nombreux vicomtes qui s'étaient succédé avant que Huntington ne fût érigé en marquisat – étaient physiquement très banals.

C'est que les hommes de la lignée, expliqua succinctement Mme Prat, avaient fait preuve de pragmatisme et choisi d'épouser des jeunes femmes fortunées qui n'étaient pas nécessairement des Vénus.

— Néanmoins, milady, vous constaterez que feu votre beau-père n'a pas suivi les préceptes de ses aïeux, déclara Mme Pratt en s'arrêtant devant le portrait de la défunte marquise.

Louisa hocha la tête. Elle estimait que les portraitistes rendaient rarement justice à la beauté de leurs modèles, pourtant la marquise de Wrenworth était éblouissante.

— Dieu qu'elle est belle ! L'avez-vous connue, madame Pratt ?

— Non, milady. Je suis arrivée à Huntington en 1880, en tant que gouvernante en second.

Louisa fut surprise, elle aurait cru que Mme Pratt avait passé le plus clair de son existence au service des Wrenworth.

— Monsieur le marquis m'a demandé de vous montrer la bibliothèque en dernier, reprit la gouvernante.

Louisa était intriguée. Elle se demandait où se trouvait le jardin d'hiver, où devait normalement l'attendre son nouveau télescope.

En fait, c'était par la bibliothèque qu'on accédait au jardin d'hiver. Et c'était bien là qu'était exposé son cadeau de mariage.

Émerveillée, elle s'approcha de l'instrument rutilant. Il reposait sur une monture équatoriale, un dispositif comportant un axe de rotation parallèle à l'axe de rotation terrestre qui permettait de suivre le parcours d'un astre dans la voûte céleste. Mais pour l'heure et à cet endroit, cela ne servait qu'à observer les élégantes feuilles d'un palmier en pot.

Sur un petit banc à côté du télescope, elle avisa une enveloppe en vélin portant le sceau de lord Wrenworth et adressée à lady Wrenworth.

Elle en sortit un bristol orné des armoiries de son époux. Il y avait écrit de sa plus belle plume :

J'espère que ce que vous voyez vous plaît. W.

Un message très énigmatique, qui datait de trois jours. Son mari était donc venu ici superviser le montage du télescope.

Mais pourquoi l'avait-il installé là ? Que pouvait-elle bien voir, si bas sur l'horizon, hormis peut-être la lune montante ?

Elle ôta le cache de la lentille, appliqua l'œil à l'oculaire... et ravala une exclamation.

Le télescope était pointé sur la gloriette romaine. Louisa crut d'abord que deux personnes se tenaient sur le belvédère, mais non, en y regardant de plus près, elle constata qu'il s'agissait de deux mannequins de chiffon. L'un était enveloppé dans du tissu rose, l'autre engoncé dans un habit masculin – la tenue que Louisa et Félix arboraient lors de la soirée où ils avaient pour la première fois évoqué la possibilité de faire des bêtises au vu de tous.

Elle faillit éclater de rire. Quel polisson ! C'était adorable.

Midi sonnait, et la visite du domaine était terminée. D'un pas léger, Louisa gagna la salle à manger. Elle espérait y retrouver le marquis, mais on lui annonça qu'il ne déjeunerait pas avec elle. Il inspectait les métairies du domaine, dont les toitures avaient souffert de l'orage. Elle soupira. Le polisson se doublait d'un homme responsable qui veillait à ce que ses propriétés ne se détériorent pas. Que demander de plus à un époux ?

Après le repas, elle s'attela au courrier, consulta et approuva les menus prévus pour la semaine suivante, puis passa un moment délicieux dans la bibliothèque à feuilleter des manuels d'astronomie.

Sa vie de femme mariée commençait de façon bien agréable.

Et lorsque cette première journée ferait place à la nuit, son bonheur serait complet.

Félix regardait fixement la table de billard.

Ce qu'il voyait sur le tapis vert, c'était Louisa, nue, qui lui murmurait fiévreusement : « Prends-moi, je t'attends depuis des heures. »

Il frappa la boule de choc avec une telle force que les quinze boules rouges faillirent sauter de la table en se dispersant bruyamment.

Les métayers avaient été surpris de le voir débarquer le lendemain de ses noces pour contrôler l'état des toitures. Ils avaient naturellement dissimulé leur perplexité et exprimé des vœux de bonheur. Et lui s'était lancé dans une explication embrouillée, alors qu'on ne lui demandait rien, disant que la jeune mariée s'était mis en tête de s'informer, sans perdre une minute, des lois qui régissaient le quotidien du château. Et qu'elle préférait ne pas l'avoir dans les pattes, il la distrairait trop.

Déclaration qu'il avait ponctuée d'un haussement de sourcils suggérant qu'il ne manquerait pas de la distraire plus tard. Les métayers, gens simples et respectueux, avaient obligeamment opiné du bonnet. Ils

172

voulaient tous que le maître soit repu de sexe et heureux. Hélas, il ne pouvait pas être les deux à la fois, du moins pas avec elle, maintenant qu'il mesurait l'emprise qu'il lui avait laissée imprudemment prendre sur lui.

— Tu devrais m'apprendre à manier une queue de billard. Ainsi, tu ne serais plus obligé de jouer tout seul.

Il leva vivement la tête. La salle de billard était réservée aux hommes – le seul fait qu'il s'y soit réfugié indiquait qu'il n'avait pas envie d'être dérangé par la gent féminine.

Louisa se tenait sur le seuil, vêtue d'une jolie robe bleu pastel. Mais l'expression de son regard disait clairement qu'elle serait enchantée de l'ôter pour s'allonger sur le tapis vert.

— Au fait, reprit-elle d'un air mutin, je suis allée dans le jardin d'hiver d'où j'ai pu observer la gloriette romaine et les mannequins de chiffon. Quelle brillante idée !

Il aurait dû deviner, quand il avait traîné les mannequins jusqu'au pied de la colline puis les avait montés sur le belvédère, que quelque chose ne tournait pas rond chez lui. Il s'était dit qu'il ne pouvait décidément pas demander cela aux domestiques. La belle excuse ! En réalité, il était ravi de s'en charger lui-même.

Il avait même fait plusieurs allers et retours entre le château et le belvédère pour s'assurer que les mannequins étaient dans la bonne position et lui apparaîtraient nettement lorsqu'elle collerait l'œil à l'oculaire du télescope.

— Que dirais-tu de leur rendre visite demain ? suggéra-t-elle d'une voix caressante.

Il la voyait déjà là-haut, accoudée au parapet, lui tournant le dos, son corsage sagement boutonné, pas une mèche ne dépassant de sa coiffure. Tout à fait convenable, pour qui les apercevrait de loin. Mais à partir de la taille, elle serait nue. Ou n'aurait peut-être que ses bas et ses chaussures. Ses fesses rondes tendues vers lui, elle lui jetterait un regard par-dessus son épaule, et se pencherait en avant pour qu'il s'enfonce plus profondément en elle.

Et voilà, il était en érection.

— Tout dépendra du temps, croassa-t-il. Il risque de pleuvoir de nouveau.

— On est timoré, à présent ? As-tu l'intention de me faire attendre jusqu'à minuit ?

— Plus longtemps encore.

Cette promesse-là, au moins, était sincère, et il comptait la tenir.

— Quelle étrange manière de vous faire aimer de votre épouse, monsieur, rétorqua-t-elle en fronçant le nez.

— Je le fais à la hussarde, madame.

— À ce jeu-là, il faut être deux. Pour vous punir de votre insolence, j'aurai ce soir le corsage pigeonnant et le décolleté plongeant.

Sa gaieté et son insouciance lui firent l'effet d'une écharde en plein cœur.

— Je compte jouir pleinement de cette vue au dîner, lady Wrenworth.

Elle pivota pour sortir, se ravisa.

— Au fait… Mme Prat m'a dit qu'elle était entrée au service des Wrenworth voilà huit ans. J'aurais cru qu'elle était ici depuis au moins vingt ou trente ans.

— Ce n'est pas le cas.

— Et M. Sturgess ? Depuis quand est-il ton majordome ?

— Une dizaine d'années.

— M. Boulanger ?

— Cinq ans, si je ne me trompe pas.

— Je m'étonne que les membres les plus importants de ton personnel ne soient à Huntington que depuis si peu de temps.

— Mon père et ma mère sont morts à six mois d'intervalle. Tous deux ont fait des legs conséquents à leurs serviteurs, si bien que la plupart ont choisi de prendre leur retraite ou d'embrasser d'autres professions.

Il ne mentionna pas qu'une fois en âge de gérer sa fortune, il avait offert aux domestiques qui restaient encore une rente confortable pour les convaincre de partir – il ne voulait sous son toit aucun témoin de l'époque où il n'était pas encore le Gentleman Idéal.

— Tes parents étaient généreux, commenta-t-elle avec un sourire lumineux.

Elle lui envoya un baiser et s'en alla. Il demeura immobile près de la table de billard, à écouter le bruit de ses pas décroître dans le couloir.

Lorsque Louisa entra dans la salle à manger, elle eut la surprise de découvrir, occupant toute la longueur de la table, de hauts candélabres encadrant un imposant centre de table en argent. Une fois assise, elle devait se trémousser sur son siège pour apercevoir son mari.

Le vaurien…

Le dîner fut cependant agréable, de même que la conversation qui roula essentiellement sur la gestion du domaine.

Il n'était que 21 heures quand Louisa gagna le salon. Pour tuer le temps, elle écrivit à sa famille une longue lettre vantant la splendeur du domaine.

Félix ne la rejoignit pas. C'était vraiment un vaurien, doublé d'un sournois. Mais, inutile de le nier, sa froideur produisait sur elle l'effet escompté : son cœur battait la chamade lorsque, de retour dans ses appartements, elle retira sa robe.

Cette fois, ce serait elle qui le déshabillerait. Lentement. Elle ne l'avait pas encore vu nu. Elle voulait le contempler, explorer son corps entier, dresser la carte de ses grains de beauté et des plus infimes imperfections de sa personne.

Elle jeta un coup d'œil à la pendule : 22 h 30. À coup sûr, il ne viendrait pas avant 23 heures. Pour tromper son impatience, elle se remit à sa correspondance et écrivit à lady Balfour et à lady Tenwhestle.

Ce fut fini à 22 h 58. Elle éteignit presque toutes les lampes, se coucha et se pelotonna sous la courte-pointe. Quand il entrerait, elle feindrait de dormir à poings fermés.

Son manège l'amuserait, sans doute éclateraient-ils de rire. Et après, elle le saisirait au collet et ne le lâche-rait plus avant le lever du soleil.

Cependant la porte de communication entre leurs deux chambres restait obstinément close. Elle avait beau tendre l'oreille, elle n'entendait aucun bruit chez son époux. Vexée, elle se rassit dans le lit. Cet homme était proprement insupportable. Certes, l'attente aiguisait l'appétit, mais quand elle se prolongeait ainsi, elle était surtout source d'irritation.

À 23 h 30, elle en eut assez. Repoussant la courte-pointe d'un geste brusque, elle se leva, enfila un déshabillé et alla ouvrir la porte de communication.

La chambre était plongée dans l'obscurité. L'oiseau s'était envolé.

Dépitée, elle retourna chez elle, alluma une bougie et ressortit. Elle descendit l'escalier, se dirigea vers la salle de billard, en espérant ne pas s'égarer en route. Par chance, elle avait le sens de l'orientation et par-vint à destination sans encombre. Mais la pièce était vide, de même que le fumoir, la bibliothèque, le jardin d'hiver et toute l'aile du manoir qu'ils occupaient.

Marmonnant, elle rebroussa chemin. Il n'était toujours pas chez lui. Où diable un homme pouvait-il aller à cette heure de la nuit ?

Il ne comptait tout de même pas l'obliger à faire le tour du domaine ?

Elle s'assit sur le lit, se massa la nuque. Ce n'était plus un jeu, à moins qu'il n'ait pour but de l'humilier. Et s'il ne jouait plus…

Cela signifiait qu'il n'avait déjà plus envie d'elle.

Non, impossible. La veille, il était tellement excité qu'il n'avait pas pris le temps de se dévêtir. Son désir ne pouvait pas s'être si vite éteint.

Pourtant, la réalité était là. Alors qu'ils avaient été séparés toute une journée, il ne recherchait pas sa compagnie.

Morose, elle se recoucha. Où était-il ? Pourquoi se conduisait-il de si étrange façon ? Comme elle regrettait à présent d'avoir baissé sa garde ! Elle savait pourtant qu'elle ne pouvait en aucun cas se fier à lui. À l'avenir, elle ferait en sorte de ne pas l'oublier.

Elle s'endormit le cœur lourd, et rêva qu'il apparaissait sur le seuil, souriant et repentant.

11

Louisa projetait de traquer le malotru, d'exiger une explication et des excuses, mais quand elle quitta sa chambre, elle trouva la maisonnée sur le pied de guerre.

La première fournée d'invités était attendue dans l'après-midi, et si elle avait pensé n'avoir qu'à observer le remue-ménage sans lever le petit doigt, elle se trompait lourdement.

Une armée se mettait en branle, et elle en était le général. Elle n'avait jamais livré pareille bataille ? Tant pis, elle devrait être sur tous les fronts et prendre une foule de décisions.

Certaines étaient cruciales : il fallait par exemple déterminer les sommes nécessaires pour rémunérer les renforts qui seconderaient temporairement le personnel du château.

D'autres lui semblaient moins urgentes, mais les domestiques directement concernés la pressaient de trancher. Sturgess était dans les affres et demandait son avis sur le linge de table et les fleurs fraîches – que choisir ? nappe blanche pour mettre en valeur les couleurs vibrantes des renoncules, ou nappe sombre pour rehausser l'éclat des roses de feu la marquise ?

D'autres encore lui donnaient le sentiment d'être une parfaite idiote ne manquant toutefois pas de sagesse car totalement indifférente aux questions qu'on lui soumettait : fallait-il tondre la pelouse est pour le croquet et la pelouse ouest pour le tennis, ou inversement ? Le front plissé, elle feignit de consacrer à l'affaire la réflexion qu'elle méritait, puis ordonna au jardinier d'en référer au maître de Huntington.

— M. Connelly a-t-il pu vous entretenir de son problème ? demanda-t-elle audit maître lorsqu'elle le croisa enfin, une heure après le déjeuner.

Il descendait le grand escalier, en complet de tweed léger – l'archétype du gentleman-farmer.

— Oui, il m'en a parlé, lui répondit-il avec une aimable familiarité, comme s'ils étaient mariés depuis des lustres et que découcher une nuit n'avait plus la moindre importance.

— Et qu'avez-vous décidé ?

— La pelouse ouest pour le tennis et l'autre pour le croquet – de cette manière, les joueurs auront toujours de l'ombre, puisque par temps chaud, les parties de tennis ont lieu le matin et celles de croquet l'après-midi.

— On n'imagine pas les soucis que peut avoir un Crésus, ironisa-t-elle.

— Et la femme de Crésus, renchérit-il avec un sourire. N'oubliez pas ce que vous êtes devenue, lady Wrenworth.

En fait, ce n'était pas tout à fait un sourire qui jouait sur ses lèvres. Tout juste un demi-sourire, qui n'en était pas moins renversant.

— Si vous voulez bien m'excuser, reprit-il, je dois aller inspecter le gibier. Tirer la grouse est une tradition, chez nous.

Il se pencha, ses lèvres effleurèrent à peine la joue de Louisa. Elle posa la main sur son torse. Le tweed était doux et chaud sous sa paume.

— Tu m'as manqué, cette nuit, murmura-t-elle.

Le mariage n'était peut-être pas le lieu de la sincérité et de l'honnêteté, toutefois elle n'avait jamais caché le désir charnel qu'il lui inspirait. Sur ce point, elle n'avait jamais menti.

Il ne souriait plus. Il fixait sur elle le regard qu'elle lui avait vu la veille, celui d'un homme affamé.

Mais cela ne dura qu'une seconde. Il lui prit la main, la porta à ses lèvres, et sortit à grands pas.

Déconcertée, elle n'aurait su dire si elle se sentait mieux ou moins bien.

Louisa achevait de se préparer, avec l'aide de Betsey, lorsque son mari entra dans la chambre.

D'un geste, il congédia la femme de chambre, puis s'approcha de son épouse, campée devant la psyché. Les mains derrière le dos, il l'examina. Elle avait choisi une robe richement brodée, en brocart lilas, et arborait un double rang de perles – le cadeau de mariage de lady Balfour.

— Bien, décréta-t-il. Mais ce n'est pas parfait.

— J'aurais meilleure mine si l'on avait à cœur d'assouvir mes désirs, riposta-t-elle.

— Vraiment ? souffla-t-il en effleurant le collier de perles. Vous avez pourtant été une très jolie vierge pendant vingt-quatre ans.

Elle aurait pu lui asséner une réplique cinglante et spirituelle, mais il tripotait son collier, et le contact de ses doigts sur sa nuque lui mettait la tête à l'envers.

Il lui ôta le collier qu'il posa sur la coiffeuse. Les perles tintèrent doucement.

Elle voulait qu'il laisse sa main sur son cou. Quand il la touchait, elle se sentait moins seule, moins délaissée. Elle cessait d'être une coquille de noix à la dérive sur une mer mauvaise.

Il fouilla dans sa poche, en sortit une extraordinaire rivière de diamants dont il la para. Les pierres brillaient d'un feu glacial.

— Ce bijou appartenait à ma mère. Elle en avait toute une collection qui, désormais, est à vous.

Elle se moquait éperdument des trésors de sa défunte belle-mère, toute son attention se concentrait sur son époux, aux prises avec le fermoir. Ses doigts s'attardaient-ils sur sa peau ?

Hélas, non ! L'opération ne dura que trois secondes. Il recula, impassible.

— Voilà, maintenant vous êtes parfaite, déclara-t-il d'un ton impersonnel. Allons-y, voulez-vous ?

Louisa eut du mal à surmonter sa déconvenue. Il lui fallut un moment – le temps de boire une gorgée de champagne avec les invités puis d'avaler le hors-d'œuvre – pour reprendre le rôle qu'elle avait si souvent et si bien joué durant la saison.

Naturellement, il fallait y apporter certaines modifications. C'était à présent auprès des dames qu'elle déployait tout son charme. Car si la fortune de son mari lui conférait un certain prestige, cela ne suffisait pas à la propulser vers les hauteurs stratosphériques où il évoluait.

De plus, pour cinq mille livres de rente, elle se devait d'être aussi populaire et respectée qu'il l'était. Et donc elle veillait à paraître aimable et sûre d'elle – son personnage public reflétant, du moins dans une certaine mesure, la sophistication de lord Wrenworth.

Après le dîner, tout le monde passa dans le grand salon. Félix ne s'approcha pas de Louisa et ne lui adressa la parole qu'une seule fois, pour lui demander à quelle heure elle avait prévu de faire servir le café et les biscuits. Elle n'en fut pas vraiment blessée, le maître et la maîtresse de maison étant censés s'occuper de leurs invités, pas se chuchoter des mots doux.

Elle avait néanmoins l'impression qu'il l'observait sans cesse, comme le soir de leur première rencontre. Qu'il bavarde avec chacun de leurs seize invités, ou qu'il chante en duo avec l'une de ses amies – il avait une voix admirablement chaude – elle sentait son regard sur elle.

Comment interpréter cette attention constante ? La surveillait-il pour s'assurer que son numéro de lady était satisfaisant ?

Le café fut servi à 22 heures, puis les dames se retirèrent. Louisa avait dit à sa femme de chambre de ne pas l'attendre, elle se déshabillerait seule. Libre de ses mouvements, elle alla se cacher dans le solarium – pour l'heure plongé dans le noir – qu'un petit couloir débouchant dans le hall séparait de la salle de billard.

Un quart d'heure après, ces messieurs arrivèrent, le cigare au bec.

— Une partie, Wren ? proposa l'un d'eux. Je vous parie vingt livres que je vous bats à plate couture.

— Remettons cela à demain, répondit Félix. Ce soir, je ne m'attarderai pas. N'oubliez pas que je suis un homme marié désormais. Le devoir conjugal m'appelle.

Ses amis ricanèrent, échangèrent quelques plaisanteries salaces. Louisa se rencogna contre le mur. Était-il sincère ou se bornait-il à jouer son rôle ?

Il quitta effectivement la salle de billard au bout de quelques minutes. Se glissant sans bruit hors du solarium, Louisa le suivit. Elle le rattrapa dans l'escalier.

— Rassurez-vous, je ne vous file pas, lui dit-elle quand elle fut sûre que les joueurs de billard ne pouvaient pas les entendre. Je vous demande simplement de m'accorder un instant.

— Bien sûr, acquiesça-t-il poliment. Je suggère que nous allions chez moi, dans mon salon.

Il la rendait nerveuse, et d'une façon désagréable. Elle avait l'impression d'être de nouveau Louisa Cantwell, la fille désargentée, s'efforçant de convaincre un boutiquier de lui faire crédit.

Il s'effaça pour la laisser entrer dans ses appartements, alluma une lampe, puis une autre. Elle retint une exclamation.

Le salon n'avait rien d'anglais et n'était pas non plus de style français, en tout cas pour ce qu'elle en savait. C'était une palette magnifique de tons pastel – bleu, or et ivoire. À la lumière du jour, ce devait être somptueux. Des peintures pastorales ornaient les murs, et sur l'azur du plafond, des oiseaux volaient et une montgolfière s'élevait entre les houppettes blanches des nuages.

Un décor digne d'un château de conte de fées.

— C'est magnifique, dit-elle. Très…

— Rococo, c'est le mot que vous cherchez.

— Oui, sans doute.

Elle n'avait pas la moindre idée de ce que signifiait ce terme. Elle savait juste que ce cadre ne correspondait pas du tout à l'idée qu'elle se faisait de son mari – un aristocrate à l'élégance sobre.

Mais si cette pièce, gaie et lumineuse, lui plaisait énormément, elle achevait aussi de la démoraliser, car elle était la preuve qu'elle ignorait à peu près tout de l'homme dont elle portait le nom.

— Je vous offrirais bien une infusion, mais les domestiques sont couchés, déclara-t-il d'un ton cérémonieux.

— Merci, je n'ai besoin de rien.

— Dans ce cas, que puis-je pour vous ?

Elle hésita, se mordilla la lèvre inférieure.

— Peut-être pourriez-vous m'expliquer pourquoi vous n'êtes plus... mon amant ?

— Je ne le suis plus ?

— Vous ne m'avez pas touchée depuis deux jours.

— Quarante-huit heures suffisent donc à me disqualifier ?

— C'est notre lune de miel, or vous m'aviez donné toutes les raisons de croire que vous seriez un amant attentif et... assidu.

— Vous pensez à ce que je vous ai dit quand je songeais à vous comme à une maîtresse que je verrais trois semaines par an, au maximum. Le mariage, c'est autre chose.

— Je suis pourtant sûre de vous avoir entendu répéter, lors de notre nuit de noces, que vous vouliez me faire l'amour... ou plutôt, je vous cite, que vous me baiseriez à longueur de journée.

Elle eut du mal à déglutir. Ce verbe était si vulgaire, et cependant si hardi qu'il lui brûlait la bouche.

Il étrécit les yeux, puis se pencha vers elle et d'un ton de conspirateur :

— Permettez-moi de vous donner un conseil, ma chère : il ne faut jamais croire ce qu'un homme vous raconte quand il vous baise.

— Je m'imaginais qu'au lit du moins, je pouvais me fier à vous.

— Vous me décevez. Je vous pensais assez prudente pour n'avoir jamais confiance en moi, en aucune circonstance.

Elle aussi se décevait, sa naïveté la consternait, pourtant une part d'elle refusait encore d'admettre que ses pires craintes se concrétisaient, que cette union allait lui briser le cœur bien plus vite qu'elle ne l'avait supposé.

— Quand votre notaire a rédigé notre contrat de mariage, j'aurais dû exiger qu'y figure une clause précisant la fréquence souhaitable de nos relations charnelles, déclara-t-elle, faussement désinvolte.

Il ne répliqua pas. À l'évidence, il attendait qu'elle sorte de ses appartements et le laisse tranquille.

Son cœur se décrocha dans sa poitrine. L'histoire était-elle donc finie ? Fallait-il qu'elle s'achève de cette façon brutale ? Et fallait-il qu'elle se soumette sans broncher, qu'elle accepte sans se rebeller d'être ainsi bannie ?

Elle avança d'un pas. Il la toisa avec une condescendance teintée d'impatience, lui le grand seigneur encombré d'une femme qu'il jugeait ordinaire et ennuyeuse. Mais Louisa regimbait contre cette réalité. Car, quand elle le regardait, elle voyait encore l'homme qui s'était donné un mal fou pour habiller des mannequins de chiffon et les traîner jusqu'à la gloriette romaine pour la faire rire.

Elle ne voyait que cet homme-là.

Alors elle continua à avancer. Et elle posa la main sur sa poitrine, là où battait son cœur.

Plongeant ses yeux dans les siens, elle eut la surprise de n'y lire aucun mépris, seulement du désir. Sa main s'enhardit, glissa sur son cou, sa mâchoire et jusqu'à sa joue, où sa bouche la rejoignit.

D'abord un baiser chaste, puis une caresse légère, du bout de la langue.

Il eut un mouvement de recul, elle se serra contre lui, l'embrassa dans le cou, juste au-dessus du col empesé. Son odeur de pluie et de vent lui donna le vertige. Elle avait si faim de lui qu'elle le mordilla, le lécha.

Soudain, il la plaqua contre le mur. Ils se dévisagèrent. Son bel amant la tenait par les épaules, ses doigts pareils à des serres la meurtrissaient. Il y avait dans cette violence, lui sembla-t-il, une excitation mêlée de désespoir.

— Il semblerait que j'aie épousé la femelle la plus chaude d'Angleterre, articula-t-il à voix basse.

Ces mots étaient une gifle.

— Tu le savais avant de m'épouser.

— Oui, en effet.

— Embrasse-moi, s'entendit-elle murmurer. Comme l'autre soir.

— Un baiser ne te satisfera pas, n'est-ce pas ? Tu en veux davantage, n'est-ce pas ? Dis oui, et tu seras exaucée.

— Oui, souffla-t-elle, horrifiée par son propre comportement. Oui, et encore oui.

Il eut une imperceptible hésitation, puis d'un geste brusque et précis, il lui retroussa ses jupes, lui écarta les cuisses. Elle en fut tétanisée. Elle aurait bien sûr préféré qu'il la couvre de baisers et de caresses, mais il semblait ne se soucier que de cette partie de son corps, comme si elle abritait la source de tous les plaisirs.

Et de fait... il avait raison. Heureusement qu'il la maintenait fermement, car ses genoux se dérobaient.

Ses doigts... Dieu qu'ils étaient habiles, tour à tour tendres et impérieux.

Elle ferma les yeux. Ses gémissements emplirent le silence. Puis un cri lui échappa, un spasme la secoua. Elle se cramponna à lui pour ne pas tomber.

Lui aussi avait le souffle court. Elle tourna la tête pour le regarder. Il avait les paupières closes, le front appuyé contre le mur.

Elle lui toucha le bras. Il sursauta, s'écarta. Elle sentit sa jupe retomber sur ses jambes.

Il s'immobilisa au milieu du salon, tira un mouchoir de sa poche et s'essuya la main, comme s'il avait touché quelque chose de sale.

Et il jeta le mouchoir sur le sol.

Elle se mit à trembler.

— Je me suis acquitté de mon devoir, je crois, dit-il d'un ton glacial.

Elle était trop stupéfaite pour bouger ou pour pleurer. Jamais, de toute sa vie, elle ne s'était considérée comme malheureuse : elle avait une famille aimante, un toit au-dessus de la tête, qui avait certes besoin de réparations mais les protégeait des intempéries, et assez d'argent pour se nourrir et se vêtir correctement.

Elle se rendait compte à présent à quel point elle avait été heureuse.

Jamais on ne l'avait traitée avec une pareille cruauté. Il l'avait délibérément humiliée en tournant son désir en ridicule. Il lui avait montré, une bonne fois pour toutes, qu'il n'éprouvait rien pour elle.

Au prix d'un effort surhumain, elle rajusta sa tenue, redressa les épaules et quitta le salon sans un mot et sans un regard pour lui.

Félix demeura planté au milieu de la pièce durant la moitié de la nuit, lui sembla-t-il.

Il avait toujours su qu'il était le digne rejeton de sa mère. Pourtant sa méchanceté le stupéfiait. Le rôle du Gentleman Idéal imposait que cette cruauté soit soigneusement mise sous clé, à l'instar d'une arme ancienne rangée dans une vitrine de son petit musée personnel, un objet que l'on étudiait parfois, sans jamais le toucher et, surtout, sans jamais s'en servir.

Hélas, il était sans défense contre Louisa. Il avait essayé de la fuir, de s'occuper l'esprit. Résultat, elle avait envahi ses pensées.

Ce soir, il l'avait observée sans relâche du coin de l'œil, il aurait pu relater sans erreur ses moindres faits et gestes. Chaque fois qu'elle riait, il en frémissait, comme si elle le caressait.

Et quand elle posait la main sur lui, il ne se rappelait plus pourquoi il devait garder ses distances. Dans ces moments-là, il n'avait qu'un désir : passer sa vie dans ses bras, la faire rire et la faire jouir.

Comment se racheter ? Écrire à ses sœurs, peut-être, leur demander de dresser la liste de tout ce qu'elle aimait. Lui montrer comment fonctionnait son télescope. Lui enseigner les mathématiques, ce qui lui permettrait de calculer l'orbite des comètes et la gravitation planétaire.

Il grimaça. Voilà précisément pourquoi il ne devait absolument pas se laisser aller à aimer. Il n'en était que trop capable, trop désireux de donner, et trop accoutumé à donner, encore et encore, même si on refusait systématiquement ses cadeaux, même si on le rejetait.

Le dos voûté, il gagna son observatoire. Les nuages masquaient l'éclat des étoiles. Il y demeura pourtant jusqu'à l'aube, à scruter inutilement un ciel d'un noir d'encre.

12

La première semaine des festivités estivales s'acheva. Les quarante invités qu'abritait à présent le manoir prenaient du bon temps, dégustaient du caviar à la louche et buvaient du bordeaux millésimé comme si c'était de la limonade. Les domestiques, eux, s'affairaient sans relâche.

Chaque matin, on apportait du village une charretée de pain. On livrait crabes, esturgeons et blanchaille de mer sur des lits de glace. Poules, pintades et canards arrivaient par caisses entières dans les cuisines où ils étaient farcis et rôtis.

Les marmitons et aides de cuisine embauchés pour l'occasion lavaient des montagnes de vaisselle, pelaient et tranchaient des tonnes de légumes, bousculés par le chef qui s'égosillait à donner des ordres. Les valets couraient en tous sens. Les blanchisseuses trimaient six jours sur sept pour venir à bout de monceaux de linge.

Le jour, Louisa n'avait pas une minute à elle, et s'en félicitait. Un membre du personnel lui posait une question, lui soumettait un problème ? Un invité réclamait son attention ? C'était un soulagement, un dérivatif bienvenu.

Le soir, elle n'avait pas trop de mal à s'endormir, car elle se levait maintenant à 4 heures du matin pour passer un long moment avec son télescope qu'elle avait installé sur le balcon de son boudoir.

Elle braquait d'abord l'instrument sur la lune, cette vieille amie chère aux amateurs d'astronomie qui n'avaient pas de quoi se payer du matériel sophistiqué, puisqu'une simple paire de jumelles permettait de l'étudier.

Ensuite elle se concentrait sur les planètes. Elle connaissait sa carte du ciel sur le bout des doigts – elle l'avait mémorisée durant les étés de son enfance. Les satellites naturels de Mars, la Grande Tache rouge de Jupiter, les anneaux de Saturne, et d'autres corps célestes qu'elle n'avait encore jamais pu observer.

Une fois, une seule fois, elle tourna le puissant télescope vers la gloriette romaine. Le soleil se levait et nimbait le belvédère d'une lumière liquide, dorée comme du champagne. Les mannequins de chiffon n'étaient plus là. Évaporés, comme le désir de lord Wrenworth.

Elle se joignait aux invités qui, debout dès potron-minet, partaient randonner par monts et par vaux. Son mari s'abstenait, il se bornait à organiser des parties de chasse à la grouse.

Ses amis débordaient d'énergie. Certains étaient passionnés de vélocipédie et sillonnaient la campagne, à la stupéfaction des vaches qui paissaient sur le bord des chemins. Les messieurs jouaient au cricket et au football. Les dames se démenaient sur les courts de tennis aménagés sur la pelouse ouest. L'après-midi on faisait de l'aviron sur le lac, on courait même des régates improvisées.

Naturellement, on ne pouvait se targuer d'être le Gentleman Idéal sans être aussi un sportif accompli.

Lord Wrenworth était de toutes les activités, on le voyait à longueur de temps courir sur le gazon ou pousser le ballon d'un pied adroit.

Il était le meilleur joueur de tennis et le meilleur attaquant au football, c'était une affaire entendue.

Mais qui était le nageur le plus rapide ? La question fut tranchée un après-midi.

Louisa était alors en compagnie de quelques invitées qui préféraient l'aquarelle, la lecture ou le cancanage à des passe-temps plus physiques. Cependant, apprenant qu'une douzaine de messieurs avaient plongé dans le lac, ces paresseuses s'élancèrent au pas de course pour assister au tournoi. Louisa fut obligée de les suivre.

Il y avait du monde au bord de l'eau. Louisa serait volontiers restée discrètement à distance, mais quand on s'aperçut de sa présence, on s'empressa de lui céder le meilleur poste d'observation.

Un groupe de nageurs fendait la surface chatoyante du lac. Louisa ne distinguait pas le visage de ces hommes, mais les spectateurs commençant à prendre des paris, elle en déduisit que son mari participait à la compétition.

Au milieu du lac, trois nageurs se détachèrent.

— M. Dunlop est en tête, devant M. Weston et lord Wrenworth, annonça une femme dotée d'une silhouette imposante et d'une vue perçante.

— Dunlop craquera bientôt, ricana un maigrichon. Il ne sait pas doser ses efforts. En revanche, la bagarre entre Weston et Wrenworth s'annonce rude. Weston est un peu lourd, mais il nage comme un poisson.

Sa prédiction se vérifia. Le dénommé Dunlop fut bientôt distancé par ses deux rivaux qui, dès lors, se livrèrent une bataille acharnée.

Louisa retenait son souffle. Ce n'était pas tant le résultat de la course qui l'intéressait – en fait, elle s'en moquait éperdument. Mais elle ne pouvait détourner son attention de son mari, de ce monstre qui la crucifiait avec son indifférence.

Lord Wrenworth l'emporta d'une courte tête. Weston et lui prirent pied sur la berge. Ils s'ébrouèrent et, hilares, se donnèrent l'accolade.

Tous deux étaient presque nus. Lord Wrenworth n'avait gardé que sa chemise et son caleçon court qui, trempés, lui collaient à la peau, soulignant des formes que ses vêtements habituels laissaient seulement deviner.

— Seigneur, quel Apollon ! s'extasia une dame.

— Il faudrait que quelqu'un aille chercher les vêtements qu'ils ont laissés de l'autre côté du lac, déclara Louisa d'un ton raisonnable.

— Surtout pas, rétorqua une autre femme avec une mine gourmande.

Les spectatrices auraient trouvé bizarre que Louisa ne se joigne pas au chœur de gloussements et de commentaires dithyrambiques sur le physique avantageux de son époux. Elle s'y joignit donc, alors qu'elle aurait voulu s'enfuir et se cacher dans un trou où elle ne verrait plus ce corps superbe qui hantait ses nuits.

Wrenworth tourna les yeux vers elle au moment où, la main sur la bouche, elle se forçait à pouffer sottement.

Elle continua à rire, et l'écho de son rire lui emplit la tête. Une honte cuisante la submergea ; de nouveau, elle se sentit sale, comme le soir où il s'était essuyé la main et avait jeté son mouchoir par terre.

Il s'approcha et lui effleura le front d'un baiser.

— N'êtes-vous pas fière de moi ? murmura-t-il, assez fort cependant pour qu'on l'entende.

Il se livrait de temps à autre à ce genre de démonstration, toujours quand il y avait du monde alentour, et toujours avec une tendre familiarité – il la prenait par la taille, ou par le bras, brièvement, ou bien jouait avec le ruban de son chapeau.

Elle connaissait la raison de ces gestes-là. Sans s'être consultés, ils se comportaient devant témoin en amoureux pudiques qui, hors de la chambre conjugale, évitaient autant que possible les effusions. Ils jouaient leur rôle à la perfection, tels deux comédiens chevronnés.

Plissant les yeux, elle essuya du bout de l'index une goutte d'eau sur le premier bouton de sa chemise.

— Mais si, répondit-elle sur le même ton.

Ils se regardèrent, et elle eut la sensation que des flèches brûlantes la transperçaient. Les choses seraient tellement plus faciles s'il n'était pas si bon acteur, s'il ne lui donnait pas l'impression, d'un seul regard, qu'il pourrait sacrifier sa fortune pour passer une seule nuit avec elle.

— Mon Dieu Félix, vous êtes charmant dans cette tenue !

Surprise, Louisa pivota vers la femme qui venait de parler. Une éblouissante brune dans une robe bordeaux à rayures vieil or.

C'était lady Tremaine, de retour de la chasse à l'homme dans le grand Nord.

Elle s'approcha de lord Wrenworth, lui tendit une main gantée.

— Alors, mon cher Félix ? Je m'absente quelques semaines et je vous retrouve marié ?

Elle l'appelait Félix. Une familiarité d'autant plus sidérante que les plus vieux amis de lord Wrenworth l'appelaient Wren et que les autres s'en tenaient respectueusement à son titre.

Mais cette privauté ne semblait pas le déranger, au contraire.

— Ma chère, dit-il à Louisa, je vous présente la marquise de Tremaine. Lady Tremaine, voici lady Wrenworth.

Les deux femmes se saluèrent.

— Nous sommes très heureux que vous ayez pu vous joindre à nous, lady Tremaine, assura Louisa. Les... charmes de la Scandinavie vous ont-ils conquise ?

Une lueur vacilla dans les beaux yeux de lady Tremaine. Elle ne s'attendait visiblement pas que la bécasse qui portait désormais le nom de son ex-amant fasse preuve d'esprit et d'impertinence.

— Le saumon scandinave, dont on vante partout les mérites, est effectivement succulent. Mais permettez-moi de vous féliciter, madame. Lord Wrenworth est un homme chanceux, puisqu'il vous a épousée.

— Il remercie chaque jour sa bonne étoile, répliqua Louisa d'une voix suave. N'est-ce pas ? ajouta-t-elle à l'adresse de son mari. Mon cher, je vous conseille de vous changer avant d'attraper la mort. Lady Tremaine, je regrette que nous n'ayons pas été avertis de votre visite. Mais ne vous inquiétez pas, nous allons vous trouver une chambre.

Plus tard dans l'après-midi, un autre invité arriva. Celui-ci était attendu, cependant sa venue s'avérait aussi irritante pour Félix que celle de lady Tremaine l'était pour Louisa.

Drummond.

Le bougre avait le don de flairer la moindre brouille conjugale à dix lieues à la ronde. Il en profitait pour caresser les épouses mécontentes dans le sens du poil et jouer les consolateurs. Lorsqu'il était célibataire, Félix n'y voyait pas d'inconvénient. Cela ne l'aurait pas davantage dérangé, à présent qu'il était marié, si

196

sa femme et lui avaient su préserver leur entente physique.

Hélas, leur félicité érotique n'était plus qu'un lointain souvenir ! Et tandis qu'après le dîner Drummond s'empressait auprès de Louisa, Félix rongeait son frein, tel un prisonnier qui secoue les barreaux de sa cellule sans pouvoir empêcher son épouse de tomber toute rôtie dans le bec d'un malotru.

— Eh bien, mon cher, expliquez-moi, dit lady Tremaine, l'obligeant à reporter son attention sur elle. Pourquoi cette fille a-t-elle réussi là où tant d'autres avant elle avaient échoué ?

Elle l'avait entraîné à l'écart, dans un coin du salon, près d'un paravent japonais qui les cachait à demi.

— Disons qu'elle est arrivée au bon moment, répondit-il, évasif.

Elle eut une moue sceptique.

— Si je ne m'abuse, vous clamiez naguère que vous épouseriez le pendant féminin de lord Vere – physique exceptionnel et cervelle minuscule.

Si seulement il avait eu la sagesse de s'en tenir à ce plan.

— Et vous m'avez cru ?

— Pourquoi pas ? Beaucoup d'hommes apprécient les créatures de ce genre.

— À l'évidence, je ne me voyais pas épouser une idiote.

— La vôtre est plutôt futée, en effet, admit-elle avant de se pencher vers lui pour ajouter : Alors, Félix, la vie de couple vous plaît-elle ?

L'arrivée inopinée de lady Tremaine ne l'avait pas vraiment étonné. Elle passait d'ordinaire la moitié du mois d'août à Huntington, et puisqu'elle était rentrée en Angleterre plus tôt que prévu, pourquoi n'aurait-elle pas profité de son hospitalité ? Quant à la curiosité que lui inspirait son mariage soudain, il la jugeait naturelle. Après tout, lors de leur dernière rencontre, lui-même ne se doutait pas que ses jours de célibataire étaient comptés.

À présent, cependant, il commençait à se méfier. Lady Tremaine avait dans le regard une lueur inquiétante qu'il n'avait pas remarquée jusqu'ici, hypnotisé qu'il était par les sourires de Louisa, sa façon de battre des cils et d'agiter son éventail sous le nez de Drummond.

— La vie de couple est à peu près telle que je l'imaginais, répondit-il prudemment.

— Quoi ? Vous ne me chantez pas une ode au bonheur conjugal ?

— Depuis quand croyez-vous au bonheur conjugal ?

— Une notion vulgaire, vous avez raison. Et indigne du Gentleman Idéal.

— Je n'irai pas jusque-là. Mon épouse et moi-même nous entendons fort bien, vous le constaterez. Je suis sûr que la plus parfaite harmonie régnera dans cette demeure durant les décennies à venir.

— Eh bien, je vous félicite, déclara lady Tremaine.

Mais Félix ne l'écoutait plus. Il avait les yeux rivés sur le grand miroir au-dessus de la cheminée. S'y reflétait Louisa qui, un sourire mutin aux lèvres, donnait des petits coups d'éventail sur le bras de Drummond. Elle flirtait quasiment avec lui.

Il pensait pourtant qu'elle ne le supportait pas.

— Merci, ma chère, marmonna-t-il. Si vous voulez bien m'excuser, Drummond a quelque chose à me dire.

Drummond serait le premier surpris de l'apprendre, bien sûr. Félix comptait orienter la conversation sur l'amélioration de la race chevaline. Un sujet qui passionnait le bellâtre et détournerait à coup sûr son attention de Louisa.

Il s'approcha des deux coupables, posa brièvement la main sur la taille de son épouse, histoire de bien montrer qui en était le propriétaire, avant de prendre nonchalamment Drummond par les épaules.

— Je suis bien placé pour savoir que la compagnie de lady Wrenworth est un enchantement, mais je voulais vous parler de Mallen. Vous a-t-on dit qu'il espère faire saillir sa lady Burke par votre Gibraltar ?

— Pas possible ! s'exclama Drummond dont le regard s'alluma, ainsi que l'espérait Félix. Lady Burke a un pedigree fascinant. Avec les qualités de mon Gibraltar, cela ferait à coup sûr de futurs champions.

— Excusez-nous, très chère, je vous l'enlève, lança Félix à sa femme avant d'entraîner Drummond.

Elle opina, esquissa un sourire froid.

— Mais je vous en prie, milord. Vous avez tous les droits, naturellement.

Les festivités s'éternisaient. Louisa n'en pouvait plus de jouer jour après jour les hôtesses accomplies, souriantes et enjouées. Elle était fourbue.

Heureusement, les pires choses ayant une fin, elle entrevoyait le bout du tunnel.

La matinée du dernier jour fut consacrée à un tournoi de tennis particulièrement belliqueux. Louisa n'y participait pas, mais elle était obligée d'y assister et d'applaudir son mari qui remportait un match après l'autre.

Les jours qui avaient suivi le triste épisode du mouchoir, elle avait eu l'impression que tout son être n'était qu'un amas de cendres froides. Pas la plus petite braise ou étincelle pour ranimer le feu qui, naguère, les brûlait tous les deux. Le mépris de son mari avait, pensait-elle, étouffé son désir à jamais.

Elle se trompait, hélas ! Quand elle était, comme en cet instant, contrainte de le couver du regard pour alimenter le mythe de l'épouse amoureuse, elle avait du mal à rester indifférente.

Comment ne pas admirer sa grâce athlétique, son endurance, son sens tactique, la précision de ses coups ? Il était tout simplement le plus fort, et ses adversaires n'avaient qu'à s'incliner.

Ce spectacle était émotionnellement éprouvant, au point que la présence de Drummond à son côté était un soulagement. S'il n'allait pas jusqu'à critiquer la technique de lord Wrenworth, tous les autres joueurs étaient la cible de ses commentaires désobligeants. Il l'agaçait tellement qu'elle en oubliait son désespoir.

Car de sinistres pensées la tourmentaient sans relâche. Si le désir était mort, elle n'était plus qu'une femme entretenue, à raison de cinq mille livres par an, une cocotte qu'il reléguait à la périphérie de son existence. Un colifichet accroché à sa couronne de marquis.

Après le déjeuner, il se mit à pleuvoir. Les sportifs se reposaient en prévision du feu d'artifice qui clôturerait les festivités. Les dames s'étaient retirées dans leurs chambres pour écrire des lettres, et les messieurs qui ne faisaient pas la sieste jouaient au billard. Pour une fois, un calme bienfaisant enveloppait Huntington.

Louisa s'était retranchée dans la bibliothèque. Pelotonnée dans une alcôve, elle feuilletait un manuel émaillé d'illustrations, qui expliquait avec clarté le maniement des télescopes. Du moins lui semblait-il, car elle avait la tête ailleurs si bien qu'il aurait pu tout autant s'agir d'un livre de cuisine.

Pourquoi l'avait-il épousée ?

Et comment ne pas s'interroger sur son propre pouvoir de séduction, sa féminité, sa capacité à lui donner du plaisir ? Une seule nuit d'amour, et il était déjà fatigué d'elle.

Comme elle regrettait l'homme qui combinait mille ruses machiavéliques pour faire d'elle sa maîtresse. Il la désirait alors suffisamment pour prendre des risques sans se soucier des conséquences.

Elle s'était pourtant répété mille de fois qu'il ne fallait pas lui faire confiance. Mais stupidement, elle s'était concentrée sur un seul aspect du problème : ne pas confondre sexe et sentiments. Elle n'avait pas imaginé qu'il prendrait ses distances avec elle en pleine lune de miel. Cette idée ne l'avait même pas effleurée.

Soudain, la porte de la bibliothèque s'ouvrit. L'alcôve où Louisa s'était réfugiée était à demi fermée par des rayonnages que l'on faisait glisser le long d'une coulisse dissimulée dans les moulures du plafond. On y était donc à l'abri des regards mais, revers de la médaille, on ne pouvait pas voir tout ce qui se passait dans la pièce.

Louisa se rencogna dans l'ombre.

Le pas qu'elle entendait lui parut trop léger pour être celui d'un homme. L'intruse, si elle ne se trompait pas, fit un rapide tour de la bibliothèque et s'en fut.

Louisa demeura immobile. De sa place, elle avait vue sur l'une des fenêtres. Une brume délicate, amenée par la pluie, flottait sur le lac et voilait la gloriette grecque dans le lointain.

Une petite gloriette à colonnes de marbre se dresse au bord du lac.

Elle se souvenait de cette phrase banale, lue dans le guide des plus beaux manoirs d'Angleterre à l'époque où lord Wrenworth lui avait proposé de devenir sa maîtresse. Elle avait bâti une pièce en trois actes autour de ce décor.

Acte I – La jeune femme et le maître des lieux s'étreignent dans l'ombre de la gloriette. Acte II – la jeune femme et son bel amant s'étreignent dans tous les recoins du parc. Acte III – la jeune femme, de retour chez elle après deux semaines de passion, entend frapper à la porte de sa modeste demeure à une heure indue.

En fait, du temps où elle se complaisait dans ces fantasmes, l'histoire s'arrêtait au milieu du troisième acte. Réaliste et lucide, elle n'imaginait pas la suite. Le vrai lord Wrenworth ne viendrait pas au milieu de la nuit. Il ne lui écrirait pas, ne lui enverrait pas de cadeaux, ne lui donnerait aucune nouvelle, et elle n'aurait plus qu'à se morfondre durant des mois.

Mais il lui avait demandé sa main, et le destin de Louisa avait pris un autre cours. Pour le meilleur, espérait-elle. Elle avait oublié qu'il lui faudrait perpétuellement se défendre, se protéger contre lui. Nue et sans armes, elle avait pénétré dans l'antre du dragon, avec pour seul viatique la folle conviction que le monstre fabuleux ne dévorerait pas sa bien-aimée.

Quelle inconscience ! Comment avait-elle pu se voiler ainsi la face ? Car elle avait eu en main les indices nécessaires pour le percer à jour. N'avait-il pas essayé, sans le moindre scrupule, de pousser une jeune vierge à vendre son corps ?

Un homme de cet acabit était forcément versatile et sans cœur.

Louisa en était là de ses moroses réflexions quand la porte s'ouvrit de nouveau, puis se referma.

— Il n'y a personne, dit une femme. J'ai vérifié il y a un instant.

Lady Tremaine.

— Puis-je demander pourquoi vous vous en êtes assurée ?

Cette voix grave et calme fit tressaillir Louisa. C'était celle de son mari.

— Un peu d'intimité est toujours agréable, non ?

Il eut un petit rire, mais ne répliqua pas.

Louisa, aux aguets, perçut un mouvement, un froissement d'étoffe. Lady Tremaine s'asseyait.

— Vous ne vous asseyez pas, Félix ?

— Rester debout me permet d'admirer votre toilette, Philippa.

Il y avait un sourire dans ces mots, auxquels lady Tremaine répondit par un suave rire de gorge.

— Admirez tout votre soûl, mon cher.

Silence. Des images licencieuses explosèrent dans la tête de Louisa.

— Vous avez remporté ce tournoi de tennis avec brio, reprit lady Tremaine d'un ton posé. Je vous félicite.

— Merci.

— Vous possédez une vigueur remarquable.

— J'ai vingt-huit ans, je vis à la campagne, au grand air. Si je manquais de vigueur, il me faudrait consulter mon médecin.

— Vous êtes aussi un jeune marié en pleine lune de miel. Ne devriez-vous pas garder un peu d'énergie pour rendre votre épouse heureuse ?

— Votre sollicitude me touche, mais je crois avoir conservé assez de vitalité pour la satisfaire.

Menteur.

— Et vous, mon cher, êtes-vous satisfait ? Chaque nuit, depuis mon arrivée, je vous vois regagner vos appartements à 4 h 30.

Louisa était bien placée pour savoir qu'il découchait. Mais que lady Tremaine s'en soit rendu compte… Elle en rougissait de honte.

Il éluda avec adresse.

— Que diable faites-vous debout à une heure pareille ?

— Je souffre d'insomnie, à l'évidence.

Un froissement de soie, de nouveau, puis des pas légers. Lady Tremaine tournait sans doute autour de lord Wrenworth telle une louve encerclant sa proie.

— J'ai observé votre femme. Je me demande si elle vous aime. Voyez-vous, mon cher, je ne suis même pas sûre qu'elle ait de la sympathie pour vous.

Il resta un long moment silencieux. Était-il contrarié qu'on lui lance une aussi déplaisante vérité à la figure ? Louisa l'espérait. Pour un peu, elle aurait serré lady Tremaine dans ses bras.

— Mon épouse est très réservée, elle déteste exprimer ses sentiments en public, dit-il enfin. Elle et moi sommes les seuls à savoir ce qu'elle éprouve.

Lady Tremaine laissa échapper un ricanement.

— Je ne me suis donc pas trompée. Oh, ne vous inquiétez pas, je ne vais pas vous forcer à me révéler ce qu'elle ressent ! Ou ce que vous-même ressentez. Une seule chose m'intéresse : comment pourriez-vous m'aider à passer de meilleures nuits ?

Stupéfaite, Louisa pressa une main tremblante sur sa bouche. Son cœur cognait si fort dans sa poitrine qu'elle en était étourdie.

— Puisque le sommeil nous fuit, tous les deux, poursuivit lady Tremaine d'une voix caressante, pourquoi ne pas me rejoindre dans ma chambre ? Vous me ferez l'amour. Vous savez bien que, moi, j'ai de l'affection pour vous. Parfois même je vous adore.

— Voilà une offre alléchante…

— Vous auriez tort de la refuser. Vous le regretteriez.

— Vraiment ?

— Rappelez-vous ce que nous avons partagé, susurra lady Tremaine, telle une sirène attirant le marin. N'était-ce pas délicieux ?

— Je n'ai pas oublié.

— Alors je vous attends à minuit.

— Je n'ai pas dit que je viendrais.

— Vous seriez stupide de ne pas le faire, n'est-ce pas ?

Lady Tremaine s'en alla sur cette note triomphante. La porte se referma, et le silence retomba.

Louisa étouffa une exclamation lorsque la bibliothèque coulissa.

— Je me doutais que vous étiez là, déclara tranquillement son mari.

Il affichait un flegme insolent, lui qui n'avait pas expressément refusé l'invitation lady Tremaine à commettre un adultère.

Comment réagir ? Que lui dire ? *Couche avec elle et je t'assomme à coups de télescope ?*

— Cette alcôve est confortable, articula-t-elle. Et la vue est charmante.

— Dans ce cas, je vous laisse à votre lecture.

— Merci.

Et elle se replongea ostensiblement dans son manuel. Un instant après, la bibliothèque glissait de nouveau sur sa coulisse.

Félix demeura immobile.

Il voulait quitter la pièce, mais il était cloué sur place. Ses mains, comme mues par une volonté propre, effleuraient les livres sur les rayonnages, brûlant de pousser de nouveau cette maudite bibliothèque derrière laquelle elle se cachait.

Non pas pour la plaquer contre le mur, retrousser ses jupes et la prendre de force. Non, il avait juste envie, pauvre fou, de s'asseoir près d'elle. Ensemble, ils regarderaient les nuages s'effilocher dans le ciel lavé par la pluie.

Il finit cependant par s'en aller, il devait superviser les préparatifs du feu d'artifice. Mais il avait le cœur lourd, une tristesse venue du fin fond de l'enfance lui nouait la gorge.

Une tristesse mêlée d'une étrange angoisse.

Ce n'était pas lady Tremaine qui l'inquiétait. Il la connaissait bien : elle ne cherchait qu'à se divertir – son voyage en Scandinavie l'avait certainement laissée sur sa faim.

Louisa, en revanche…

À Huntington, lorsqu'on tirait un feu d'artifice, on ne dînait pas dans la salle à manger. Un buffet était servi sur la terrasse illuminée par des dizaines de lampions accrochés à une pergola dressée pour l'occasion.

La nervosité de Félix redoubla quand Louisa apparut, vêtue de la robe qu'elle portait le soir de leur mariage. Il avait un mauvais pressentiment.

D'une démarche de reine, elle s'avança vers Drummond qui lui baisa galamment la main. Ignorant le buffet, tous deux se dirigèrent vers la balustrade. Et tandis qu'ils bavardaient, Drummond se rapprochait d'elle. Ce manège ne paraissait pas la déranger même si, de temps à autre, elle repliait son éventail de soie et le pointait vers lui pour maintenir une distance convenable entre eux.

Et soudain, ce fut elle qui se pencha vers lui. Et lorsqu'il inclina la tête pour lui murmurer une quelconque idiotie à l'oreille, elle plongea ses yeux dans les siens avec un sourire oblique.

Un sourire évocateur d'étreintes passionnées, d'un couple caché derrière les minces colonnes d'une gloriette grec, à quelques dizaines de mètres des spectateurs qui, le nez levé, applaudissaient les étoiles de feu illuminant le ciel nocturne.

De fait, c'était bien à cela qu'elle songeait. Car, de son éventail, elle désigna la gloriette de marbre, de l'autre côté du lac. Ce pimpant édifice que Félix ne pouvait regarder sans éprouver un affreux sentiment de perte.

Souriant toujours, elle abandonna Drummond pour se mêler aux invités, saluant gracieusement celui-ci, échangeant quelques mots aimables avec celle-là.

Félix avait du mal à respirer, une main de fer lui broyait la gorge. C'était injuste. Il n'avait pas accepté la proposition de lady Tremaine, Louisa devait admettre qu'il n'avait pas sauté sur l'occasion de la tromper. Et s'il n'avait pas non plus clairement exprimé son refus, c'était uniquement pour ménager l'orgueil de son amie. Il la connaissait suffisamment pour deviner que son invitation cachait une blessure.

Pour en avoir le cœur net, il rejoignit lady Tremaine et, lui offrant son bras, l'entraîna à l'écart.

— Vous regrettez déjà, n'est-ce pas ? lui dit-il.

— Pardon ? fit-elle. De quoi parlez-vous ?

— Vous le savez très bien. Et moi, je suis prêt à parier que si je venais vous retrouver à minuit, vous prétexteriez une migraine ou un excès de champagne pour me mettre à la porte.

Elle poussa un soupir à fendre l'âme.

— Pourquoi faut-il que vous me connaissiez si bien ?

— Je suppose que le trouble où je vous vois n'est pas dû à vos amants scandinaves.

En réalité, il doutait fort qu'elle ait papillonné au cours de son voyage. Elle n'était pas du genre à avoir des aventures d'une nuit.

— Tremaine était à Copenhague, lâcha-t-elle en détournant les yeux.

Son époux, l'éternel absent.

— Il était chez sa sœur ?

— Non. Enfin, il logeait probablement chez elle. Nous nous sommes rencontrés par hasard. Il avait une femme à son bras.

— Je suis navré.

— J'ai eu un choc, je l'avoue, mais je m'en remettrai vite, rétorqua-t-elle crânement.

— Revenez ici à Noël, Philippa. Je remplirai le manoir d'hommes séduisants, vous n'aurez qu'à choisir.

Elle se mit à rire et, d'un geste affectueux, lui rajusta sa lavallière.

— Cela me changera de tous ces affreux messieurs que vous invitez d'ordinaire.

Le désarroi qu'elle avait de la peine à dissimuler résonna en lui. Quel était le remède, comment se libérer de cette tristesse ?

Il lui pressa doucement la main.

— Je vous promets que vous ne verrez aucun individu au physique ingrat, valets compris.

Ils s'esclaffèrent, puis elle l'embrassa sur la joue.

— Merci, Félix.

Et, naturellement, ce fut le moment que choisit son épouse pour regarder dans leur direction. Son regard était aussi tranchant qu'un poignard.

Quelques minutes avant minuit, Félix entrait dans la gloriette grecque.

Louisa était déjà là. La main appuyée contre une colonne, elle contemplait le lac et, au-delà, la terrasse où les invités attendaient impatiemment le feu d'artifice.

Félix se figea. Elle avait donc bel et bien donné rendez-vous à un homme qu'elle méprisait dans le seul but d'humilier son mari.

— Le manoir est magnifique, n'est-ce pas ? dit-elle sans se retourner. Toutes ces lumières qui se reflètent sur le lac, quelle splendeur !

Félix venait l'informer qu'il s'était débarrassé de Drummond – en lui annonçant qu'un de ses créanciers, à qui il devait une grosse somme, serait à minuit parmi les spectateurs du feu d'artifice. Drummond avait pris la poudre d'escampette avant même que Félix ait achevé sa phrase. Il avait d'ailleurs regretté cette fuite précipitée, qui le privait du plaisir de le voir suer d'angoisse.

Louisa scrutait le ciel, à présent.

— Et les étoiles sont si belles, ce soir. Vous ai-je parlé de ma passion pour l'astronomie ? Depuis ma plus tendre enfance, je suis fascinée par la voûte céleste. Songer qu'au-delà de la voie lactée s'étend un univers infini, plein de merveilles inconnues.

Félix serra les dents. Lui n'avait pas eu droit à ce genre de confidence, elle ne lui avait pas permis de partager son amour des astres, son émerveillement.

— Mais vous n'êtes pas venu là pour m'écouter pérorer, poursuivit-elle. Faisons ce dont nous sommes convenus, voulez-vous ?

Il avait un goût amer dans la bouche. *Ce dont nous sommes convenus ?*

Il songea qu'il devrait s'annoncer, lui dire que Drummond avait filé parce qu'il était trop malhonnête pour payer ses dettes.

Mais il s'approcha et posa les mains sur ses bras nus que la brise rafraîchissait.

Il la sentit trembler. De dégoût ou de désir ? Comment pouvait-elle être attirée par cet imbécile de Drummond ?

Toujours silencieux, il baisa ses cheveux, son oreille délicatement ourlée, pareille à un fragile coquillage, son cou de cygne. Ses doigts effleurèrent sa clavicule.

— Vous ne perdez pas de temps, monsieur. D'autres m'auraient abreuvée de compliments sur la douceur de ma peau et autres fadaises.

En réponse, il lui mordilla l'épaule. Un frisson la parcourut.

— Avez-vous apporté le bandeau ? demanda-t-elle d'une voix mal assurée.

Ses mains se crispèrent sur ses bras. Ce fantasme n'appartenait qu'à eux. N'aurait-elle pas pu faire preuve d'un peu d'originalité et suggérer un autre jeu à Drummond ?

Pourtant, sans mot dire, il retira sa lavallière qu'il lui attacha sur les yeux. Alors elle se retourna et, à tâtons, explora son visage.

Comment était-il possible qu'elle ne le reconnaisse pas ?

— Je fais souvent un rêve troublant, murmura-t-elle. Je suis dans un carrosse de verre, nue, les yeux bandés. Il y a un homme près de moi. J'ignore son identité, et peu m'importe. Tout ce qui compte, c'est…

Il la bâillonna de sa bouche, rudement, pour ne plus entendre ces mots cruels. Il ne luttait plus contre son obsession, il capitulait et s'en moquait.

Elle lui rendit son baiser avec la même violence, lui agrippant les cheveux. Et quand il la poussa contre une colonne, elle glissa ses mains fiévreuses sous sa chemise.

Il ne se rappelait pas lui avoir relevé sa jupe, ni avoir déboutonné sa braguette. La conscience ne lui revint qu'à l'instant où il s'enfonça en elle d'un coup de reins et que son cri étouffé résonna dans le silence.

Elle l'embrassait, le caressait avec férocité, l'engloutissait tout entier. Et lui était au paradis, ivre du parfum de verveine qui émanait de ce corps adorable, aussi souple qu'un roseau, aussi ardent qu'un feu de forêt.

Mais, hélas, lorsque s'apaisa la houle du plaisir, il retomba sur terre, et la réalité lui transperça le cœur.

Elle avait laissé Drummond la toucher. La posséder. Répandre en elle sa semence.

Chancelant, il recula d'un pas. Puis d'un autre.

Elle rajusta calmement sa toilette. Puis elle dénoua la lavallière et la lui tendit.

Les torches qui éclairaient la gloriette achevaient de se consumer, mais il voyait clairement le visage de Louisa, comme elle voyait le sien. Il s'attendait à lire sur ses traits de la stupéfaction, de la fureur et, espérait-il, de la honte.

Il en fut pour ses frais. Elle lui décocha un regard où le désir se mêlait au mépris, avant de pivoter et de s'éloigner.

Il la retint par le bras.

— Je n'aurais pas couché avec lady Tremaine.

— Et moi j'avais recommandé à Drummond de ne pas s'approcher de cette gloriette en prétextant qu'elle était infestée de moustiques.

Elle se dégagea et s'en fut, vive et gracieuse, tandis que dans le ciel se déployaient les fontaines dorées du feu d'artifice.

Louisa venait de se coucher quand son mari la rejoignit. Sans un mot, il s'allongea près d'elle dans l'obscurité, l'embrassa et la caressa jusqu'à ce qu'elle ne puisse plus se contrôler.

Il lui fit l'amour longuement, avec une douceur déchirante. Puis il recommença. Il lui donna tant de plaisir que, lorsqu'il la quitta un peu avant l'aube, les larmes ruisselaient sur ses tempes.

13

Les invités prirent congé les uns après les autres tout au long de la matinée. Tandis que Louisa leur faisait un signe de la main, Félix l'observait.

Qu'il soit incapable de garder ses distances était devenu une évidence. Tout le reste, en revanche, n'était que confusion et chaos.

En deux semaines de vie commune, ils s'étaient infligé de telles blessures qu'il se demandait comment ils allaient pouvoir continuer à vivre ensemble. Et lui, comment supporterait-il cette situation, sachant qu'une part de lui, la plus secrète et la plus vulnérable, était désormais à la merci de cette femme ?

Quand il s'était glissé dans son lit, cette nuit, il savait déjà qu'il devrait lui présenter des excuses au lever du soleil. Ce n'était pas si terrible, se disait-il : quand un homme se conduisait de façon répréhensible, il battait sa coulpe, et on passait l'éponge.

Mais à présent qu'il la voyait en pleine lumière, qu'il scrutait son visage lisse, indéchiffrable, il ne parvenait pas à réprimer sa nervosité. Lui demander pardon reviendrait à quêter son approbation – or il s'était autrefois juré de ne plus jamais s'abaisser à cela.

Lorsque les derniers invités furent enfin partis, il dit à celle qui ne lui avait pas adressé un seul regard depuis des heures :

— Mes félicitations, lady Wrenworth. Tous ces gens étaient enchantés, ils chanteront partout vos louanges et parlerons de vous comme d'une hôtesse incomparable.

— Ils parleront aussi de notre bonheur conjugal, je n'en doute pas.

Elle arborait cet air dédaigneux de grande dame qu'elle prenait parfois avec lui. Naguère il trouvait cela charmant, aujourd'hui le calme glacial qu'elle lui opposait le désarçonnait.

— J'ai donné son après-midi au personnel, mais on nous a tout de même préparé un panier de pique-nique. Cela vous dirait de vous joindre à moi ?

— Vous êtes trop aimable. Cinq mille livres par an suffisent amplement, monsieur, ne vous sentez pas obligé d'en faire plus.

— Cinq mille livres, c'est un minimum. Je serais un mari bien négligent si je m'en tenais à cela.

Un élégant petit phaéton, dans lequel on avait chargé le panier de pique-nique, se rangea au pied du perron.

— Allons-y, voulez-vous ?

Elle lui décocha un regard dur. Elle veillait à tenir son rang et ne se serait pas permis d'être désagréable avec lui devant témoin – en l'occurrence le domestique qui avait amené la voiture.

Il en profitait sans vergogne. D'avoir recours à ce genre de vieilles ficelles le rassurait.

Renvoyant le cocher, il s'empara des rênes. L'attelage s'ébranla. Louisa était muette. Il aurait voulu la taquiner et la cajoler jusqu'à ce qu'elle éclate de rire. Mais jamais, de toute son existence d'adulte, il ne

214

s'était senti aussi intimidé. Sa vie en eût-elle dépendu, il n'aurait pu trouver un seul mot spirituel à lui dire.

Pour leur pique-nique, il avait choisi l'un de ses endroits préférés, tout en haut d'un promontoire qui dominait la campagne vallonnée. Elle ne fit aucun commentaire sur la beauté du paysage.

Elle l'aida à étendre une couverture sur l'herbe, puis, sans mot dire, se campa au bord de la falaise pour admirer le panorama. Une brise mutine soulevait l'ourlet de sa jupe.

Il s'accroupit, sortit les victuailles du panier – salades, tourtes à la viande et pâtés, diverses boissons.

— J'avais demandé qu'on fasse une sélection de vos mets préférés, expliqua-t-il. J'ai l'impression que le cuisinier a dressé la liste de tout ce que vous avez mangé depuis votre arrivée à Huntington. Nous avons de quoi soutenir un siège.

Elle pivota, le regarda vider le panier : pain, fromage, fruits…

— Si vous voulez me prendre sur l'herbe, en plein air, il vous suffit de le dire, déclara-t-elle d'un ton neutre. Inutile de vous donner tout ce mal.

— Quand j'en aurai envie, je vous le dirai, promis. Pour l'heure, je souhaite seulement vous nourrir.

Elle serra les dents, une légère rougeur lui colora les joues, mais elle se ressaisit vite. Les traits figés en un masque impénétrable, elle s'assit au bord de la couverture. Dédaignant les plats pourtant appétissants, elle choisit une grappe de raisin.

— Vous arrivait-il parfois de pique-niquer avec votre mère et vos sœurs ? demanda-t-il en débouchant une bouteille de vin de framboise.

Plissant les paupières, elle l'étudia longuement. De toute évidence, elle considérait cette partie de campagne comme une nouvelle manœuvre visant à la déstabiliser. Une méfiance compréhensible, vu qu'il avait maintes fois cherché à la manipuler.

Aujourd'hui, cependant, ses intentions étaient moins méprisables. Il n'était pas insensible au point d'abuser d'elle quand il ne pouvait plus dominer son désir, puis de l'ignorer le reste du temps. Il s'était montré cruel avec elle, et devait se racheter – tout en ménageant son amour-propre.

Elle détacha un grain de raisin, l'examina.

— Oui, cela nous arrivait parfois, répondit-elle. Mais nos déjeuners sur l'herbe n'étaient pas comparables à ce festin. Nous nous contentions de sandwichs et de thé glacé.

Il remplit leurs verres de vin.

— Comment se débrouillent votre mère et vos sœurs, sans vous ?

Elle entreprit d'éplucher délicatement son grain de raisin.

— Matilda a pris la direction des opérations pour le grand déménagement, et mes sœurs se plaignent. Il paraît qu'elle est encore plus inflexible que moi.

— C'est avec Matilda que vous partagiez votre chambre, n'est-ce pas ? Votre caractère autoritaire a probablement déteint sur elle.

Elle étudia le grain de raisin maintenant dénudé et fronça les sourcils, comme si elle était fâchée de devoir le croquer.

— Vous n'en voulez pas ? dit-il.

Secouant la tête, elle le goba, s'essuya les doigts. Quand, d'un geste brusque, elle reposa sa serviette, son visage se crispa.

Une ombre se glissa entre eux – le souvenir du moment où il avait jeté son mouchoir par terre comme s'il était souillé.

— J'aimerais effacer certaines images, dit-il impulsivement. Alléger cette tension qui...

216

— J'ignorais que nos relations étaient tendues, coupa-t-elle.

Le ton était mordant et condescendant. Il vint alors à l'esprit de Félix que c'était peut-être lui qu'elle imitait, et non quelque grande dame imaginaire.

Cette idée le stupéfia.

— Je me suis abominablement mal conduit, et je vous prie de m'en excuser.

Elle darda sur lui un regard froid.

— Pourquoi ?

— Pourquoi je vous présente mes excuses ?

— Non, pourquoi vous êtes-vous comporté de la sorte ? Vous n'agissez jamais sans avoir mûrement réfléchi avant.

Si seulement c'était vrai. Depuis qu'il la connaissait, il accumulait les absurdités.

— J'ai voulu préserver la flamme. La vie est longue, il m'a paru sage de ne pas épuiser trop vite les plaisirs du mariage.

L'argument ne tenait pas, il en était conscient. En réalité, il l'avait évitée pour protéger les remparts qu'il avait méthodiquement érigés autour de lui, et qu'il voyait s'ébouler jour après jour.

— Vous me décevez, monsieur, persifla-t-elle. Je vous ai connu meilleur menteur.

— J'adore que vous me réprimandiez ainsi, répliqua-t-il, souriant malgré lui.

Elle se servit de la salade, planta un peu trop énergiquement sa fourchette dans une tranche de concombre.

— C'est de cette façon que vous comptez nous réconcilier ? En me gavant de nouveaux mensonges ?

— Non, mais c'est chez moi un réflexe quand on me pose trop de questions. Vous devriez laisser mes actes parler pour moi.

Louisa reposa son assiette.

— Vos actes ? Lesquels ?

Elle regardait la main de son époux, la chevalière à son doigt. Elle se remémora leur rencontre – ce soir-là, elle avait aussi gardé les yeux rivés sur cette bague, pour ne pas croiser son regard. Son instinct lui soufflait déjà que cet homme serait pour elle un poison mortel, le drame de sa vie.

Il se redressa d'un mouvement fluide et s'approcha d'elle. Avec des gestes calmes et précis, il lui ôta son chapeau. Puis il la coucha doucement sur le sol.

— Cet acte-là ne prouve rien, articula-t-elle.

Sans répondre, il lui retroussa sa jupe.

— Votre méthode est d'une insoutenable grossièreté, commenta-t-elle d'un ton sec.

L'herbe était fraîche et odorante, Louisa sentait le soleil sur son visage et la bande de peau nue au-dessus de ses bas. Elle aurait dû s'enfuir, ou du moins s'indigner qu'il l'offre ainsi en pâture aux regards indiscrets – un villageois pouvait à tout moment les surprendre. Mais elle n'était plus qu'un frêle esquif sur une mer démontée qui la précipitait vers l'abîme.

Il la mènerait où il voulait, et il le savait.

Il lui ôta ses dessous, lui écarta les cuisses. En d'autres temps, quand le plaisir qu'il lui donnait n'était pas synonyme de désespoir, elle se serait offerte sans résistance. Mais là, elle se raidit.

Il lui embrassa l'intérieur de la cuisse, ouvrit délicatement les pétales de son sexe du bout de la langue. Et lui fit l'amour avec sa bouche. Son indécence la choqua, mais sa bouche était si impérieuse, si diaboliquement habile qu'elle n'eut pas la force de se dérober.

Il l'emmena très loin, sur des hauteurs vertigineuses. Le plaisir déferlait, en vagues successives qui la jetaient sur le rivage, l'entraînaient de nouveau au large, la ramenaient une fois de plus sur la grève, pantelante, brisée.

Quand il s'arrêta, elle garda les paupières closes. Elle était tout bonnement incapable de le regarder. Il rabattit sa jupe sur ses jambes, afin qu'un éventuel promeneur ne la voie pas dans cette posture inconvenante.

Elle l'entendit bouger, prendre une grappe de raisin, détacher les grains des pédoncules.

— Ce raisin est trop acide, déclara-t-il d'un ton léger. Surtout comparé à votre suavité.

Elle se sentit rougir jusqu'à la racine des cheveux.

— J'admets que mes méthodes sont grossières, enchaîna-t-il. Mais si elles ne vous ont pas satisfaite, je suis prêt à me racheter et à tout recommencer depuis le début.

Elle se força à rouvrir les yeux et se redressa sur son séant – il faudrait bien que, tôt ou tard, elle se résigne à l'affronter.

Il était étendu sur la couverture, appuyé sur le coude, et il l'observait d'une façon qui lui fit battre le cœur.

« Ressaisis-toi, s'ordonna-t-elle. N'oublie pas que même quand il semble doux et inoffensif, il demeure un prédateur. »

— Voulez-vous quelque chose ? murmura-t-il. Vous n'avez rien avalé.

— Non merci, répondit-elle en rougissant de plus belle. Je n'ai pas faim.

Il but une gorgée de vin.

— Moi, j'ai faim, dit-il. De vous.

— Vous êtes mon mari, je ne peux pas vous empêcher d'user de vos prérogatives.

— Est-ce ce que vous voulez ? demanda-t-il, fixant sur elle des yeux étincelants. S'il vous plaît, ne me répondez pas en épouse obligeante. En avez-vous envie ?

Oui. Non !

— Je ne sais pas.

— Hmm… Venez ici.

Elle aurait dû rester à sa place, mais l'invincible attraction qu'il exerçait sur elle depuis le premier jour le poussait vers lui, tel un astéroïde croisant l'orbite d'une planète impitoyable.

Elle s'allongea à son côté. Il lui prit le menton, la força à tourner la tête vers lui.

— Vous avez de si beaux yeux, souffla-t-il. Et une peau magnifique.

Ces mots éveillèrent en elle une douleur déchirante, pareille à celle qui lui tordait le ventre, naguère, lorsqu'elle songeait à la femme qu'il épouserait un jour. C'était pourtant elle qui aujourd'hui portait son nom, mais la peur d'être abandonnée, remplacée, demeurait plantée dans son cœur telle une écharde.

— Si vous vous efforciez jusqu'à présent de ne pas épuiser trop vite les plaisirs du mariage, que cherchez-vous maintenant ? murmura-t-elle. À vous lasser plus vite de moi ?

Il l'embrassa sur la bouche.

— Vous pensez que je pourrais me lasser de vous, ma chère Louisa ?

Bien sûr qu'elle le pensait, comme elle croyait que la Terre tournait autour du soleil. C'était une certitude, et c'était pour cette raison qu'elle n'aurait jamais confiance en lui. Que jamais, au grand jamais, elle ne lui avouerait son amour.

— Dès lors que nous nous lassons l'un de l'autre au même rythme, je ne me plains pas, dit-elle.

— Vous êtes terrible, Louisa.

D'une main ferme, il lui releva sa jupe. Elle ne comprit pas comment, mais l'instant d'après, il était en elle. Les yeux rivés sur son visage, il étudiait sur ses traits la progression du plaisir, la preuve qu'il était le maître.

Elle ne se déroba pas à ce regard qui la mettait à nu. Parce que lorsqu'ils faisaient l'amour, elle pouvait prétendre que seul son corps cédait à sa volonté et que son âme restait inaccessible.

— Écarte davantage les cuisses, Louisa, ordonna-t-il d'une voix pas complètement ferme. Je veux être en toi jusqu'à la garde.

Elle était damnée, sans doute irait-elle rôtir en enfer. Mais elle ne serait pas seule à trembler et à gémir.

— Oui... viens...

Elle vit ses beaux yeux verts se voiler.

— Je te veux en moi, souffla-t-elle. Depuis le premier jour, et pendant toutes ces nuits sans sommeil, je n'ai voulu que cela...

Grimaçant, il l'étreignit violemment, la labourant de toute sa force d'homme. Ils étaient au bord du précipice, cramponnés l'un à l'autre ils tombaient dans le vide.

Avant de sombrer, elle l'entendit lui balbutier à l'oreille :

— Tu es à moi...

Quand elle eut rajusté sa toilette et qu'elle fut à peu près présentable, Félix l'installa entre ses jambes, le dos contre son torse, et l'entoura de ses bras. Elle ne protesta pas.

Il n'essayait même pas d'analyser les événements de la journée, ne se demandait pas quel en serait le résultat. Les différends qui les opposaient étaient-ils réglés ? Il n'en savait rien et, dans l'immédiat, ne s'en souciait pas.

Quelle importance, du moment qu'il pouvait enfouir le visage dans ses cheveux et s'enivrer de leur parfum ?

— Ils ont la même odeur que les vôtres, milord, ironisa-t-elle, devançant un éventuel compliment. Je crois bien que nous utilisons le même savon.

— Alors mes cheveux sentent divinement bon. Et tu pourrais m'appeler Félix quand nous sommes en tête à tête. Il ne faudrait pas que lady Tremaine soit la seule à jouir de ce privilège.

— Hmm... fit-elle en haussant les épaules.

Mais l'instant d'après, elle se retourna à demi, lui offrit une cuillerée de crème au café.

— Tu en veux ? Ce n'est pas mauvais.

Il goûta, se pourlécha – la crème était délicieuse.

— Pour ta gouverne, reprit-elle, sache que je suis toujours fâchée. Mais quand je suis contre toi, j'ai de la peine à exprimer mon ressentiment.

— J'ai donc intérêt à te garder éternellement contre moi. Que tu ne puisses m'agonir de reproches m'arrange énormément.

— Hmm... fit-elle de nouveau.

Il était adossé contre un arbre dont le feuillage formait une dentelle mouchetée de soleil. Il était si bien, si heureux que pour un peu, il aurait ronronné.

— Raconte-moi la petite fille que tu étais et que la voûte céleste captivait.

— Tu y tiens vraiment ? répliqua-t-elle en lui offrant une autre cuillerée de crème.

— Hier soir, quand tu as compris que c'était moi, dans la gloriette grecque, tu as évoqué ta passion pour les étoiles. Raconte.

— Cette histoire d'amour a commencé quand j'avais trois ans. Une nuit, notre père nous a réveillées et nous a entraînées dehors en nous promettant une belle surprise.

222

Elle était née en 1864, par conséquent elle avait dû assister à la pluie de météorites de 1867 – moins impressionnante que les léonides de l'année précédente, mais tout de même spectaculaire.

— On m'a dit que durant la semaine qui a suivi, j'allais tirer mon père du lit chaque nuit pour qu'il m'emmène voir les étoiles filantes.

— Il le faisait ?

— D'après ma mère, oui. Elle prétend qu'il m'attendait en lisant pour ne pas s'endormir, et que nous restions dehors jusqu'à ce que j'en aie assez.

— Tu as eu un père affectueux, commenta-t-il en s'efforçant de ne pas laisser son envie transparaître dans sa voix.

— C'est vrai. Toujours d'après ma mère, il avait des goûts de luxe et se montrait prodigue. Mais nous étions toutes en adoration devant lui. Dommage qu'il n'ait pas vécu assez longtemps pour me voir perpétuer la tradition familiale et me lancer à mon tour, avec brio, dans la course à la dot. Je pense qu'il aurait été fier de moi, et que mes corsages rembourrés l'auraient réjoui.

— Ils m'ont également réjoui, je suis flatté d'avoir cela en commun avec lui.

Elle pencha la tête sur le côté, et il vit un sourire lui incurver les lèvres. Impulsivement, il lui planta un baiser sur la joue.

— Ne jubile pas, je te prie, l'avertit-elle. Je me méfie de toi, et cela ne changera pas.

— Ta méfiance est le piment qui donne du goût à mon existence, dit-il, grandiloquent. Puisse-t-elle ne jamais se dissiper.

Il ne se doutait pas qu'il allait regretter amèrement ces paroles.

14

Louisa ne s'était encore jamais coiffée et brossé les dents en pleine nuit. Mais son amant lui avait annoncé qu'il la rejoindrait dans sa chambre à 4 heures pour voir où elle en était de ses observations astronomiques. Et donc, elle se pomponnait à cette heure indue pour un homme dont elle se méfiait comme de la peste.

Dès qu'il la touchait, elle perdait pied. Une caresse suffisait à gommer le passé et à obscurcir l'avenir. Son cerveau s'engourdissait, elle n'était plus capable de raisonner. Elle ne se souvenait que de leur dernière étreinte, ne pouvait songer qu'à la prochaine.

Ce déjeuner sur l'herbe avait achevé de mettre à mal son bon sens naturel.

S'il ne l'avait pas dédaignée pendant deux semaines, si elle n'avait pas eu un aperçu de sa cruauté, elle eût été follement heureuse.

Elle l'était encore trop pour son propre bien, quand bien même c'était un bonheur hérissé d'épines.

Il entra dans la chambre à 4 heures précises, lui baisa le front, puis l'entraîna sur le balcon de son salon, où elle avait installé le télescope.

— Laisse-moi te montrer quelque chose, dit-il.

225

Il poussa le chariot qui supportait le télescope vers la droite, invita Louisa à s'approcher.

— Regarde Jupiter.

Elle connaissait bien la carte du ciel et repéra vite la planète géante, striée de bandes nuageuses crème et orange.

— Elle me paraît semblable à elle-même.

— Laisse-moi voir.

Il prit sa place, appliqua son œil à l'oculaire.

— Hmm... on devrait pouvoir faire mieux que cela, marmonna-t-il en effectuant quelques réglages.

Il avait retroussé ses manches, et Louisa observait à la dérobée ses bras musclés. Elle en avait la gorge sèche.

« Souviens-toi de ce moment, songea-t-elle. De ce tremblement au fond de toi. Tu ne sais pas pourquoi, voilà deux semaines, il s'est conduit de façon abominable, ni pourquoi ce soir il est si doux et si charmant. N'oublie pas qu'il pourrait, en un claquement de doigts et sans raison, redevenir odieux. »

Il ouvrit, dans le socle du chariot, un tiroir que Louisa n'avait jamais remarqué et où étaient rangés divers accessoires. Il changea d'oculaire.

— Ah, voilà qui est mieux ! s'exclama-t-il. Regarde.

Jupiter, cette fois, ne semblait pas plus grosse qu'une pièce de monnaie, cependant l'image était d'une netteté extraordinaire. Non seulement Louisa voyait deux des lunes de la planète, mais elle distinguait aussi l'ombre ronde que l'une d'elles dessinait dessus.

Une éclipse solaire sur Jupiter !

— Comment as-tu su que ce phénomène allait se produire ? interrogea-t-elle, émerveillée.

— Je l'ignorais. Je l'ai découvert il y a une demi-heure à peine, et j'ai voulu le partager avec toi.

— Où se trouve ton télescope ?

— Quelque part dans le domaine, répondit-il avec un sourire malicieux.

Elle ne le supplierait pas de le lui montrer, il n'en était pas question. Enfin, pas encore. Haussant les épaules, elle remit l'œil à l'oculaire.

— D'où te vient ton goût de l'astronomie ? s'enquit-elle.

— Quand j'étais enfant, j'avais du mal à dormir. Souvent, la nuit, je quittais ma chambre et je rôdais dans le parc en observant la voûte céleste. Le mouvement des étoiles me fascinait.

— Tu étais de santé fragile ? s'étonna-t-elle.

— Non, j'étais plutôt robuste.

Elle pivota à demi pour le regarder. Sa haute silhouette se détachait dans la pénombre, et la faible lumière provenant du salon soulignait ses traits. Louisa se remémora un portrait de la galerie, celui de la défunte marquise peinte sur fond de velours noir. La beauté de cette femme l'avait frappée.

— Tu ressembles beaucoup à ta mère.

— En effet.

— En revanche, tu n'as quasiment rien de ton père, ajouta-t-elle.

Elle n'eut pas plus tôt fait ce commentaire qu'elle le regretta. Avant son arrivée à Londres pour la saison mondaine, lady Balfour lui avait donné un précieux conseil : « Abstenez-vous de toute remarque sur les ressemblances ou l'absence de ressemblances existant entre les membres d'une famille. » Les mœurs matrimoniales de l'aristocratie étant ce qu'elles étaient, nul n'aurait pu dire qui était le géniteur du troisième ou quatrième enfant d'une lady.

Mais Félix était le premier-né, l'héritier.

— Je suis le fils de feu le marquis de Wrenworth, rétorqua-t-il posément.

— Évidemment. Je voulais simplement dire que tu ne lui ressembles pas énormément.

Un silence. Il se pencha vers le télescope.

— Pour revenir à nos moutons, il s'agit de Io.

Il parlait de la lune dont l'ombre était visible sur Jupiter, comprit-elle avec un temps de retard. Pour se donner une contenance, elle appliqua de nouveau son œil à l'oculaire.

— Parce que c'est le satellite le plus proche ?

— Oui.

— Tu as suivi une formation en astronomie ?

— Non, mais j'ai étudié la physique et les mathématiques à Cambridge.

— Et avant l'université, quelle école privée as-tu fréquentée ?

— Aucune. J'avais un précepteur.

Félix était si sociable qu'elle ne l'imaginait pas cloîtré dans ce manoir, sans camarades de jeux.

— Pourquoi tes parents ne t'ont-ils pas envoyé en pension à Eton ?

— Ma mère préférait me garder à Huntington.

« Elle ne supportait donc pas d'être séparée de toi ? » faillit demander Louisa. Mais elle s'abstint, car il avait une façon de parler de ses parents – d'un ton neutre, presque froid – qui n'évoquait pas une affection débordante.

Le terrain était glissant.

— Je vois, fit-elle puis, changeant de sujet : Voudrais-tu m'expliquer comment utiliser au mieux les différents oculaires rangés dans ce tiroir ?

Le danger, lorsqu'on noue une relation intime avec quelqu'un, c'est que l'autre vous voit tel que vous êtes.

Félix préférait considérer que sa biographie commençait le jour où il avait hérité du titre de marquis, à l'époque où il s'était forgé son nouveau personnage, élégant et sophistiqué.

Il avait été grandement aidé dans cette entreprise par l'adoration que sa mère lui témoignait en public – le fils d'une mère aussi aimante incarnait à n'en pas douter les plus nobles vertus masculines.

En outre, la plupart des gens ne cherchaient pas à savoir ce que dissimulait une façade plaisante. À leurs yeux, un illustre pedigree, des manières raffinées et une générosité de bon aloi caractérisaient le parfait gentleman.

Félix avait toujours su n'avoir rien du parfait gentleman. Et Louisa le savait aussi. Lui laisser entrevoir les défauts qui, pour lui, représentaient plutôt des atouts – duplicité, cynisme et forte propension à transgresser les règles – était une chose. Mais exposer sa faiblesse, son incurable vulnérabilité, les douleurs anciennes et les attentes déçues dont il ne s'était jamais réellement guéri en était une tout autre.

Il prenait des risques inconsidérés en découvrant cette blessure, sous le ventre du dragon, le seul petit bout de chair tendre que ne protégeait pas la cuirasse.

Le ciel pâlissait à l'ouest quand ils abandonnèrent le télescope et rentrèrent dans le salon.

— Comment as-tu su qu'il m'arrive de me lever au milieu de la nuit pour observer les astres ? demanda-t-elle, tandis qu'ils gagnaient la chambre.

— Je t'ai vue.

Il avait passé des heures dans le parc, caché dans l'ombre, à guetter la silhouette de sa femme sur le balcon de ses appartements.

Louisa s'assit au bord du lit, les coudes sur les genoux, le menton reposant sur ses doigts entrelacés.

Les jeunes filles s'asseyaient ainsi. La lueur de la lampe nimbait son doux visage, ses cheveux cascadaient sur son négligé de soie ivoire, bordé de petites marguerites brodées. Il émanait d'elle une innocence qui aurait bouleversé Félix s'il n'y avait eu dans son regard cet éclat infiniment moins pur.

— Tu as l'air d'attendre quelque chose, murmura-t-il d'une voix rauque.

— Je ne t'ai jamais vu nu, dit-elle du ton qu'une autre aurait pris pour reprocher à son mari d'être un ivrogne ou un panier percé.

Il haussa un sourcil narquois.

— Et tu penses que je vais me déshabiller ?

— J'y compte bien, rétorqua-t-elle, impérieuse.

L'irrésistible attraction qu'il exerçait sur elle était la seule chose qui rassurait Félix et lui rendait supportable le sentiment de vulnérabilité qui le taraudait.

Ils étaient tous deux esclaves du plaisir qu'ils se donnaient, Félix se cramponnait à cette idée pour ne pas céder à la panique.

Il retira ses chaussures, les envoya valser.

— N'ai-je donc pas été un amant convenable, même tout habillé ?

— Mais si. J'adore sentir le tweed sur ma peau, ça gratte, c'est délicieux. J'exige que tu gardes tes vêtements quand nous faisons l'amour en plein air. Les choses se passent de cette façon dans mes rêves érotiques, et je tiens à ce que la réalité soit en tout point semblable. Je suis une maniaque du détail.

— Donc, si je comprends bien, je dois me dévêtir lorsque nous faisons l'amour dans un lieu aussi banal qu'une chambre ? fit-il en déboutonnant sa chemise.

— Une femme a parfois envie d'un peu de chair fraîche.

— Il t'arrive de n'en avoir pas envie ?

230

— Oui, quelquefois je voudrais simplement promener ta tête au bout d'une pique, répliqua-t-elle sans ciller.

Il ôta sa chemise, s'approcha d'elle, se pencha.

— Cela m'empêcherait de faire ceci, souffla-t-il avant de l'embrasser dans le cou, juste sous l'oreille.

Elle laissa échapper un petit soupir tremblé. Mais elle se ressaisit vite et, désignant son pantalon :

— Dommage que tu ne sois pas allé en pension, tu aurais appris à te déshabiller plus vite.

— La prochaine fois que je verrai mes amis qui ont fréquenté Eton, je leur demanderai s'ils sont plus rapides que moi.

— Excellente idée. Et moi je conseillerai à mes sœurs de choisir exclusivement des hommes qui ont fréquenté Eton.

Il laissa tomber son pantalon, s'en débarrassa d'un coup de pied. Louisa demeura agréablement silencieuse.

Puis elle le regarda droit dans les yeux, s'humecta les lèvres, puis :

— Bien… il ne te reste plus qu'à en faire bon usage.

Il s'empressa d'obéir, et lui fit l'amour avec l'ardeur des nouveaux convertis, élevant contre ses angoisses le rempart du plaisir et priant qu'il soit solide et durable.

La nuit suivante, ils se retrouvèrent sur le balcon pour observer les astres. Félix se mit en tête de lui expliquer les calculs d'Urbain Le Verrier, basés sur la loi de la gravitation universelle de Newton, pour définir les caractéristiques de la planète Neptune.

Louisa fut obligée, à son grand désarroi, d'avouer une ignorance abyssale.

— Je suis désolée, marmonna-t-elle, penaude. Je n'ai pas compris un traître mot.

Il agita les mains, l'air faussement exaspéré.

— Tu viens pourtant d'entendre la démonstration la plus claire, la plus limpide du siècle ! Essaies-tu de me dire que mon génie ne t'a pas éblouie ?

— Précisément. Mais peut-être pourrais-tu m'enseigner les lois de Newton ? hasarda-t-elle timidement.

— On n'apprend pas la voltige au galop à quelqu'un qui ne sait même pas monter à cheval.

Elle se sentit rougir, mais avant qu'elle ait pu trouver une réplique spirituelle pour se tirer d'embarras, il ajouta :

— Il faudrait commencer par les principes de base, et considérer que tu ne connais que les rudiments de l'arithmétique.

— Je sais tout de même résoudre…

Elle s'interrompit, rougissant de plus belle.

— Dire que je sais résoudre une équation du second degré reviendrait à dire à un chasseur de grands fauves que j'ai réussi un jour à prendre une souris au piège. N'est-ce pas ?

— Tu as attrapé une souris ? s'exclama-t-il, écarquillant des yeux horrifiés. Ces créatures sataniques m'épouvantent.

Elle faillit pouffer de rire, pinça les lèvres pour retrouver son sérieux. Pas question de se laisser désarmer par son humour – comment rester sur ses gardes si elle se tordait de rire ?

Elle s'éclaircit la voix.

— Tu veux bien être mon professeur ?

Il parut déçu que sa plaisanterie ne l'amuse pas, et elle en éprouva un bizarre serrement de cœur. « N'oublie pas à qui tu as affaire », se tança-t-elle. S'il se montrait gentil et drôle, ce n'était pas pour lui faire plaisir. Lord Wrenworth était un manipulateur qui ne cherchait qu'à la dominer.

— Voilà pourquoi tant d'hommes ne se marient jamais, vois-tu, dit-il d'un air docte. On se déniche une jolie femme, on passe la moitié de son temps à se plier à ses caprices, et l'autre moitié à la sortir des ténèbres de l'ignorance. Résultat, on se néglige, on laisse ses propriétés se dégrader. Les métayers se plaignent, les domestiques rendent leur tablier, et bientôt la charmante épouse vous ferme sa porte parce que vous êtes pauvre et malodorant.

Il y avait quelque chose dans sa voix – une imperceptible note de mélancolie – qui donna à Louisa l'envie de lui prendre la main. Mais sans doute son imagination lui jouait-elle des tours.

Tu dois te défendre contre lui, pas le consoler.

— J'ai gardé une poire pour la soif, souviens-toi, répliqua-t-elle du tac au tac. Onze livres et huit shillings que je te donnerai pour acheter du savon. De cette façon, même si tu te retrouves dans une misère noire, tu auras de quoi te laver.

Il la dévisagea, son expression était indéchiffrable.

— Dans ce cas, il me faut te tester pour évaluer ton inculture. Ensuite nous donnerons un coup de jeune à mon ancienne salle de classe qui est franchement lugubre. Après quoi je m'emploierai à t'instruire, à condition que tu refrènes tes ardeurs et que tu ne cherches pas à séduire ton professeur.

Un repli stratégique, devina-t-elle. Une manœuvre pour revenir sur un terrain plus sûr, celui du sexe – tactique qu'elle connaissait bien.

Elle battit des cils.

— J'aurai un coup de règle sur les doigts si j'essaie de séduire le professeur ?

— Peut-être même que tu auras droit à une fessée.

— Pauvre de moi ! Sans doute vaut-il mieux que je te prévienne : il suffit que je sois face à un maître érudit pour me retrouver nue comme un ver. À mon corps défendant, bien sûr.

Cette déclaration les conduisit naturellement tout droit dans le lit, ce royaume enchanté où ils cessaient d'être des adversaires pour communier dans la même volupté.

Le lendemain après-midi, tandis que son mari était enfermé avec son secrétaire, Louisa explora la salle de classe.

Le lieu n'était pas vraiment sinistre, mais comparé aux appartements de Félix, il était indiscutablement austère et peu engageant, avec ses lambris de chêne sombre et ses tentures de velours foncé. Un gigantesque tableau noir occupait tout un pan de mur, un pupitre était placé devant la fenêtre, et un imposant bureau trônait au centre de la pièce.

Louisa s'approcha d'une vitrine où était exposée une collection de minéraux. Chaque spécimen était soigneusement étiqueté – nom, provenance, date.

Toutes les pierres, nota-t-elle, avaient été trouvées dans le domaine ou la campagne environnante, ou encore dans les parcs londoniens durant les mois de la saison mondaine.

Comme il avait eu le privilège d'étudier avec un précepteur, elle pensait que Félix avait visité des pays fabuleux avec ses parents pendant que les jeunes gens de son âge moisissaient dans des pensionnats pleins de courants d'air. Mais à l'évidence, son univers s'était limité à Huntington et aux beaux quartiers de Londres.

Elle en fut déconcertée. Cet homme qui avait tout pour lui – la beauté, la fortune, et suffisamment d'habileté pour obtenir tout ce qu'il désirait – aurait-il été un enfant solitaire, qui se passionnait pour les astres et les pierres afin d'échapper à la monotonie de son existence ?

Agacée, elle haussa les épaules. Elle bâtissait tout un drame autour du décor cafardeux d'une salle de classe où il n'avait pas mis les pieds depuis des lustres. Au berceau, il devait déjà mener son monde à la baguette. Ses nounous étaient sans doute à genoux devant lui, et son père émerveillé d'avoir engendré pareil phénix.

Néanmoins, lorsqu'elle quitta la pièce, Louisa était songeuse et même un peu triste.

Félix avait l'impression d'être un funambule sur son fil, bloqué au milieu de la traversée, incapable de revenir en arrière ni d'atteindre son but.

Il avait grand besoin d'un filet de sécurité. Si Louisa était déjà amoureuse de lui, alors peut-être qu'une chute ne serait pas si terrible.

Qu'il ne se soit pas interrogé plus tôt sur les sentiments de sa femme le sidérait. Jusqu'ici, la question était demeurée abstraite. Le désir de Louisa lui suffisait. Il l'avait ensorcelée, elle était à sa merci, et il n'en demandait pas davantage.

À présent, hélas, les rôles s'étaient inversés. Il était envoûté.

Et même s'il la faisait jouir, même si elle semblait insatiable, leur chambre à coucher était un lieu clos où ils tournaient en rond.

Il devait trouver une idée pour élargir leur horizon, les sortir de leur enfermement.

Il y réfléchit longuement, pesa le pour et le contre avant de se décider : il inviterait Louisa à visiter son observatoire. Ce n'était pas anodin. Quand il aurait ouvert cette porte qui donnait accès à sa vie la plus intime, qu'il ne partageait avec personne, il ne pourrait plus la refermer.

Il hésitait, le doute le taraudait. Son initiative le ramenait au passé, à ses parents et aux innombrables cadeaux qu'il leur avait offerts dans l'espoir de leur plaire. Cela n'avait servi qu'à creuser la plaie.

Le temps, heureusement, jouait en sa faveur. Quand il ne pleuvait pas à verse, le ciel était couvert – l'excuse idéale pour repousser la visite de l'observatoire, nuit après nuit.

Mais bien sûr, le ciel finit par s'éclaircir.

Louisa avait quitté la salle à manger depuis une dizaine de minutes lorsqu'il la rejoignit dans son salon privé. Assise au secrétaire en bois de rose, elle faisait sa correspondance. Elle écrivait presque tous les jours à sa mère et à ses sœurs. Sans doute leur racontait-elle sa vie quotidienne à Huntington, et Félix se demandait souvent de quels mensonges – ou de quelles omissions – elle émaillait ses récits.

Elle lui jeta un regard par-dessus son épaule.

— Tu as déjà bu ton cognac et fumé ton cigare ?

— J'aimerais te montrer quelque chose, si tu as un moment.

— De quoi s'agit-il ?

— Du télescope le plus perfectionné d'Angleterre – nous en avons déjà parlé.

Elle se retourna, le dévisagea.

— Tu tiens à ce que je le voie maintenant ?

Il se souvint alors, un peu tard, qu'elle ne l'avait interrogé sur le télescope qu'une seule fois. Peut-être cela ne l'intéressait plus.

— Si tu veux bien.

— Il faudra marcher longtemps ?

— Non, c'est tout près.

Elle tournait son porte-plume entre ses doigts, et Félix eut l'impression que c'était son cœur qu'elle malmenait ainsi.

Il comprit qu'elle essayait de gagner du temps, qu'elle hésitait, elle aussi. Mais pourquoi ? Ce n'était pas elle qui prenait le risque d'essuyer un refus, d'être repoussée.

Au bout de ce qui parut à Félix une éternité, elle reposa son porte-plume, tamponna sa lettre avec un buvard.

— Très bien. Montre-moi le chemin.

Il la tenait par la main.

Bien qu'ils fassent l'amour nuit et jour, ils avaient rarement des gestes de tendresse.

Ces doigts qui serraient les siens n'aidaient pas Louisa à rester sur la défensive.

En réalité, depuis le départ des invités, sa méfiance fondait comme neige au soleil. C'est qu'elle n'avait pas grand-chose à lui reprocher : il se révélait un mari courtois, un amant passionné, ainsi qu'un mentor résolu à lui transmettre sa connaissance encyclopédique du ciel nocturne et à faire d'elle un honorable astronome amateur.

Il lui semblait parfois que les débuts de leur mariage remontaient au déluge, à l'époque où les dinosaures battaient la campagne. Afin d'alimenter sa méfiance, elle s'obligeait pourtant à se remémorer cette période atroce et le désespoir qui l'avait terrassée.

Mais ces pénibles souvenirs ne suffisaient manifestement pas à stimuler sa vigilance car, en cet instant même, alors qu'il marchait à son côté, elle refusait de s'interroger sur ses véritables motivations Elle avait juste envie de l'embrasser sur la joue, ou de se pendre à son cou comme une petite fille.

— Pourquoi cette nuit ? demanda-t-elle tandis qu'ils gravissaient une nouvelle volée de marches menant au dernier étage du manoir. L'idée de me montrer ton télescope t'est venue brusquement ?

— J'ai attendu que le temps se lève.

— Mais pourquoi tiens-tu tellement à me le montrer ?

Il lui coula un regard oblique.

— Tu as peur que je te mijote un coup fourré ?

Elle se sentit rougir – ses soupçons étaient-ils donc si évidents ?

— Ce n'est pas le cas ?

— Bien sûr que si, répondit-il avec désinvolture.

Une échelle de meunier se dressait devant eux. Félix la gravit pour ouvrir une trappe, puis redescendit et laissa passer Louisa devant lui afin de pouvoir la retenir si elle trébuchait.

Vue du parc, la coupole qui couronnait le manoir paraissait imposante, certes, mais de l'intérieur elle était gigantesque.

— Voilà mon observatoire, dit-il. Tu es prête ?

Elle eut une hésitation – prête à quoi ? –, puis opina. Refermant les doigts sur son poignet, il lui fit faire quelques pas, puis :

— Maintenant, regarde.

Elle se libéra, leva la tête.

— Oh, mon Dieu ! souffla-t-elle. Mon Dieu !

Elle n'était pas du genre à invoquer le nom du Seigneur à tout bout de champ, mais là... Elle avait au-dessus d'elle un télescope colossal, comme elle n'en avait jamais vu.

— Cent soixante-deux centimètres d'ouverture, précisa-t-il.

Comment une aussi fabuleuse monstruosité pouvait-elle exister ? Elle se mit à rire – un son qu'elle n'avait pas entendu depuis bien longtemps et qui lui parut presque étrange. Les mots lui manquaient pour exprimer son émerveillement.

— Approche-toi...

Elle était bouche bée, les yeux écarquillés. Cet extraordinaire géant mesurait plus de douze mètres de long. Monté sur des rails, il pivotait grâce à un complexe système de poulies.

— C'est toi qui l'as fait construire ? demanda-t-elle, incrédule.

— Il m'a fallu cinq ans.

Elle appuya la joue contre l'énorme tube métallique.

— Cinq ans ? répéta-t-elle.

— La construction proprement dite a pris moins de temps, mais j'ai dû procéder à de nombreux essais avant d'aboutir à cet instrument que je peux manipuler seul.

— Il est magnifique, murmura-t-elle. Prodigieux.

Il haussa les épaules, comme embarrassé par le compliment.

— Je vais te paraître stupide, mais... n'est-ce pas le plus grand télescope qui ait jamais été conçu ?

— Non, répondit-il en souriant. Celui du comte de Rosse, qu'on appelle le Léviathan de Parsonstown, a cent quatre-vingt-trois centimètres de diamètre. Je suis allé le voir en Irlande, dans le château du comte. Il est gigantesque. Mais le mien a l'avantage d'être mobile.

Louisa promenait la main sur le tube avec une sorte de vénération.

— Je ne me lasse pas de le toucher.

— Je sais. C'est ce que tu me dis toutes les nuits, rétorqua-t-il, pince-sans-rire.

Elle ne put s'empêcher de rougir.

— Eh bien, je ne m'extasierai plus sur ton petit instrument, maintenant que j'ai vu ce monstre, riposta-t-elle sur le même ton.

— Hum… bonne chance pour introduire cet engin dans…

Elle haussa les sourcils.

— … ton boudoir, acheva-t-il en riant. Que croyais-tu que j'allais dire, coquine ? Pour en revenir au télescope, nous l'avons assemblé ici même, pièce par pièce. Et il n'ira nulle part.

Elle lui donna une tape sur le bras, songeant qu'ils n'avaient pas été aussi détendus depuis leur nuit de noces. Mais elle préférait ne pas trop montrer qu'elle en était heureuse.

— Bon… voyons voir ce que le guetteur d'étoiles va pouvoir te montrer.

Il consulta ses carnets, effectua quelques réglages, puis s'assit devant l'oculaire pour vérifier le résultat.

— Je suis sûr que, dès demain, tu n'auras plus besoin de moi, déclara-t-il en l'invitant d'un geste à prendre place près de lui, maintenant que tu as trouvé le grand amour. Mais j'espère que tu te souviendras de moi avec affection.

Impulsivement, elle lui étreignit l'épaule et le sentit tressaillir. Ils échangèrent un long regard, d'une intensité troublante, puis Louisa se pencha vers l'oculaire.

Elle laissa échapper un soupir presque voluptueux.

— C'est… mon Dieu… c'est Neptune ? Quelle couleur extraordinaire ! Bleu des mers du Sud…

Elle avait l'air d'une enfant, si candide et enthousiaste que Félix en avait le cœur serré. Il la contemplait avidement, ainsi qu'il le faisait depuis leur rencontre et le ferait sans doute longtemps encore.

Lorsqu'elle eut admiré Neptune tout son soûl, ils sortirent de l'observatoire. La nuit était splendide, des millions d'étoiles brillaient sur le velours noir du ciel où s'étirait du nord au sud le ruban brumeux de la Voie lactée.

Louisa renversa la tête en arrière. Les constellations du Cygne et de la Lyre étaient au zénith.

— Deneb, Véga, Altaïr, murmura-t-elle, énumérant les étoiles qui formaient le Triangle d'été.

Les perles piquées dans ses cheveux bruns luisaient dans la pénombre, la brise soulevait le bas de sa jupe bleue, la gaze arachnéenne de ses manches était comme des nuages sur ses bras minces.

— Le Dragon, la Petite Ourse, le Cocher, poursuivit-il, nommant ses vieilles amies, les compagnes fidèles de ses nuits.

Elle lui prit la main, puis – encore plus stupéfiant – appuya la tête contre son épaule.

Il lui entoura la taille du bras. Son cœur se dilatait dans sa poitrine, embrassant l'univers tout entier. C'était douloureux, poignant.

Impossible désormais de le nier : il était désespérément amoureux de sa femme.

Louisa devait lutter pour ne pas prononcer les mots qui lui venaient aux lèvres.

C'est la plus belle nuit de ma vie. Tu es l'homme le plus fascinant de la création. Tu me donnes l'envie irrépressible, terrifiante, de te dire que je t'aime. Depuis le premier jour.

— Y a-t-il une étoile que tu préfères ? murmura-t-il.

— Algol, répondit-elle sans hésiter, ravie de cette diversion qui l'arrachait à de dangereuses rêvasseries.

— Celle que les astronomes arabes de jadis surnommaient l'étoile du démon ?

— Oui. Et toi, quelle est ta préférée ?

— L'étoile du Nord, bien sûr.

Intéressant, songea-t-elle. Il aimait une entité immuable, alors qu'elle était attirée par un astre changeant et mystérieux.

Il y avait une raison scientifique à l'inconstance d'Algol. L'étoile était une binaire à éclipses dont la luminosité variait tous les deux jours environ, car elle avait un compagnon sombre qui l'occultait périodiquement.

Mais lui, pourquoi était-il si imprévisible ? À quel moment sa gentillesse, ses attentions seraient-elles éclipsées par un nouvel et inexplicable accès de froide méchanceté ?

— Merci pour cette soirée mémorable, dit-elle lorsqu'ils furent de retour dans sa chambre.

— Cela t'a plu ?

Félix scrutait son visage dans l'espoir d'y lire quelque chose, il ne savait quoi, qui le consolerait.

Il était amoureux, et il se sentait désespérément seul.

Un jour, il lui avait dit qu'elle était plus énigmatique qu'il ne le supposait. Cela lui semblait encore plus vrai aujourd'hui. Si elle était un livre, les passages cruciaux en seraient écrits dans une langue étrangère dont il ignorait tout.

— Mais oui, répondit-elle en le poussant sur le lit. J'ai découvert un instrument somptueux. Et j'en ai un autre, là, sous la main...

Il était dur comme la pierre, et toujours aussi triste. Il savait bien qu'elle le désirait, elle le lui avait amplement démontré. Mais qu'en était-il de son cœur et de son âme insondables ?

— Il n'en faut pas plus pour te rendre heureuse ? interrogea-t-il – ce fut plus fort que lui.

Le regard qu'elle posa sur lui était aussi voilé que la surface de Vénus. Elle lui saisit la main, lui lécha lentement l'index et le majeur. Un frisson le parcourut.

— J'ai aussi ton beau visage et ton immense fortune. Alors oui, mon bonheur est complet.

Elle l'embrassa goulûment. Grimpant sur le lit, elle ouvrit sa chemise jusqu'à la taille, lui mordilla le torse. Sans le quitter des yeux.

Pouvait-elle lire sur son visage son besoin éperdu de se fondre en elle, afin que les plus infimes atomes de leurs corps se mêlent ? Pouvait-elle voir ce qu'il cachait dans les replis les plus secrets de son être ?

Elle déboutonna sa braguette. Ses lèvres suivirent ses mains, sans hésitation ni pudeur. Instinctivement, il se tendit vers cette bouche tendre qui le happait, le brûlait. Il laissa échapper un gémissement déchirant, un désespoir infini le submergea.

— J'aime ton sexe, souffla-t-elle.

Et moi, est-ce que tu m'aimes ?

Il ferma les yeux, s'abandonnant au plaisir pour ne plus avoir mal et ne pas risquer de trahir sa peine.

15

Louisa avait désormais accès à l'observatoire de son mari, mais aussi à son bureau.

C'était là, et non dans la bibliothèque monumentale du manoir, que se trouvait le véritable trésor de Huntington, à faire verdir de jalousie le bibliophile le plus exigeant.

Félix avait en effet réuni toute une collection d'ouvrages scientifiques remarquables : traités de l'antiquité gréco-romaine, principaux ouvrages de Newton en édition originale, parutions de la revue *Nature* depuis sa création.

Louisa y découvrit aussi de précieux atlas, notamment l'*Uranometria* de Johann Bayer, l'*Atlas Coelestis* et le tout récent *Nouveau catalogue général de nébuleuses et d'amas d'étoiles* qui répertoriait des milliers d'objets du ciel profond. Sans oublier les notes que Félix avait consignées au fil des ans, ainsi que les innombrables photographies du ciel qu'il avait réalisées et méthodiquement classées.

Jusqu'à présent, Louisa avait passé la majeure partie de ses journées seule, et consacré une partie de ses soirées à ses observations astronomiques. Mais la situation changea radicalement à partir du moment où Félix lui ouvrit les portes de sa thébaïde.

Dès qu'elle avait accompli ses tâches de maîtresse de maison, elle s'installait dans un coin de la pièce, une pile de livres sur les genoux, une autre sur le sol à ses pieds. Elle étudiait et notait dans un cahier tout ce qu'elle ne comprenait pas.

L'après-midi, quand il faisait beau et même parfois sous la pluie, ils se promenaient dans la campagne. Chaque soir, après le dîner, Félix l'initiait au maniement du télescope – les leviers et les poulies servant à modifier l'orientation du Léviathan, une opération qui nécessitait à la fois de la force et de la délicatesse. Il lui expliquait également le fonctionnement du daguerréotype, un procédé photographique qui consistait à fixer l'image positive sur une plaque en cuivre enduite d'une émulsion d'argent.

Louisa songeait parfois qu'elle avait fait un mariage heureux. Ou qui du moins paraissait heureux.

Mais bien sûr, si elle grattait un peu, elle finissait toujours par tomber sur la sempiternelle barrière et le panneau qui disait : *Attention, danger, ne t'aventure pas plus loin.*

Et cette barrière n'existait pas que pour elle.

S'il était depuis quelque temps tout à fait charmant et serviable, Félix la regardait parfois d'une drôle de manière, comme si c'était lui qui se méfiait d'elle.

— Tu as trouvé ce que tu cherchais dans mes notes ? s'enquit-il en refermant la porte du bureau.

Elle tourna la tête vers l'homme de ses pensées. Il revenait d'inspecter les toitures des métairies, qui avaient été refaites, et était encore en tenue de cavalier.

— Elles sont très intéressantes. Détaillées, et parfaitement lisibles.

Il la taquinait souvent sur son écriture en pattes de mouche, l'avertissant que s'il ne parvenait pas à déchiffrer son devoir d'algèbre, il lui mettrait un zéro assorti d'un coup de règle sur les doigts.

— Et ma prédiction de la position de la planète X, qu'en penses-tu ?

Elle tourna les pages du carnet. Ses connaissances en mathématiques et en physique étaient trop limitées pour lui permettre de comprendre réellement les calculs savants de son mari. Si elle aimait tant se plonger dans la lecture de ses notes, c'était surtout parce qu'elles étaient calligraphiées de sa main. Et qu'il aimait ce travail plus que tout. Alors, si elle pouvait y prendre part...

— Il me semble qu'elle n'est pas tout à fait juste. Cette fameuse planète devrait se trouver plus loin dans l'espace. Une unité astronomique plus loin.

— Et sur quoi se fonde ma jolie virtuose de la mécanique newtonienne ?

— Avant de te moquer, démontre-moi que j'ai tort.

— Je n'y manquerai pas. Ce soir même.

Le sourire aux lèvres, elle referma le carnet. Elle était littéralement engloutie dans les cahiers et les pages volantes qu'il avait noircis. Comme si elle cherchait à s'envelopper de sa présence.

— Tu ne pourras pas. Il va pleuvoir, tu serais mieux inspiré de passer la nuit dans mon lit.

Il la regarda bizarrement, on aurait dit que cette invitation lui déplaisait.

— Tu n'es toujours pas fatiguée de moi ?

— Cela ne devrait plus tarder, rétorqua-t-elle d'un ton faussement désinvolte, car sa question la déconcertait. Je te conseille de profiter de ma luxure tant qu'elle dure.

Il saisit un journal posé sur un meuble bas et, sans s'asseoir, le déplia sur le bureau. Louisa l'observa à la dérobée – le profil de médaille, l'épaule solide, le bras musclé.

Au bout d'un moment, il abandonna sa lecture pour s'approcher du fauteuil de Louisa. Il demeura un instant immobile, puis se pencha vers elle. Lui prenant le menton, il lui baisa les lèvres.

— Enfin, murmura-t-elle. Je commençais à me demander si je m'étais exprimée assez clairement.

— Ne t'inquiète pas, tu exprimes toujours très clairement tes appétits charnels.

Était-ce un compliment ou un reproche ? Elle n'aurait su le dire, ce qui ne contribuait pas à la tranquilliser.

Il fit tomber tous les carnets qu'elle avait sur ses genoux, sans se soucier d'en corner les pages, lui qui avait passé des milliers d'heures à les remplir. L'instant d'après, il tombait à genoux, lui relevait sa jupe, et la tirait jusqu'au bord du siège.

Elle se mit à trembler avant même que sa langue brûlante ne s'insinue dans son intimité. Et quand la jouissance la terrassa, la question qui la tracassait s'imposa de nouveau : le plaisir qu'il lui donnait ne serait-il pas une punition ?

Louisa se remettait d'un rhume causé par une brusque offensive de l'automne. Une rougeur malsaine lui marbrait le nez, et le bleu sombre de son manteau ne flattait guère son teint pâlichon.

Pourtant Félix ne voyait qu'un ravissant minois. Éternellement charmant, ensorcelant.

L'amour n'était peut-être pas tout à fait aveugle, mais il vous brouillait singulièrement la vue.

— Et l'éther luminifère, alors ? demanda-t-elle, les sourcils froncés. C'est bien dans ce milieu que se propage la lumière, n'est-ce pas ?

Elle lissait de sa main gantée le plaid jeté sur ses genoux. Un crachin glacé – le mauvais temps ne désarmait pas depuis la mi-octobre – emperlait la crinière du cheval qui tirait leur cabriolet.

— Tu vas ensuite prétendre que la gravité n'est qu'une invention ? ajouta-t-elle.

Qu'avait-elle fait de lui ? songeait-il. Il était devenu maladivement possessif, ce qui s'avérait d'autant plus pénible qu'il se sentait profondément frustré – il ne parvenait pas à toucher son cœur, même avec l'aide du télescope.

Devinait-elle ce qui le tourmentait ? Il espérait que non, mais elle devait bien se rendre compte qu'il était complètement déséquilibré.

— La gravité est une notion vérifiable, alors que l'éther luminifère n'est qu'une conjecture, expliqua-t-il. Pourquoi la lumière ne pourrait-elle pas se propager dans le vide ?

Ils n'étaient plus très loin du bourg voisin. La rénovation de la salle de classe étant presque achevée, Louisa voulait faire provision de cahiers avant le début des cours. Félix commençait à regretter de lui avoir proposé d'être son professeur. Dans sa vanité, il rêvait de l'initier aux disciplines qui le passionnaient. À présent, il était convaincu que cela ne le ferait pas avancer d'un pouce dans la conquête de son amour.

— C'est donc le but de ta correspondance avec ces professeurs américains : réfuter la théorie de l'éther ?

Il lui avait parlé de ses diverses recherches scientifiques et des relations qu'il entretenait avec des savants anglais et étrangers, dans l'espoir qu'elle tomberait au moins amoureuse de ses travaux. Il s'en voulait de nourrir pareille illusion. Ou plutôt d'être retombé dans ce terrible piège.

— Nous discutons surtout de leurs expériences. Mais si ce sujet t'intéresse, une conférence se tiendra bientôt à Londres, sur la mesure de la vitesse de la lumière et...

Il s'interrompit. Il avait ralenti comme ils atteignaient la grand-rue, mais Louisa n'écoutait plus. Elle regardait quelque chose par-dessus son épaule, d'un air à la fois étonné et réprobateur. Il pivota à demi.

Et se raidit.

Jane Edwards, la sœur de lord Firth, sortait de la boutique de la modiste. Un homme l'accompagnait, il tenait un parapluie pour abriter la jeune femme. Félix ne distinguait pas son visage, mais l'individu n'était assurément pas lord Firth – sauf si ce dernier avait grandi de dix centimètres et pris une dizaine de kilos.

— C'est Mlle Edwards, commenta Louisa.

— Oui, et l'homme qui l'escorte n'est visiblement pas lord Firth.

Elle eut une moue dédaigneuse.

— C'est peut-être un cousin, ou un oncle.

Il ne répondit pas, priant pour qu'elle change de sujet.

Les sourcils froncés, elle regarda le couple monter dans une voiture qui s'ébranla. Puis elle secoua la tête.

— Excuse-moi... Que disais-tu à propos de Londres ?

— Je parlais d'une conférence à laquelle nous pourrions assister.

— Oh, volontiers !

Elle se tut, songeuse. Félix hésita : devait-il continuer sur le même thème pour tenter de la distraire de ses réflexions ? Il opta pour le silence.

Ils passèrent devant la quincaillerie, le bazar, la boulangerie. Louisa observait les passants sur les trottoirs.

— Au fait, je ne t'ai jamais posé la question, reprit-elle abruptement. Comment as-tu su que Mlle Edwards et son frère étaient amants ? Je présume qu'ils gardent leur liaison secrète.

Félix prit une inspiration. Il se targuait d'être un bon menteur, c'était le moment de le prouver.

— Il y a des années de cela – j'étais encore à l'université – j'ai été invité à chasser la grouse en Écosse. Il se trouve que lord Firth et Mlle Edwards étaient là. Je suis un couche-tard, tu le sais. J'avais emporté une lunette astronomique et, une nuit, j'ai quitté ma chambre avec l'intention d'aller observer les étoiles. Et qui ai-je aperçu, au bout du couloir, sortant de chez Mlle Edwards ? Son demi-frère, qui rajustait son pantalon.

— Je vois, marmonna-t-elle avec une grimace de dégoût.

Et soudain, sans prévenir, elle l'embrassa sur la joue.

— Merci. Grâce à toi, j'ai échappé au pire. Dire que j'aurais pu me marier avec ce triste sire.

Il fut un temps où Félix n'avait qu'un seul but : prendre Louisa dans ses filets.

De possibles révélations sur la vie intime de Mlle Edwards ne lui auraient alors fait ni chaud ni froid. Pour se tirer de ce mauvais pas, il se serait enferré dans ses mensonges sans l'ombre d'un scrupule. Il aurait simplement redoublé d'efforts pour obtenir ce qu'il voulait.

Le Félix Wrenworth de cette époque n'aurait pas reconnu celui qu'il était aujourd'hui : un homme amoureux tremblant à l'idée que son épouse le juge mal.

Et voilà que Jane Edwards réapparaissait, comme un avertissement du ciel, pour lui rappeler que le péché d'orgueil ne restait jamais impuni.

Il s'empressa de mener l'enquête sur les raisons de sa présence dans le Derbyshire. Ce qu'il apprit lui déplut, cependant il y avait tout de même un point positif : il était prévu qu'elle quitte l'Angleterre avant la fin de l'année.

Il était peu probable que Mlle Edwards rende visite à Louisa, mais Félix préférait prendre ses précautions. Il n'était pas question non plus de courir le risque que Louisa la rencontre par hasard, cette fois sans lui.

Dieu merci, il avait évoqué cette conférence à Londres. Il lui en reparlerait et n'aurait sans doute pas de mal à la convaincre d'y assister. Ils demeureraient à Londres le plus longtemps possible, et ne reviendraient à Huntington que pour organiser les festivités de Noël.

À cette date, Mlle Edwards serait loin, et lui pourrait respirer.

16

Sitôt que lord Wrenworth eut proposé de rendre visite aux Cantwell dans leur nouvelle demeure avant d'aller à Londres, les préparatifs de voyage furent rondement menés.

Louisa n'aurait pour rien au monde raté cette occasion. Sa chère Matilda, sa mère et ses autres sœurs lui manquaient trop.

Ce serait merveilleux de les retrouver, et amusant d'observer son époux qui ne manquerait pas de rendosser sa défroque de Gentleman Idéal, remisée aux oubliettes depuis des semaines.

De fait, elle passa des moments heureux avec sa famille, dans la vaste maison emplie de lumière et meublée avec un goût exquis. Et elle ne put s'empêcher de sourire en voyant son mari subjuguer de nouveau les Cantwell, au point que Cecilia elle-même, pourtant convaincue que les femmes étaient nettement supérieures aux hommes, convenait que son beau-frère était un spécimen assez remarquable de la gent masculine.

Souvent, il lui adressait un discret clin d'œil de connivence, comme s'ils étaient des conspirateurs tramant quelque mauvais coup. Elle en était tout émue.

Même lorsqu'ils se retrouvaient en tête à tête dans leur chambre, il était adorable – drôle, canaille et extrêmement attentionné. Elle avait l'impression qu'il ne souhaitait que lui faire plaisir. Résultat, elle se sentait libérée de cette tension qui lui minait les nerfs depuis ce qu'elle appelait « la nuit du télescope ».

Bien sûr, une part d'elle-même avait conscience qu'il déployait son charme comme un général déploie ses bataillons. Mais elle s'en moquait. Cela faisait maintenant des semaines et des semaines que Félix lui témoignait une gentillesse sans faille. Pourquoi s'accrocher aux mauvais souvenirs ? Pourquoi ne pas chasser ses doutes et savourer sa chance ?

Puis ils s'installèrent à Londres. La capitale offrait d'innombrables distractions, et Louisa était aux anges. Ils assistaient aux conférences de la Société royale d'astronomie, couraient les boutiques pour acheter les cadeaux de Noël, écumaient les librairies et visitaient des expositions. Ils passaient leurs soirées dans les salles de music-hall, ces nouveaux lieux de plaisir où un homme pouvait emmener son épouse sans craindre d'entacher sa réputation.

Dans sa jeunesse, Félix avait fréquenté les cafés-concerts, où l'on présentait des spectacles nettement plus lestes.

— Je me souviens d'une chanson paillarde, lui dit-il une nuit, alors qu'ils étaient enlacés au creux du lit. Je ne me rappelle pas les paroles exactes, mais dans le refrain, il était question des activités préférées des Anglais : jouer au cricket, boxer et baiser.

Ils pouffèrent de rire comme deux gamins, et se mirent aussitôt en devoir de se prouver que la chanson disait vrai.

Quand il la quitta cette nuit-là pour regagner sa chambre, elle faillit lui demander de dormir avec elle. Elle ne le fit pas, toutefois, quand il se pencha pour l'embrasser, elle lui prit la main, la garda dans la sienne un instant et ne la lâcha qu'à contrecœur.

Un jour ou l'autre, elle devrait réfléchir à l'avenir. Elle avait eu raison de cuirasser son cœur et de tenir son mari à distance. Mais était-ce toujours nécessaire ? Félix n'avait-il pas changé ? Il n'évoquait jamais ses sentiments, certes, mais ses actes ne parlaient-ils pas pour lui ?

Il était devenu un merveilleux partenaire, sur tous les plans. N'était-il pas injuste de lui refuser sa tendresse à cause de son attitude passée ?

Elle en avait assez d'être toujours sur le qui-vive. Se délester de ce fardeau de suspicion, de crainte, serait un soulagement.

En réalité, elle *voulait* lui faire confiance.

Depuis le début, elle ne voulait pas autre chose.

Dehors, la bise mugissait et la pluie fouettait les volets. Félix et Louisa étaient douillettement blottis sous les couvertures. Les lampes et les bougies étaient éteintes, mais un feu dansait dans la cheminée, et les flammes allumaient des reflets cuivrés dans la chevelure de Louisa.

Ils étaient allongés sur le flanc, face à face. Il lui caressait la hanche, le creux de la taille. Elle enroulait une mèche de cheveux sur son index. Elle avait l'air d'une enfant.

— Il y a longtemps que je ne t'ai pas posé cette question, dit-elle, mais ce soir, j'aimerais savoir. Pourquoi m'as-tu épousée ?

Il en eut un pincement au cœur. La question était effectivement cruciale. Du point de vue de Louisa, il lui avait proposé le mariage sur un coup de tête. Lui demander de s'expliquer signifiait qu'elle était prête à reconsidérer sa position et à oublier ses griefs.

Des griefs pourtant légitimes, hélas !

— Je ne voulais pas que tu sois forcée de te marier avec ton boucher. Cette perspective ne paraissait pas t'enthousiasmer.

— Tu m'as donc épousée par charité ? rétorqua-t-elle, boudeuse.

— Pas vraiment. Quand j'étais célibataire, j'en ai vu, des demoiselles aller à l'autel en traînant les pieds. J'ai laissé faire. Pour toi, c'était différent : t'imaginer dans un lit avec le boucher m'était très désagréable. Et comme tu me répétais que seul ton époux aurait droit aux faveurs que j'espérais…

— Permets-moi de te dire que tu as abattu ton jeu beaucoup trop tôt. Si je n'avais pas trouvé d'autre solution – car je doutais fort que le bon M. Charles soit disposé à prendre Matilda en charge – j'aurais accepté ta proposition initiale.

— Je savais que si le boucher se désistait, il y aurait inévitablement un épicier, un comptable ou un avocat pour sauter sur l'occasion et te passer la bague au doigt. Quel homme sensé n'aurait pas envie de t'avoir pour femme ?

Elle s'empourpra et détourna les yeux.

— Si je comprends bien, tu me désirais trop pour courir le risque qu'un autre m'épouse avant toi.

— Si tu me demandes pourquoi, si je te voulais autant, j'ai fui le lit conjugal après notre nuit de noces, je te répondrai que… reconnaître que j'étais fou de désir m'était pénible.

Il ne pouvait pas en dire davantage sans étaler devant elle ce repli secret de son âme.

Elle demeura un instant silencieuse, continuant d'entortiller sa mèche autour de son doigt.

— Cela signifie-t-il que, depuis, tu as réussi à dompter ton désir ?

Il prit une inspiration ; les aveux qu'elle essayait de lui extorquer étaient pour lui contre nature.

— Non, je suis devenu un simple mortel, j'ai appris à vivre avec.

Elle le dévisagea, lui effleura la joue.

— Merci, Félix.

Il en eut le souffle coupé. Il l'avait priée à maintes reprises de l'appeler par son prénom, ce qu'elle n'avait jamais fait jusqu'ici. Il posa sa main sur la sienne.

— Pourquoi me remercies-tu ?

— Les choses sont plus claires, à présent. Je préfère un mari dont je peux à peu près comprendre les actes.

Elle se lova contre lui et l'embrassa sur la bouche. Plus tard, lorsqu'il la quitta pour rejoindre son lit, elle lui caressa de nouveau la joue.

— Fais de beaux rêves, Félix.

Ils avaient prévu de séjourner à Londres incognito, en évitant les mondanités, cependant Louisa ne put refuser l'invitation de lady Balfour, qui était également dans la capitale et organisait une petite réception à l'heure du thé pour fêter l'anniversaire de sa nièce.

Louisa arriva seule chez lady Balfour. Félix avait rendez-vous avec son notaire, mais il avait promis de la retrouver dès qu'il en aurait terminé. Elle était là depuis cinq minutes quand entra dans le salon une personne qu'elle ne s'attendait pas à rencontrer chez sa marraine : Jane Edwards.

— Je crois que vous connaissez déjà Mlle Edwards, n'est-ce pas, lady Wrenworth ? déclara lady Balfour, qui ne se lassait pas du titre ronflant de sa filleule. Mlle Edwards et ma fille, Mme Summerland, se sont connues au Cercle littéraire pour dames. Depuis, elles sont inséparables.

Louisa adressa un sourire crispé à la nouvelle venue, qui la salua chaleureusement, mais ne s'éclipsa pas lorsque lady Balfour les abandonna pour aller accueillir des retardataires.

— Permettez-moi de vous féliciter pour votre mariage, lady Wrenworth, dit aimablement Jane Edwards.

Louisa découvrait avec surprise une jeune femme enjouée et charmante. Où était passée la créature glaciale qui montrait les dents dès qu'on s'approchait de lord Firth ? Mais bien sûr, Louisa n'était désormais plus une rivale.

— Merci, dit-elle avec raideur, en s'efforçant de ne pas songer à ce que Mlle Edwards et son demi-frère fabriquaient dans l'intimité.

— J'aimerais profiter de l'occasion pour faire amende honorable. J'ai été odieuse avec vous, j'espère que vous me pardonnerez. Je ne cherchais qu'à protéger mon frère, comprenez-vous.

— Non, je ne comprends pas, avoua Louisa d'un ton neutre.

— Excusez ma franchise, mais durant toute la saison, j'ai eu peur que vous vous intéressiez à mon frère uniquement pour sa fortune. De ce fait, je crains fort de m'être montrée grossière avec vous.

Comment réagir ? Il fallait admettre que Mlle Edwards avait effectivement eu raison de la soupçonner d'être vénale.

— J'ai toujours considéré lord Firth comme un jeune homme très bien.

— Il l'est, confirma fièrement Jane Edwards. Et c'est aussi un frère merveilleux.

Louisa ne put qu'opiner.

— Le pauvre chéri, soupira son interlocutrice. L'annonce de vos fiançailles lui a brisé le cœur. Il s'est lamenté durant des jours, il était inconsolable. Il se reprochait amèrement de ne pas vous avoir avoué ses sentiments et d'avoir décidé d'attendre la fin de la saison pour vous demander votre main. Et moi, je me reprochais mon attitude. Je me disais que si j'avais été plus aimable avec vous, il aurait peut-être réussi à vous conquérir.

Louisa était à présent stupéfaite. Ainsi, lord Firth avait eu des vues sur elle ? Et sa sœur ne paraissait pas le moins du monde jalouse.

— J'ignorais que votre frère envisageait de... de me demander ma main, bafouilla-t-elle.

— Je m'en doute, coupa Jane Edwards d'un air désolé. Ce cher garçon peut parfois se montrer si taciturne et...

Elle s'interrompit pour sourire au bel homme de haute taille qui s'approchait avec une tasse de thé.

— Oh, merci, mon ami ! dit-elle en lui pressant la main. Lady Wrenworth, je vous présente mon fiancé, M. Harlow.

Elle était fiancée ? Ce M. Harlow ressemblait fort à l'homme qui l'escortait, quand Félix et elle les avaient aperçus dans la grand-rue de Huntington.

— Je... euh... toutes mes félicitations.

— Ma tante vit non loin de Huntington, déclara-t-il. Nous lui avons d'ailleurs rendu visite récemment. Quelle belle région ! Il a malheureusement plu sans discontinuer, ce qui a quelque peu gâché notre séjour.

Jane Edwards le regardait avec adoration, le mot n'était pas trop fort. Et Louisa était de plus en plus ahurie.

— Pardonnez-moi, dit Jane Edwards lorsque son fiancé s'éloigna. Je dois avoir l'air d'une idiote. Je suis amoureuse de M. Harlow depuis ma plus tendre enfance. Mais il lui a fallu des années pour se rendre compte que j'étais la femme de sa vie. Il y a à peine un mois que nous sommes fiancés.

Louisa essaya de se remémorer ce qui, dans le comportement de son interlocutrice, l'avait amenée à penser qu'elle était la maîtresse de son demi-frère.

En réalité, qu'avait-elle vu au juste ? Jane Edwards murmurant quelque chose à l'oreille de lord Firth derrière son éventail. Choquée par les récentes révélations de Félix, elle s'était convaincue que, derrière les plumes d'autruche, se cachait un baiser incestueux...

Elle l'avait aussi vue se coller contre son frère, sa généreuse poitrine lui frôlant le bras – une preuve supplémentaire, à ses yeux, de leur turpitude. Mais, Seigneur, il y avait un monde fou, ce soir-là, au bal des Fielding. On se bousculait et, dans cette cohue, Jane Edwards s'était sans doute retrouvée bien malgré elle tout contre son frère. Une attitude bénigne, et non une manière de signifier à l'ensemble de la gent féminine : propriété privée, chasse gardée !

Louisa sentit un début de migraine lui vriller les tempes. Elle se raidit, s'interdisant de réfléchir, hélas, les pièces du puzzle se mettaient inexorablement en place.

Si Jane Edwards disait la vérité... si elle aimait M. Harlow depuis toujours... si elle considérait son frère comme un homme bien... et si lord Firth regrettait de n'avoir pas pu épouser Louisa...

Combien de fois avait-elle répété à Félix qu'elle n'avait aucune confiance en lui ? Jamais pourtant elle ne l'aurait cru capable d'inventer pareil mensonge, cette fable révoltante, immorale, qui aurait pu, si Louisa avait été une commère, ruiner la réputation de deux innocents.

Et il avait menti de nouveau sans vergogne le jour où ils avaient aperçu Mlle Edwards et M. Harlow ensemble à Huntington. Il avait de nouveau calomnié sans sourciller le frère et la sœur – et Louisa n'avait pas mis sa parole en doute, pas une seconde, parce qu'il lui avait servi cette pitoyable invention en la regardant droit dans les yeux.

Anéantie, elle dévisageait Jane Edwards. Elle ne distinguait plus ses traits, son sourire, ne l'entendait même plus énumérer avec enthousiasme les qualités et les mérites de son fiancé.

Voilà donc pourquoi Félix s'était hâté de l'éloigner du domaine. Une manipulation tout à fait digne de lui. Quelle idiote elle était ! Dire qu'elle commençait à baisser sa garde, et même à envisager un avenir serein, où elle n'aurait plus à douter de lui.

Pauvre sotte...

Et le voilà qui arrivait, qui entrait dans le salon et la cherchait du regard.

Cependant, quand il découvrit Jane Edwards à côté d'elle, son visage se figea. Il eut l'expression d'un condamné qui attend la sentence fatale.

Il eut l'air de ce qu'il était : un coupable qui méritait la corde.

Blottie sous un épais manteau de brume, Londres ressemblait à une ville fantôme. Dans le carrosse qui fendait le brouillard, le silence était suffocant.

Assise en face de Félix, sur la banquette tendue de velours, Louisa contemplait obstinément la rue. Elle cachait ses mains dans les plis de sa mante. Les perles de jais ornant l'ourlet de sa robe frémissaient à chaque cahot de la voiture.

— Vous m'avez affirmé que lord Firth et Mlle Edwards avaient des relations incestueuses, dit-elle entre ses dents. Vous m'avez menti ?

— Oui, concéda-t-il d'une voix caverneuse – elle lui sembla résonner dans le vide infini qui l'habitait.

Il voulut ajouter « Je suis désolé », mais les mots refusèrent de franchir ses lèvres. C'était là l'expression consacrée quand on heurtait quelqu'un par mégarde ou qu'on servait à un invité d'honneur le mets qu'il avait en horreur. Face à une catastrophe de cette ampleur, la formule était aussi ridicule et inutile qu'une cuillère d'eau pour combattre un incendie.

— Auriez-vous la bonté de m'expliquer, s'il vous plaît ?

Il aurait préféré qu'elle hurle, qu'elle le frappe. Le calme glacial qu'elle lui opposait le rendait malade.

— Lord Firth me posait un problème. Pitt désobéissait à ses parents en te faisant la cour, tandis que Firth n'avait de comptes à rendre à personne. Il était riche, il avait bon caractère. C'était un prétendant tout à fait acceptable et tant qu'il restait dans le paysage, je doutais fort que tu deviennes ma maîtresse.

La vérité n'était pas reluisante, il en avait toujours eu conscience. Cependant, exprimée à haute voix, elle paraissait obscène. Il se sentait hideux.

Le visage de Louisa était fermé comme un poing.

— Vous n'avez pas songé aux éventuelles conséquences de votre mensonge ? J'aurais pu colporter cet horrible ragot qui se serait répandu dans tout Londres comme une traînée de poudre. En un rien de temps, lord Firth et Mlle Edwards auraient été mis au ban de la bonne société. On les aurait traités en parias.

Que dire pour sa défense ? Pas grand-chose.

— J'étais certain que tu n'en parlerais à personne, articula-t-il en ayant la sensation de s'enfoncer inexorablement dans la fange. Car si tu avais déclaré que tu tenais cette ignoble information de moi, on ne t'aurait pas crue, et tu le savais pertinemment. Il est entendu que le Gentleman Idéal ne s'abaisserait pas à évoquer un sujet aussi peu ragoûtant. C'est pour cette même raison que j'ai osé te proposer de devenir ma maîtresse.

Il avait profité de la toute-puissance que lui conféraient son titre et sa réputation. Louisa, à ce moment-là, n'était rien, et sa protectrice, lady Balfour, n'était que l'épouse d'un baronnet. L'élite londonienne aurait décrété sans hésiter que la médisante avait perdu l'esprit. Nul ne se serait aventuré à jeter l'opprobre sur lord Wrenworth.

— Vous êtes excessivement intelligent, admit-elle d'un ton morne. Et votre raisonnement était d'une justesse effrayante. Concevoir une aussi remarquable stratégie dans le seul but de coucher avec moi... je devrais être flattée. Je me demande pourquoi je ne le suis pas.

— J'ai eu tort.

— Ah oui ? Un jour, j'ai giflé Julia parce que je l'avais surprise en train de harceler Matilda dans l'espoir de déclencher une crise d'épilepsie. Ça l'amusait, elle n'avait que six ans et ne comprenait pas la gravité de ses actes. J'aurais dû le lui expliquer au lieu de la frapper si fort qu'elle en a eu la joue toute rouge pendant des heures. Ce jour-là, oui, j'ai eu tort.

» Mais ce que vous avez fait, vous, est abject. Vous pensiez que je garderais le silence, que le nom de lord Firth et de sa sœur ne serait pas sali, et vous ne vous êtes pas trompé. Parfait. Pensez-vous cependant que je puisse oublier la façon dont vous m'avez traitée ?

Elle tremblait de fureur, son regard était comme une épée de feu qui l'embrochait.

— J'étais scandalisée que vous vouliez faire de moi une femme entretenue, poursuivit-elle, mais je ne vous méprisais pas pour autant. Vos intentions étaient claires, et vous en parliez sans détour. Je vous trouvais plutôt honnête, il me semblait que nous jouions à armes égales. Or je découvre à présent que le jeu était truqué.

Elle ferma un instant les yeux.

— Je pouvais accepter de vivre avec un vaurien, murmura-t-elle, mais avec un tricheur... non, cela m'est insupportable.

De retour dans leur hôtel particulier, Félix suivit Louisa dans sa chambre.

Elle se tourna brusquement vers lui.

— Que voulez-vous, lord Wrenworth ? lança-t-elle.

Ces mots qui claquaient comme un coup de fouet, le gouffre qu'ils creusaient entre eux donnèrent le vertige à Félix.

— Louisa...

— Ne m'appelez plus ainsi. Le temps où nous étions intimes est révolu.

— Ne dis pas cela. Nous sommes unis devant Dieu, pour la vie. Et sache que si je t'ai proposé le mariage, c'est en partie pour que tu ne pâtisses pas de mes mensonges. Cela n'efface rien, je sais, mais...

— Si j'avais accepté de devenir votre maîtresse, et de perdre ainsi toute chance d'épouser un honnête homme, je n'aurais pas pâti de vos mensonges, selon vous ?

— Je...

Il était au bord d'une falaise, on le poussait dans le vide et il battait l'air de ses bras, tentant d'arrêter sa chute.

— Louisa, je t'en prie, écoute-moi. Ce qui est fait est fait, je ne peux rien y changer. Mais je ne suis plus le même homme.

— Vous voulez dire que vous avez changé ? Dans ce cas, pourquoi ne pas m'avoir tout avoué spontanément ? Mais non, vous avez continué à vous enferrer dans le mensonge. Une partie de chasse en Écosse, lord Firth qui sortait de la chambre de sa sœur en rajustant son pantalon, *et cetera*. Et vous vous êtes dépêché de m'emmener à Londres pour que je ne risque pas de croiser Jane Edwards à Huntington. Depuis lors, vous avez été charmant avec moi pour brouiller les pistes.

— Je ne voulais pas que tu me juges mal. Je…

Il ne parvenait pas à le dire. Lui qui s'enorgueillissait d'être invincible n'avait pas la force de prononcer ces pauvres mots.

— Je t'aime.

Elle le dévisagea. Un instant il sentit l'espoir renaître. Cet aveu la convaincrait peut-être qu'elle lui était indispensable, et que s'il s'était abstenu de lui confesser ses fautes, c'était justement parce qu'il redoutait une rupture.

— Je ne suis pas particulièrement altruiste, mais pendant des années, je n'ai pas dépensé un sou pour m'offrir la plus petite fantaisie, reprit-elle posément. Tout ce que je réussissais à économiser sur le budget familial allait grossir une cagnotte destinée à soigner Matilda. Et j'étais prête à épouser un homme que je n'aimerais pas afin de pouvoir m'occuper de ma sœur.

» Un homme qui m'aimerait devrait se soucier de mon bien-être. Quand avez-vous réellement songé à moi, à ce que je souhaite vraiment ? Je ne suis là que pour vous rassurer, flatter votre vanité et vous faire oublier votre faiblesse.

Il était pétrifié, muet, effaré de sentir la panique lui nouer le ventre.

— Je suis lasse, murmura-t-elle. Laissez-moi seule, s'il vous plaît.

Il refusait qu'elle le chasse de cette manière. Même s'il ne savait comment plaider sa cause, comment se racheter...

Impulsivement, il la prit dans ses bras, couvrit son visage de baisers. Elle se débattit.

— Lâchez-moi !

Mais il était plus fort qu'elle. L'étreignant plus étroitement, il la poussa contre le mur. Elle ne le tiendrait pas à distance, il ne le permettrait pas. Et il ne supporterait pas qu'elle refuse ses caresses.

Il ne vit pas venir la gifle. Sèche, brutale, retentissante.

Médusé, il recula.

— Sortez ! cria-t-elle.

— Je... je ne veux pas que tu sois fâchée, bredouilla-t-il. Tu m'as souvent dit que lorsque je te touchais, ta colère s'envolait.

— Je me moque de ce que vous voulez, siffla-t-elle. J'ai le droit d'être furieuse, mais vous, vous n'avez plus aucun droit. Maintenant, sortez.

Louisa ne descendit pas dîner. La femme de chambre lui servit son repas dans ses appartements, accompagné d'un bouquet de tulipes jaunes qui, dans le langage des fleurs, signifiaient « je suis désespérément amoureux de toi ».

Elle relégua le bouquet dans un coin de la pièce pour ne plus le voir. Mais il attirait son regard et, cinq minutes après, elle le cacha au fond de l'armoire. Cela ne suffit pas, elle sentait sa présence. Alors elle ouvrit rageusement la fenêtre, avec l'intention de le jeter dans la rue.

Elle se retint de justesse. Le vase en cristal valait une fortune, et à cette époque de l'année, les tulipes étaient sans doute coûteuses. De plus, les ragots provoqués par un tel geste la poursuivraient pendant des années.

S'obligeant à respirer profondément, elle prit le bouquet et sortit. Au bout du couloir, elle entra dans une chambre vide et déposa les tulipes sur le manteau de la cheminée.

Elle rebroussait chemin quand elle aperçut Félix immobile sur le seuil de sa chambre. Il avait assisté au bannissement des fleurs – et de ses sentiments pour elle.

La tête haute, elle passa devant lui sans lui accorder un regard.

17

Félix rentra seul à Huntington.

Louisa avait quitté Londres le lendemain de sa rencontre avec Jane Edwards, mais il avait encore quelques affaires à régler dans la capitale. Elle lui avait en outre clairement signifié qu'elle ne supportait pas sa présence.

La dernière fois qu'il avait pris ce train, il allait se marier. Il feuilletait le *Catalogue Messier* et riait sous cape en imaginant la réaction de Louisa lorsqu'elle verrait les mannequins de chiffon dans le belvédère.

Aujourd'hui, il ressassait ses paroles, gravées au fer rouge dans son esprit. *Menteur. Tricheur. Quand avez-vous réellement songé à moi ? Je ne suis là que pour vous rassurer.*

Une part de lui se cabrait devant ces accusations. Il aurait voulu se défendre, lui faire remarquer qu'elle avait à présent une vie infiniment plus agréable qu'avant leur mariage – une existence qu'elle n'aurait pas eue si elle avait épousé un autre homme. Elle possédait désormais une fortune personnelle, de quoi mettre sa famille définitivement à l'abri du besoin. Et elle avait à sa disposition le télescope le plus perfectionné d'Angleterre. Ce n'était tout de même pas rien.

Cependant, ses reproches étaient justifiés, il en convenait. Tout ce qu'il avait fait pour elle jusqu'ici, il l'avait en réalité fait pour lui. Les cinq mille livres de rente ? Se montrer généreux, munificent même, flattait sa vanité. Le télescope ? En lui ouvrant les portes de son observatoire, le Saint des Saints, il espérait l'apprivoiser et se faire aimer d'elle.

Dans toute sa vie adulte, il n'avait eu qu'un seul but : obtenir ce qu'il voulait, comme il le voulait. Il ne pensait qu'à lui. Et si le dégoût l'envahissait aujourd'hui, c'est qu'il commençait à comprendre que son amour – si important et si effrayant pour lui – était en fait une pauvre chose étonnamment creuse. Guère plus qu'un vœu pieux.

Du moins était-ce probablement ainsi qu'elle le voyait, à travers le prisme de ses mensonges.

Une vague de désespoir le submergea, si violente qu'il craignit de sombrer. Mais non, il ne capitulerait pas. Elle finirait par comprendre, il utiliserait tous les moyens à sa disposition et...

Il baissa la tête, honteux. Voilà qu'il retombait dans ses travers et cherchait, comme d'habitude, à retourner la situation à son avantage, au lieu d'essayer de s'amender et de devenir un homme digne d'elle.

Lorsque le jeune orphelin d'autrefois s'était métamorphosé en Gentleman Idéal, il avait mis tout en œuvre pour acquérir la force qui lui avait tant manqué dans son enfance. La force d'imposer sa volonté aux autres, de prendre le pouvoir sur eux.

C'était à présent l'humilité qu'il devait apprendre, et l'abnégation nécessaire pour faire passer les besoins de Louisa avant les siens.

Une nouvelle bouffée d'angoisse le saisit. Et si, malgré tous ses efforts, elle continuait à ne voir en lui qu'un menteur et un tricheur ?

Il risquait d'échouer, c'était une possibilité qu'il lui fallait accepter. Louisa resterait peut-être à jamais inaccessible.

« Ne pense pas au résultat, s'ordonna-t-il. Réfléchis seulement à ce que tu peux faire pour la femme que tu aimes. »

Le lendemain du retour de Félix à Huntington, on remit à Louisa un mot de son mari, l'informant que la salle de classe était prête et qu'il n'attendait que son bon plaisir pour commencer les leçons.

Louisa enfouit le billet au fond d'un tiroir.

Ce soir-là au dîner – le seul moment de la journée où ils se retrouvaient dans la même pièce –, alors que les jardinières d'argent débordant de fleurs qui décoraient la table l'empêchaient quasiment de le voir, il lui demanda si elle avait eu son mot.

— Oui, je l'ai eu, répondit-elle.

Le lendemain et les jours suivants, elle reçut le même billet. Tous finirent dans le même tiroir.

Cependant, au bout d'une semaine, la tentation fut trop forte. Elle monta à l'étage et se faufila dans la salle de classe. La pièce était méconnaissable. On avait posé un papier peint vert tilleul à motif ton sur ton, des tentures jonquille encadraient les fenêtres. Le plafond, qui auparavant paraissait si bas qu'on en était oppressé, avait été repeint en trompe-l'œil : des rayonnages de livres prolongeant ceux qui recouvraient les murs et formant une sorte de dôme au sommet duquel s'ouvrait un oculus. Des chérubins joufflus se penchaient à cette petite fenêtre ronde, la mine curieuse, comme pour épier les leçons d'algèbre.

Il y avait maintenant deux bureaux et deux fauteuils. L'un d'eux, plus grand et plus richement ouvragé que l'autre, venait de la bibliothèque et serait probablement celui du maître. Sur le plateau revêtu de cuir était posée une pile de carnets à couverture bleu foncé avec une étiquette blanche – les carnets de Félix.

Sur l'étiquette du premier, on lisait : *Notes de lecture : structures algébriques*. Elle l'ouvrit, parcourut les premières pages, admirant malgré elle l'élégante écriture de son époux. Le propos était clair, illustré de nombreux exemples.

Le carnet suivant s'intitulait : *Exercices*. Deux pages de problèmes pour chaque leçon.

Elle n'ouvrit pas le troisième – *Sujets d'examen* –, mais se contenta de frôler du bout des doigts le dos et les coins en carton. Elle se remémorait les heures passées dans la bibliothèque, entourée de ces carnets, se plongeant avec délices dans tout ce savoir, tout ce qui était l'univers de Félix.

Ce ne fut que lorsqu'elle pivota qu'elle découvrit sur une étagère un bouquet de tulipes jaunes à peine ouvertes.

Je suis désespérément amoureux de toi.

Elle sortit de la pièce en courant presque, comme si elle avait senti sur sa nuque le souffle d'un fantôme.

Décembre arriva sans crier gare. Il fallait à Mme Pratt, la gouvernante, des barils de fruits confits et de raisins de Corinthe afin de confectionner les puddings de Noël que l'on distribuait chaque année à tous les métayers. Sturgess, le majordome, superviserait la fabrication du punch et du cognac au gingembre. Le cuisinier, M. Boulanger, comptait servir non seulement une oie farcie aux marrons, mais aussi des faisans et des chapons – une tradition de sa Bresse natale. Suivrait un cochon de lait rôti à l'ananas, comme on le dégustait dans les îles Sandwich, et peut-être même une hure de sanglier à la mode d'Oxford.

Armée d'un grand calepin, Louisa consignait dili-
gemment ce dont les uns et les autres avaient besoin.

Un matin, elle entreprit d'étudier avec Mme Pratt
– qui ne se séparait pas de son volumineux cahier, la
liste des invités afin de décider quelles chambres leur
attribuer.

Comme ils avaient, pour la plupart, déjà séjourné à
Huntington, Mme Pratt avait constitué des dossiers
sur les habitudes et les manies de chacun. La famille
de Louisa faisait toutefois exception.

Celle-ci ouvrit donc son calepin à la page où elle avait
noté quelques points importants. Mais avant qu'elle ait
pu prononcer un mot, la gouvernante déclara :

— Je vous soumets les informations dont je dis-
pose sur vos proches, milady. Dans la chambre de
Mme Cantwell, il faut baisser la mèche des lampes le
soir avant le coucher, car elle dort avec une veilleuse. Si
vous en êtes d'accord, peut-être pourrions-nous prévoir
un cierge à combustion lente. Mlle Cecilia ne supporte
pas les matelas en plume, ils la font éternuer. Pour
Mlle Julia, qui se lève tard et n'est pas de très bonne
humeur le matin, une chambre orientée à l'est est forte-
ment déconseillée. Mlle Matilda doit partager un appartement avec l'une de ses sœurs, au cas où elle aurait une
crise, mais il vaut mieux ne pas la mettre avec Mlle Julia
qui ne saurait sans doute pas gérer la situation.

Sidérée, Louisa jeta un coup d'œil à ses propres
notes. Aurait-elle oublié qu'elle avait donné toutes ces
indications à Mme Pratt ?

— Qui vous a… commença-t-elle.

— C'est monsieur le duc, milady.

Comment avait-il pu remarquer tous ces détails alors
qu'ils n'étaient restés qu'une semaine dans sa famille ?

— Vous a-t-il donné d'autres instructions ?

— Eh bien, j'ai également noté que Mlle Frederica
est allergique aux crustacés, que madame votre mère

ne mange aucun aliment de couleur orange, et qu'il est préférable de ne pas placer Mlle Cecilia à côté de Mlle Julia, à table, car il leur arrive assez fréquemment de se quereller.

Pinçant les lèvres, Louisa feignit de lire avec attention ce qu'elle avait écrit.

— Avez-vous quelque chose à ajouter, milady ?

— Oui. Mlle Julia prend du porridge au petit déjeuner. Et ma mère tolère la couleur safran qui, je vous l'accorde, est un genre d'orange. Mais elle trouve cela distingué, voyez-vous.

Les deux femmes se séparèrent, et Louisa se retrouva malgré elle en train de gravir l'escalier menant à la salle de classe. Il faisait beau, la lumière entrait à flots par les fenêtres orientées au sud et faisait briller les reliures des livres.

Elle ne fut pas surprise de voir, sur la même étagère que la dernière fois, un bouquet de tulipes jaunes, aussi belles et fraîches qu'un soleil printanier.

Elle s'en approcha, pensive. Ce ne fut qu'au bout d'un long moment qu'elle s'aperçut qu'elle était en train de caresser les tendres pétales.

Félix, qui la cherchait, la trouva dans la galerie, en train d'étudier un portrait de la défunte marquise. Quand il pénétra dans la longue salle et que ses pas résonnèrent sur le parquet, elle lui jeta un regard oblique, mais ne daigna pas le saluer.

Elle avait maigri, son teint était plus pâle et ses yeux lui mangeaient la figure. Une seule partie de son anatomie n'avait pas perdu de volume, du moins quand elle était habillée : sa poitrine qui pigeonnait comme jamais, grâce à ces fameux corsets rembourrés auxquels Félix vouait une affection particulière.

274

Il eut envie de sourire, et ressentit un pincement au cœur.

— J'ai cru comprendre que vous aviez procédé avec Mme Pratt à la répartition des chambres, dit-il. Si cela ne vous ennuie pas, j'aimerais que vous installiez lady Tremaine au dernier étage, à l'écart des autres invités. Je lui ai promis une maison pleine d'hommes séduisants. Si elle décidait de s'offrir un amant, il ne faudrait pas qu'elle soit coincée entre les appartements des Denbigh et ceux des Hollister. Elle n'aurait pas assez d'intimité.

Elle ne répondit pas. Quand elle s'enfermait ainsi dans le mutisme, il avait l'impression de tomber dans le vide.

— Je peux en parler directement à Mme Pratt, si vous ne souhaitez pas vous en occuper vous-même, ajouta-t-il.

— Est-ce que...

Elle s'interrompit, comme si le son de sa voix lui blessait l'oreille.

— Vous comptez-vous parmi les hommes séduisants disponibles pour lady Tremaine ?

— Non. Moi, je ne veux que vous.

Il l'entendit déglutir.

— Je m'occuperai de cela avec Mme Pratt.

— Merci.

Le silence s'abattit sur eux, emplissant toute la galerie qui parut soudain étriquée et suffocante. Félix observa le visage sévère de Louisa, puis celui de sa mère, tout aussi grave.

Un déclic se fit alors dans son esprit : à l'instar de son père, il était lui aussi marié avec une femme qui le rejetait de tout son être.

Une violente panique le prit à la gorge. Il laissa passer la vague, s'obligea à respirer calmement. Il ne devait songer qu'à Louisa.

— Ma mère n'était pas heureuse dans cette demeure, dit-il.

Il vit un frémissement au coin de ses lèvres – elle était surprise.

— Elle était éprise d'un autre homme, qui n'avait malheureusement pas de fortune, poursuivit-il, relatant l'histoire découverte vingt ans auparavant et dont il n'avait depuis soufflé mot à personne. Mon grand-père l'a cloîtrée dans sa chambre, jusqu'à ce qu'elle accepte d'épouser mon père. Lui l'aimait vraiment, mais elle était si désespérée, si amère, qu'elle n'a jamais retrouvé le goût de vivre. Pour se venger de son mari, qu'elle haïssait, elle s'est privée des petites joies du quotidien. Sans même en avoir conscience, elle s'est punie, elle aussi, durant toute son existence, jusqu'au jour de sa mort.

« Ne t'inflige pas la même punition, ne perds pas ta gaieté », ne put-il se résoudre à ajouter.

Elle s'approcha d'une somptueuse mappemonde sur pied trônant devant une fenêtre. Lentement, elle fit tourner le globe.

— Je comprends que mes billets quotidiens vous exaspèrent, dit-il, mais j'aimerais vraiment que vous ayez une occupation qui vous passionne. Si vous ne souhaitez pas que je sois votre professeur, nous vous en trouverons un autre.

Le globe continuait à tourner, les océans et les continents glissaient sous les doigts de Louisa.

— Si nous étions à Londres, nous pourrions en quelques jours engager un enseignant nanti de toutes les références nécessaires.

Ne serait-il pas en train de radoter ? Peut-être bien.

— Il faudra un peu plus de temps pour dénicher une personne qualifiée qui accepte de vivre huit mois par an à Huntington, cependant si c'est ce que vous voulez, nous viendrons à bout du problème.

Le globe continua de tourner un moment avant qu'elle réponde :

— Il serait stupide de dépenser de l'argent pour un précepteur alors que j'ai un époux capable de m'instruire.

Il sentit son cœur se dilater de joie. Lui aurait-elle ouvert la porte de sa chambre qu'il n'aurait pas été plus heureux.

— Quand commençons-nous ? s'enquit-il.

— Après le départ des invités. Et quand vous aurez fait enlever ces tulipes de la salle de classe.

D'un doigt, elle stoppa le globe terrestre. Puis elle pivota et s'en alla.

18

Avec l'arrivée des invités au manoir, le Gentleman Idéal fit son grand retour sur scène.

La première soirée fut particulièrement animée. Un peu en retrait, Louisa observait son mari qui bavardait avec ses hôtes. La nostalgie lui serrait le cœur, ce qui achevait de la perturber. Elle songeait aux beaux jours de la saison mondaine, quand le sourire de Félix la chavirait et la faisait osciller en permanence entre excitation et panique.

La vie était alors tellement plus simple – elle n'avait que son arrogance et sa perversion à lui reprocher. Ce temps-là appartenait désormais au passé.

Félix comprenait-il à quel point son attitude l'avait révoltée ? Qu'il prenne des libertés avec les bonnes mœurs, elle ne lui en voulait pas, mais qu'il se délie du fair-play que l'on doit à un rival... elle ne pouvait le tolérer. Elle-même n'aurait jamais eu l'idée de dénigrer une autre débutante dans le seul but d'en détourner Félix, quand bien même elle était pressée de se marier pour mettre sa sœur épileptique à l'abri du besoin.

« Je t'aime », avait-il dit. Au début de leur mariage, elle aurait donné un empire pour entendre ces mots.

Mais les actes de Félix l'avaient trop profondément meurtrie. Elle avait l'impression de ne pas exister à ses yeux, de n'être pour lui qu'un vulgaire trophée de chasse qu'il exhibait à présent devant ses relations.

Elle refusait d'être aimée de cette façon.

Pourtant elle avait accepté qu'il devienne son professeur. Ils allaient passer plusieurs heures par jour seuls dans la même pièce, et il en profiterait à coup sûr pour la pousser à confondre le plaisir d'apprendre et celui d'être en sa compagnie.

Car bien qu'ayant perdu toutes ses illusions, une part d'elle – qui malheureusement parlait haut et fort – se languissait de lui, brûlait de l'embrasser, de le caresser, de lui faire l'amour jour et nuit. De s'abîmer dans le plaisir jusqu'à l'oubli et, peut-être, le pardon.

Elle en était là de ses amères réflexions quand Félix tourna la tête vers elle. Ils échangèrent un long regard. Les joues en feu, Louisa se détourna.

Une demi-heure plus tard, tandis que les dames saluaient les messieurs et prenaient congé, Félix déposa un baiser sur sa joue, pour la première fois depuis qu'elle l'avait giflé.

— Bonne nuit, lady Wrenworth, murmura-t-il.

Sa peau la picota bien après qu'elle se fut couchée.

On était à une semaine du réveillon de Noël, et une pluie glaciale noyait la campagne. Las de se faire tremper, les adeptes de la chasse et ceux de la marche à pied vadrouillaient dans le manoir. Louisa ne pouvait mettre le nez hors de son boudoir sans tomber sur un invité à qui elle devait faire un brin de causette.

Un jour, en fin de matinée, elle monta dans la salle de classe. Là, au moins, on ne viendrait pas la déranger.

Mais quand elle ouvrit la porte, elle découvrit Félix devant la fenêtre, les mains dans les poches de son pantalon.

Il se retourna.

Des bougies brûlaient dans les appliques murales, mais leurs flammes fragiles étaient impuissantes à réchauffer et à égayer un peu l'atmosphère. Tout était gris et lugubre, pourtant Félix semblait irradier, comme si quelque feu mystérieux couvait en lui.

Elle aurait pu marmonner une excuse et tourner les talons. Au lieu de quoi, elle s'avança et referma la porte.

— Je peux faire quelque chose pour vous ? s'enquit-il.

Elle réfléchit une seconde – il s'agissait de justifier sa présence ici sans lui donner à penser qu'elle recherchait sa compagnie –, puis :

— Je crois savoir que M. Weston et M. Harris sont sortis, au mépris de vos conseils de prudence.

— Et ces jeunes gens ont emmené deux de mes plus beaux chevaux.

— Ce n'est pas trop risqué ?

— J'espère que non. Il serait imprudent d'envoyer nos gens les chercher par un temps pareil.

Il s'approcha de son bureau, referma le carnet ouvert sur le sous-main.

— Si vous souhaitez travailler tranquillement, je peux vous laisser.

Sans répondre, elle désigna le carnet.

— Vous étiez occupé ?

— J'essayais de minuter une leçon.

Elle se rendit alors compte que Félix tenait une montre au creux de la main et que le tableau noir sur son chevalet, près du bureau, était couvert d'équations. Son mari semblait consacrer beaucoup de temps à ces fameux cours qui n'avaient toujours pas débuté. Elle en eut un pincement au cœur, dont elle n'aurait su dire s'il était douloureux ou réconfortant.

— Mais vous étiez posté devant la fenêtre. La leçon que vous préparez exige-t-elle d'étudier le ciel ?

— C'est sans doute ce que je ferai pendant que vous résoudrez les problèmes que j'écrirai pour vous sur ce tableau.

Il montra le grand panneau accroché au mur, récemment repeint et, pour l'heure, encore intact. Elle s'en approcha, effleura la surface lisse et agréablement fraîche.

Lorsqu'elle résoudrait ces fameux problèmes, se tiendrait-il à son côté ? Comment parviendrait-elle à se concentrer en respirant son odeur d'orage et de vent – ce parfum qui la grisait ?

Elle s'aperçut que sa main s'attardait sur le tableau en un geste qui ressemblait à une caresse. Dans le silence qui était tombé entre eux, elle n'entendait plus que sa propre respiration, saccadée, et le crépitement de la pluie.

Elle laissa retomber sa main, prit une inspiration et, sans regarder Félix, formula la question qui la tracassait.

— L'autre jour, quand nous avons discuté dans la galerie des portraits, vous avez dit que votre mère, dans son amertume, ne s'était pas rendu compte qu'elle se punissait aussi.

Un silence.

— Oui... et ?

— Qui d'autre punissait-elle ?

Nouveau silence, qui se prolongea, puis :

— Elle aurait voulu punir son père, je suppose, qui l'avait contrainte à accepter un mariage dont elle ne voulait pas. Mais il est mort subitement, alors que mes parents n'étaient pas encore revenus de leur lune de miel. C'est donc son mari qui a subi son courroux, car il avait commis l'erreur de lui forcer la main, alors qu'elle l'avait repoussé.

— Quel châtiment lui a-t-elle infligé ? L'indifférence ?

Il poussa un soupir.

— Vous a-t-on déjà dit, ma chérie, que vous êtes d'une bonté, d'une gentillesse désarmantes ? Ce que vous considérez comme un châtiment eût été un moindre mal. Hélas, ma mère était infiniment plus raffinée ! Elle s'est ingéniée durant des années à instiller le doute dans l'esprit de mon père, à le convaincre que je n'étais pas son fils – une idée d'autant plus plausible que je ne lui ressemblais pas du tout.

Louisa en eut un haut-le-corps. Pareille cruauté était révoltante. Comment la marquise avait-elle pu faire de son enfant l'instrument de sa vengeance ?

Pauvre petit garçon, tiraillé entre la fureur de sa mère et le désespoir de son père.

Louisa pivotait pour regarder Félix quand on frappa à la porte qui s'ouvrit aussitôt.

— Milord ! s'exclama Sturgess, visiblement aux cent coups. Le cheval que montait M. Harris vient de rentrer à l'écurie sans son cavalier.

Harris était tombé dans un fossé, il avait le coude et une côte cassés. Weston, lui, avait eu moins de chance : on les retrouva, sa monture et lui, au fond d'un ravin.

Félix fut obligé d'abattre l'animal, l'un de ses chevaux préférés. Puis il descendit dans le ravin, une corde autour de la taille. Il attacha le blessé, plus lourd que lui d'une bonne dizaine de kilos, le hissa sur son dos et le remonta tant bien que mal.

Il faisait nuit noire lorsque le petit groupe de sauveteurs revint au manoir. Louisa se précipita dans le hall. L'angoisse qui assombrissait ses beaux yeux réchauffa le cœur de Félix. Il était prêt à passer des heures à s'échiner et à grelotter de froid rien que pour voir cette expression sur son visage.

Elle passa devant lui sans le reconnaître – c'était presque comique. Puis elle s'arrêta net, pivota sur ses talons.

— Un bain chaud vous attend. Allez-y. Je m'occupe de Weston avec le chirurgien.

Traversant le hall, il capta son reflet dans un miroir. Pas étonnant qu'elle ne l'ait pas reconnu immédiatement : il avait perdu son chapeau, ses cheveux trempés lui collaient au crâne, son visage était maculé de terre, ses habits déchirés et crottés.

C'était la baignoire de Louisa – la plus luxueuse du manoir – qu'on avait remplie. Félix s'y glissa avec précaution et réprima un cri de douleur quand l'eau brûlante enveloppa ses jambes et ses pieds engourdis par le froid.

Tandis que son valet emportait ses vêtements, Félix appuya la nuque contre la fonte émaillée et ferma les yeux. C'était divin, même si les innombrables écorchures qu'il avait sur le visage et le corps le picotaient désagréablement.

Il entendit la porte s'ouvrir.

— Je n'aurai pas besoin de vous avant un bon quart d'heure, dit-il, croyant s'adresser à son domestique. Vous pouvez vaquer à vos occupations.

— Je n'ai rien d'autre à faire.

Louisa.

Il rouvrit les paupières. Elle portait un plateau sur lequel étaient disposées une théière et une assiette de brioches beurrées.

— Avez-vous besoin de quoi que ce soit ? demanda-t-elle.

Oui, de toi.

Il aurait voulu la prendre simplement dans ses bras, la serrer très fort, laisser sa chaleur le pénétrer tout entier, le réconforter.

— Je pourrais peut-être demander au cuisinier de vous préparer quelque chose.

— Non, merci. J'ai mangé tout à l'heure.

Les domestiques avaient prévu des victuailles – pâtés, boulettes de viande au curry et vin chaud – pour les sauveteurs, sur le chariot qui servirait à transporter le blessé.

— Les deux jeunes gens qui vous accompagnaient ont vanté votre héroïsme. J'espère que votre bravoure n'avait pas pour but de peaufiner l'image du Gentleman Idéal. Vous auriez pu vous rompre le cou, commenta-t-elle d'un ton étrangement âpre, tout en posant le plateau sur un tabouret, à portée de main.

— Je leur aurais volontiers laissé le soin de jouer les héros, mais les malheureux avaient le vertige.

Cinq équipes composées de garçons d'écurie et d'autres domestiques s'étaient partagé la zone de la battue. Le hasard avait voulu que le petit groupe auquel Félix s'était joint trouve le blessé.

Louisa s'accroupit pour examiner la main droite de son mari.

— Pourquoi n'avez-vous pas montré cette plaie au médecin ?

— Vous m'avez dit que mon bain était prêt, je me suis précipité.

Si elle lui avait ordonné de repartir et de creuser un puits, il aurait également obéi.

— Comment vous êtes-vous fait cela ? insista-t-elle.

— J'ai dû retirer mes gants pour remonter Weston. Ensuite, la corde a lâché à moitié, j'ai failli tomber et je me suis cramponné à un arbuste épineux à flanc de falaise.

Elle avait le visage fermé, impossible de dire si elle compatissait ou non.

Elle tourna sa main vers la lumière, cherchant d'éventuelles épines fichées sous la peau.

— Je les ai retirées, la rassura-t-il. Au retour, on m'a assis de force sur le chariot, avec Weston – et une bouillotte pour nous réchauffer. Il y avait une lanterne à côté de moi, j'ai eu tout le temps d'extraire les échardes.

Elle se redressa.

— Attendez-moi.

L'ordre n'exigeait pas de réponse, cependant Félix répondit :

— J'attendrai. Toute la vie s'il le faut.

Une fois dans le couloir, Louisa s'appuya contre le mur.

Quand Félix était parti à la recherche des deux imprudents, elle avait cru mourir d'angoisse. Les heures passaient, il ne revenait pas. Un domestique était alors accouru, annonçant qu'on avait retrouvé Weston au fond d'un ravin, qu'on le ramenait au manoir. Mais elle ne s'était pas calmée pour autant. Sur des charbons ardents, elle s'était mise à arpenter le hall, se ruant sur le perron au moindre bruit.

Tout cela pour ne pas le reconnaître quand il était enfin apparu, trempé comme une soupe et couvert de boue. Un vrai vagabond.

Elle avait confié Weston au chirurgien, assisté de deux infirmières et de Mme Pratt, et regagné ses appartements en courant. Elle s'attendait à y retrouver son vagabond, c'était Apollon qu'elle avait découvert dans son bain. Amoché, certes, mais aussi splendide que d'ordinaire.

Au prix d'un effort considérable, elle s'écarta du mur et alla chercher ce qu'il fallait pour désinfecter les plaies de son époux. Dans le couloir, elle rencontra des invitées qui la bombardèrent de questions sur l'état de santé du maître de maison. Le récit de ses exploits s'était déjà répandu dans le manoir – des dizaines de lettres partiraient dès le lendemain de Huntington pour colporter à travers tout l'empire les hauts faits de lord Wrenworth.

Lorsqu'elle retourna dans la salle de bains, un nuage de buée saturait l'air. Louisa eut du mal à distinguer Félix – le dessin de son épaule, la colonne de son cou, les muscles de ses bras.

Des gouttelettes d'eau perlaient à ses cils, constata-t-elle en s'approchant. Soudain, il rouvrit les paupières et fixa sur elle un regard emplit d'une telle gratitude qu'elle ne put le soutenir. Mais où poser les yeux ? Partout elle voyait son corps nu, sa peau mouillée et luisante.

Elle s'assit sur le tabouret, lui prit la main et la tamponna à l'aide d'un mouchoir humecté d'alcool. Il serra les dents, mais ne se plaignit pas.

— Demain, vos invités vont vous accueillir en héros, déclara-t-elle en déroulant une bande de gaze. À moins que vous ne préfériez dîner ce soir avec eux, couvert de pansements. Ils s'en pâmeraient à coup sûr d'admiration.

— Ce qui vous déplairait, n'est-ce pas ? observa-t-il avec sa perspicacité coutumière. Admirer un individu aussi dénué de scrupules que moi.

— Vous avez bel et bien sauvé Weston.

Elle était plus fière de lui qu'elle ne voulait le laisser voir. Du reste, à cette fierté se mêlait un sentiment étrange et moins avouable : elle enviait ceux qui voyaient en lui le Gentleman Idéal, sans songer un instant à remettre en question cette effigie exemplaire.

Comme elle aurait été heureuse de pouvoir l'admirer sans arrière-pensée. De ne pas être perpétuellement déchirée entre l'attraction qu'il exerçait sur elle et la nécessité de rester sur ses gardes.

Tandis qu'elle lui bandait la main, le pouce de Félix lui frôla la paume. Cette caresse furtive se propagea dans tout son bras. Elle s'écarta légèrement et, les yeux baissés, s'affaira à verser quelques gouttes d'alcool sur un mouchoir propre.

Elle devait à présent désinfecter les égratignures qu'il avait au visage, et ce n'était pas le moins périlleux. Elle lui tamponna la joue, en évitant soigneusement son regard.

— Quand j'ai glissé, j'ai cru que le poids de Weston allait nous entraîner tous les deux au fond du ravin et que nous allions nous tuer. J'ai eu l'impression que mon cerveau se vidait. Mais j'ai réagi, et lorsque j'ai compris que nous étions tirés d'affaire, j'ai pensé à vous.

Muette, elle nettoya une autre écorchure.

— J'ai préparé des cours pour un trimestre au moins, poursuivit-il. Je me suis dit qu'il serait vraiment dommage de perdre tout ce travail.

— Le Gentleman Idéal obtient toujours ce qu'il veut, n'est-ce pas ? Or voilà que, maintenant, c'est mon cœur qu'il veut.

Il lui prit doucement le menton, pour l'obliger à le regarder.

— Si le Gentleman Idéal obtenait peut-être toujours ce qu'il convoitait, ce n'est pas le cas de Félix Wrenworth. Je sais très bien ce qu'on éprouve quand on a besoin d'affection et qu'on vous la refuse.

Ses yeux verts, presque transparents, reflétaient la sincérité. Louisa se remémora ce qu'il lui avait confié à propos de ses parents, de leur relation empoisonnée par l'amertume.

— Si je pouvais conquérir votre cœur, ajouta-t-il, je serais l'homme le plus heureux du monde, je ne le nie pas. Mais en attendant, je veux que vous profitiez de notre union.

— C'est déjà fait. Je me suis enrichie, ma mère et mes sœurs sont à l'abri...

— Je pense à vous seule, coupa-t-il. Je souhaite que vous ayez tout ce dont vous avez toujours rêvé.

— Et vous vous contenterez de donner sans rien recevoir en échange ?

Il se redressa sur son séant, effleura d'un baiser la commissure de ses lèvres.

— J'en serai profondément heureux. Et ce sera pour moi un privilège.

19

Les cours commencèrent au tout début du mois de janvier, après le départ des invités.

Il y avait eu quelques changements dans la salle de classe, depuis la dernière visite de Louisa. Une maquette du système solaire trônait sur une étagère, on avait dessiné une sorte de grille sur le petit tableau noir, et on avait remplacé les tulipes jaunes par une composition florale dont les couleurs éclatantes éclaboussaient la grisaille de cette journée d'hiver.

Le professeur, en veste de tweed fauve agrémenté de coudières en cuir, arriva à l'heure pile. Il compulsa ses notes, prit une craie et, la pointant vers le chevalet :

— Aujourd'hui, nous allons étudier les coordonnées cartésiennes.

Quand Louisa dut se lever pour venir au tableau analyser la grille, elle eut bien du mal à se concentrer. Elle regardait la main de Félix qui tenait la craie et, lorsqu'il se penchait vers le chevalet, ses cheveux bouclant sur sa nuque. Elle humait le parfum du luxueux savon qu'on lui avait offert à Noël et l'imaginait marchant sous la neige, dans une forêt de pins.

Cependant ce n'était pas à cause de cette proximité physique, si dangereuse fût-elle, qu'elle avait différé les cours le plus possible. Elle craignait qu'il ne soit un bon professeur – capable donc de subjuguer son élève.

Elle ne se trompait pas, il était remarquable.

Passionné par son sujet, qu'il maîtrisait à la perfection, il avait le sens de la transmission et possédait le charisme, l'éloquence d'un brillant orateur.

Louisa était fascinée par cette facette de sa personnalité qu'elle ignorait et qui était l'antithèse du Gentleman Idéal, si habile à jeter de la poudre aux yeux des gens. L'homme qu'elle découvrait avait acquis son savoir à la loyale, sans tricheries ni subterfuges, simplement parce qu'il avait le goût de l'étude.

Cet homme-là était un authentique et éminent scientifique.

L'heure de cours passa à la vitesse de l'éclair.

Quand Louisa quitta la salle de classe, elle avait quatre pages de notes à réviser. Elle regagna ses appartements et s'aspergea le visage d'eau froide. Il lui fallut un long moment pour se calmer et s'attaquer à ses devoirs.

Lorsqu'elle eut terminé, elle sortit sur le balcon, enleva la bâche qui protégeait son télescope et braqua l'instrument vers la gloriette romaine.

Pourquoi ? Elle eût été bien en peine de l'expliquer.

Le belvédère abritait de nouveau un mannequin de chiffon, vêtu d'une des vestes en tweed de Félix. Il avait une fleur à la boutonnière.

Une tulipe jaune.

Je suis désespérément amoureux de toi.

Louisa était une élève parfaite.

Ponctuelle, avide d'apprendre, animée d'une formidable curiosité scientifique. Elle notait quasiment tout ce qu'il disait, couvrant des pages et des pages d'un gribouillis illisible, en revanche elle rendait des devoirs soignés, sans la moindre erreur. En fait, le troisième jour de cours, elle avait séché sur un exercice, et cela l'avait tellement vexée qu'elle avait redoublé d'efforts pour ne pas revivre cette humiliation.

Pourtant, dès la deuxième leçon, Félix se repentit de n'avoir pas engagé un précepteur.

Car elle avait des yeux... comment résister à ces yeux-là ?

Il ne pouvait bien sûr pas lui reprocher de le regarder quand il lui montrait comment résoudre graphiquement des équations ou calculer la pente d'une droite – après tout, elle était censée l'écouter attentivement. Du reste, elle ne jouait pas avec ses cheveux ou les boutons de son corsage, ni ne se passait la langue sur les lèvres ou autres coquetteries du même tonneau. Elle était tout à fait comme il faut, sage et appliquée.

N'empêche, au bout de dix minutes, son sexe était invariablement en érection.

Tout en elle le troublait – sa bouche entrouverte, ses joues roses, la boucle brune qui lui balayait le front, et la façon dont sa main gauche agrippait le bord du bureau à mesure que les minutes passaient, comme si elle s'efforçait de se contenir.

Après chaque cours, il était tellement excité qu'il devait se soulager avec sa main. Et souvent, il était obligé de recommencer après qu'elle lui avait rendu ses devoirs.

Lorsqu'il écrivait les problèmes au grand tableau noir, et qu'il se retrouvait près d'elle, à la dévorer des yeux, il avait toutes les peines du monde à se retenir de la plaquer contre le mur.

Pourtant, malgré ses réticences, lorsqu'elle lui demanda s'il serait disposé à lui donner deux cours quotidiens, il s'empressa d'accepter.

Pour courir ensuite s'enfermer dans sa chambre et cacher son érection.

Louisa allait droit à la catastrophe.

La main de Félix, qui faisait courir la craie sur le tableau noir, la captivait. Les cercles et les paraboles qu'il traçait d'un geste fluide lui donnaient le frisson. Équation du second degré, matrice, fonction inverse... c'était pour elle de la poésie érotique. Et la simple évocation de la trigonométrie la mettait en transe.

S'il avait perçu le désir qui bouillonnait sous son masque studieux, il n'y faisait aucune allusion et ne se laissait pas divertir de sa mission d'enseignant.

— Comme vous le voyez ici, une ellipse est déterminée par la position de ses foyers et son excentricité, ou encore par la position de ses droites directrices, qui sont parallèles entre elles, et son excentricité.

Les longs doigts si élégants planaient dans l'air, piquaient sur les figures dessinées au tableau.

— Nous avons donc trois formes : ellipse, parabole et hyperbole. Autrement dit, des coniques, tels que les définissait Apollonius de Perga que ses contemporains grecs, au IIIe siècle avant Jésus Christ, surnommaient le Grand Géomètre.

Un feu ronflait dans la cheminée, le soleil de l'après-midi baignait la pièce. Il faisait si chaud que Félix retira sa veste. Le souffle de Louisa s'accéléra.

— La plupart de ses travaux ont été perdus, mais il nous reste l'œuvre fondamentale d'Apollonius, *Les Coniques*, composée de huit livres. C'est l'une des œuvres scientifiques majeures de l'Antiquité.

Cela faisait des semaines qu'elle ne s'était pas blottie contre ce corps d'homme, qu'elle n'avait pas caressé sa peau nue. Elle voulait qu'il lui parle tout bas de géométrie non euclidienne, qu'il la couche sur le bureau, qu'il la...

— Lady Wrenworth, dit une voix qui semblait provenir des entrailles du manoir.

Elle ne réagit pas. Le personnel pouvait bien se passer d'elle un moment.

— Lady Wrenworth !

L'appel s'accompagna d'un claquement sec. Louisa manqua de tomber de son siège.

Il avait abattu sa baguette sur le bureau avec une sorte de rage qui l'affola.

— Que... Oui ? croassa-t-elle.

— Je consacre plusieurs heures par jour à préparer ces cours, déclara-t-il. Je suis en droit d'exiger que vous soyez attentive.

Elle déglutit avec peine.

— Je vous prie de m'excuser. Cela ne se reproduira pas.

Rouge comme un coquelicot, elle baissa la tête et l'entendit pousser un soupir.

— Vous avez manifestement du mal à vous concentrer, observa-t-il. Peut-être vaudrait-il mieux interrompre notre leçon.

— Non, non ! S'il vous plaît.

— Alors que devrais-je faire ?

Le ton était mesuré, parfaitement raisonnable. Louisa sentit son cœur s'emballer. Elle s'était un jour vantée d'être capable de se priver de ce qu'elle désirait le plus au monde. Si c'était toujours le cas, c'était le moment de le prier, avec si possible un calme égal au sien, de reprendre ce cours palpitant sur les coniques.

— Vous devriez m'infliger la punition que je mérite, s'entendit-elle répondre.

Il s'appuya contre son bureau, les bras croisés sur la poitrine.

— Quand j'étais enfant et que je faisais une bêtise, mon précepteur m'envoyait au tableau – celui-ci, précisa-t-il en indiquant le grand tableau mural –, et m'obligeait à rester là, dos tourné à la pièce, tandis qu'il lisait une gazette.

Avec une petite moue, elle se leva et, les jambes flageolantes, alla se camper devant le tableau. Une part d'elle, la plus dévergondée, avait espéré un autre châtiment.

Elle étudia d'un œil morne les ellipses, paraboles et hyperboles tracées à la craie. Un douloureux sentiment de solitude lui nouait la gorge. Le silence l'enveloppait comme une chape pesante, à peine troublé par le tic-tac de la pendule sur la cheminée.

Sans trop s'en rendre compte, elle se mit à compter les secondes – cinquante-trois, cinquante-quatre… –, cela l'aidait, lui semblait-il, à trouver un sens à ce pénible interlude.

— Pourquoi étiez-vous dans la lune, lady Wrenworth ? Qu'est-ce qui vous distrayait à ce point de votre travail ?

Il était tout près, elle sentait son souffle sur ses cheveux.

Sa tristesse s'envola d'un coup, cédant la place à cette nervosité, cette fébrilité qui la tourmentaient dès qu'il s'approchait. Saisissant une craie, elle écrivit sa réponse sur le tableau noir.

Vous.

— Voilà qui n'est pas très approprié, au beau milieu d'une leçon, murmura-t-il en l'enlaçant.

Fermant les yeux, elle se laissa aller contre lui.

L'instant d'après, il lui retroussait sa jupe, déchirait ses dessous. Il s'enfonçait en elle, dur et brûlant.

Une sensation inouïe, délicieuse et terrible à la fois, l'impression d'être renversée par un animal sauvage, filant comme le vent dans un fracas de tonnerre. Ses coups de boutoir la soulevaient littéralement de terre.

Quand le plaisir l'emporta, elle poussa un cri dont l'écho dut résonner à travers tout le manoir. Et lorsque Félix répandit en elle sa semence, elle crut s'évanouir de bonheur.

Plusieurs minutes s'écoulèrent avant qu'elle s'aperçoive qu'elle était toujours plaquée contre le tableau, que sa poitrine et son visage avaient en partie effacé les figures géométriques. Mais elle s'en moquait totalement, car il était de nouveau dur, qu'il allait et venait en elle, cette fois avec une lenteur, une douceur, une volupté qui lui arrachèrent un sanglot.

Lorsqu'ils eurent retrouvé leur souffle, il la fit pivoter, déposa un baiser sur ses lèvres et essuya la marque de craie qu'elle avait sur le bout du nez.

— J'époussetterais volontiers votre corsage, dit-il d'une voix rauque. Mais je n'ose me permettre une telle privauté.

Baissant le nez, elle se frappa le sternum. Un nuage de poussière blanche s'éleva – sans doute le spectacle le plus charmant que Félix ait jamais vu, bien plus romantique que la brume matinale sur la Seine.

Il s'apprêtait à l'étreindre de nouveau, mais elle s'écarta, se rassit à son pupitre et rouvrit son cahier. Il lui fallut quelques secondes pour comprendre qu'elle s'attendait qu'il reprenne la leçon là où ils l'avaient interrompue.

Il s'exécuta tant bien que mal, et se jugea fort méritant. À la fin du cours, comme à l'accoutumée, elle posa quelques questions, pertinentes, puis le remercia poliment et quitta la salle de classe.

À l'heure du dîner, quand elle le rejoignit dans la salle à manger, ils se comportèrent comme si rien d'exceptionnel ne s'était produit. Ils parlèrent du domaine, il lui demanda des nouvelles de sa famille, et ils regrettèrent de concert que le mauvais temps les empêche d'observer les étoiles.

Après le repas, il regagna ses appartements. Seul dans sa chambre, il se mit à faire les cent pas, se demandant si leur étreinte de l'après-midi marquerait pour lui la fin de l'abstinence ou si ce ne serait qu'une brève parenthèse.

Il en était là de ses ruminations quand la porte de communication s'ouvrit, livrant passage à Louisa.

Son cœur manqua un battement.

— Bonsoir, ma chère, dit-il d'une voix mal assurée.

— Nous sommes mariés, Félix. Vous devriez m'appeler Louisa.

— Y a-t-il un moment et un lieu particulier pour ce faire ? murmura-t-il.

— Ici. Et maintenant, répondit-elle.

Elle s'approcha, l'embrassa sur le menton.

— Il s'agit uniquement de faire en sorte que je ne sois plus distraite en classe. Il ne faudrait pas que vous consacriez du temps à préparer vos cours en vain.

— Ce serait dommage, en effet, renchérit-il en la soulevant de terre pour l'emporter jusqu'au lit.

— M'as-tu pardonné ? demanda-t-il, des heures plus tard.

Elle lui caressait les cheveux.

— Oui… Assez, du moins, pour me repaître de ton corps d'athlète, précisa-t-elle d'un ton espiègle.

Il lui sourit, prit son visage en coupe.

— Je veux que tu sois heureuse dans cette demeure. Je veux que tu découvres de nouvelles galaxies, des étoiles inconnues. Et j'espère bien que tu ruineras mes amis à la table de jeu.

Elle se mit à rire.

— Et toi ? s'enquit-elle. Tu ne désires rien pour toi-même ?

— J'ai passé ma vie d'adulte à satisfaire mes caprices. Ne pas penser à moi me fera le plus grand bien.

— Je ne t'imagine pas tenir ce genre de propos il y a six mois.

— C'est certain.

Un silence.

— Reste avec moi cette nuit, murmura-t-il.

— Très bien.

Elle en avait eu l'intention avant même d'ouvrir la porte.

— Je t'aime, souffla-t-il juste avant de sombrer dans le sommeil.

Elle resta longtemps éveillée, à le contempler, à penser à lui, à son passé et à leur avenir.

20

Durant les quatre semaines qui suivirent, ils ne se laissèrent « distraire » de leurs leçons qu'à trois reprises. Preuve qu'ils avaient réellement la passion de la science.

Louisa avançait à pas de géant. À ce rythme, selon son mari, elle serait prête à s'atteler à la trigonométrie dès le début du mois d'avril. Et même si la saison mondaine à Londres – qui serait leur première en tant que couple – promettait d'être exceptionnellement animée, Félix estimait qu'elle pourrait goûter au calcul infinitésimal vers la fin de l'année.

Ils se remirent également à travailler ensemble dans le bureau de Félix et reprirent le chemin de l'observatoire, maintenant que la pluie cédait du terrain. Ils se levaient souvent au milieu de la nuit pour aller scruter la voûte céleste.

Habitués aux emplois du temps fantaisistes du maître, les domestiques décalaient simplement le petit déjeuner – 10 heures au lieu de 8 –, ainsi que les autres repas. Tout marchait comme sur des roulettes.

Ce matin-là, quand Félix pénétra dans la salle à manger, il sifflotait gaiement. Il paraissait en pleine forme, débordant d'énergie. S'approchant de Louisa, qui sirotait déjà son thé, il se pencha pour lui murmurer à l'oreille :

— Je crois toujours qu'il m'est impossible de t'aimer davantage, pourtant chaque jour je t'aime un peu plus.

Étrangement, c'était à l'heure du petit déjeuner qu'il lui disait des mots doux, quelquefois, quand l'envie lui en prenait. En cela, du moins, il demeurait imprévisible.

« Moi aussi, je t'aime chaque jour un peu plus », faillit-elle répondre.

Elle se mordit les lèvres. Elle avait l'impression d'attendre quelque chose, un signe du ciel, peut-être, qui achèverait de la rassurer et lui donnerait le courage d'avouer ses sentiments.

Des centaines de perce-neige, éclos en une nuit, constellaient la pelouse qui dormait encore de son sommeil hivernal.

Tous deux admiraient ces messagers du printemps, lorsque Sturgess entra et présenta au maître un bristol et une lettre sur un petit plateau d'argent.

— Je présume que vous ne connaissez pas ce gentleman ? déclara Félix.

— En effet, milord.

Félix décacheta la lettre, la parcourut. Ses traits se figèrent. Il saisit le bristol.

— Que se passe-t-il ? demanda Louisa.

— Un certain Aubrey Lucas souhaite se rendre sur la tombe de ma mère, marmonna-t-il en lui tendant la carte de visite et le billet.

Celui-ci était clair et concis. M. Lucas disait être un vieil ami de la défunte marquise de Wrenworth. Fonctionnaire de l'Empire britannique durant de nombreuses années, il avait pris sa retraite et venait de quitter les Indes pour rentrer en Angleterre. Il était désireux de rendre un dernier hommage à lady

Wrenworth, en souvenir de leur amitié. Le marquis, dans sa générosité, l'autoriserait-il à déposer des fleurs sur la tombe ?

— Faites patienter M. Lucas dans le salon vert, ordonna Félix à Sturgess. Dites-lui que lady Wrenworth et moi-même serons heureux de satisfaire à sa demande.

Le majordome s'inclina et sortit. Louisa regarda son mari.

— Tu penses ce que je pense ?

— Oui. Je doute qu'elle se soit fait beaucoup d'amis après son mariage. Elle était bien trop occupée à fourbir ses armes pour se venger.

— Que vas-tu faire ? interrogea-t-elle, partagée entre la curiosité et l'inquiétude.

— Recevoir ce monsieur comme il se doit.

Il reprit le bristol, le tourna et retourna entre ses doigts tout en buvant son café. Puis il reposa sa tasse.

— Je présume que tu n'as plus faim, ma chérie ?

De fait, elle ne pouvait plus rien avaler.

— Eh bien, allons-y, dit-il.

Dieu sait pourquoi, Louisa s'attendait à voir un homme grand, imposant et raide comme un piquet – un genre de colonel de l'armée des Indes.

Mais le visiteur était de taille moyenne, plutôt replet, le dos voûté. Ses cheveux, sans doute blonds autrefois, étaient d'un gris terne, ses yeux d'un bleu délavé. Il portait des vêtements démodés, avait des gestes saccadés et un débit précipité qui trahissaient une évidente nervosité.

Le jeune homme charmant qu'il avait dû être affleurait parfois sous son sourire gêné. Louisa doutait cependant qu'il ait jamais eu un physique digne de l'éblouissante beauté de la marquise.

Ce M. Lucas était-il vraiment la cause des malheurs dont avaient tant souffert les Wrenworth, père et fils ?

Elle glissa un regard oblique à son époux qui, comme à son habitude, affichait une amabilité et une courtoisie sans faille.

— À quelle époque êtes-vous parti pour les Indes, monsieur ? s'enquit-il.

— Oh, ce devait être en 1859, en décembre.

Six mois avant la naissance de Félix. Six mois après le mariage de Mary Hamilton.

— Je présume que prendre la décision de s'en aller aussi loin a été difficile, intervint Louisa, sentant que c'était à elle de poser cette question à double sens – la politesse interdisait à Félix de s'en charger.

— J'étais le quatrième fils d'un baronnet, voyez-vous. Il était entendu depuis fort longtemps qu'il me faudrait aller chercher fortune à l'étranger.

Aubrey Lucas esquissa un sourire mélancolique.

— J'aurais dû partir beaucoup plus tôt, mais j'étais follement amoureux, et je ne me résignais pas à quitter l'Angleterre.

Louisa remuait consciencieusement son thé.

— Et Mme Lucas ne vous accompagne pas, aujourd'hui ? s'enquit-elle d'un ton anodin.

— Il n'y a pas de Mme Lucas, je ne me suis jamais marié.

Le visiteur but une gorgée de thé tout en posant sur Félix un regard nostalgique.

— Vous ressemblez énormément à votre mère, lord Wrenworth. Elle était d'une beauté renversante.

— Vous l'avez bien connue ? risqua Félix.

Sa voix était suave, mais derrière le sourire affable, Louisa devinait une extrême tension.

— Je ne sais trop que répondre à votre question. Nous entretenions une correspondance régulière

– j'ai d'ailleurs gardé toutes ses lettres –, mais nous avions rarement l'occasion de nous voir. Elle était très surveillée.

— Je comprends, murmura Félix.

— Pourtant je peux affirmer que je la connaissais, poursuivit Aubrey Lucas. Vous serez certainement d'accord avec moi, lord Wrenworth, pour dire que c'était la femme la plus douce, la plus bienveillante du monde. Un ange.

Félix se raidit, ce qu'Aubrey Lucas ne parut pas remarquer.

— En effet, articula Félix. Eh bien, si vous avez terminé votre thé, monsieur, je me ferai un plaisir de vous escorter jusqu'à sa tombe.

Louisa n'avait jamais mis les pieds dans le cimetière familial. Il était petit, sans prétention, quadrillé d'allées méticuleusement entretenues le long desquelles s'alignaient de sobres pierres tombales en marbre.

Aubrey Lucas sortit du paquet qu'il portait une couronne de fleurs séchées aux couleurs un peu fanées, et la déposa sur la tombe de Mary Hamilton, marquise de Wrenworth.

— Des immortelles, dit Félix à voix basse. Sa fleur préférée.

Les yeux embués, Aubrey Lucas hocha la tête.

— Oui. J'ai fait faire cette couronne peu de temps après sa mort. J'ai toujours espéré qu'elle lui parviendrait un jour, même si je ne pouvais la déposer moi-même sur sa tombe.

Le silence les enveloppa. Aubrey Lucas contemplait la dernière demeure de sa bien-aimée. Félix observait le visiteur. Et Louisa regardait son mari.

Puis, à la stupéfaction de Louisa, Félix proposa :

— Voulez-vous que je vous montre les endroits qu'elle aimait ?

Le visage d'Aubrey Lucas s'illumina.

— Cela ne vous ennuie pas ?

— Pas du tout, assura Félix, l'air grave.

Ils firent le tour du domaine. Félix les conduisit d'abord au petit pont de pierre qui enjambait un ruisseau à truite où, au printemps, la marquise installait son chevalet pour peindre à l'aquarelle. Ils contournèrent le lac où l'on avait construit une jetée en bois – c'était là que la marquise se reposait sous un grand parasol de toile blanche, les après-midi d'été. Puis ils parcoururent le jardin d'agrément, clos de murs, dont la marquise avait dessiné le plan, ainsi que les serres regorgeant de fleurs exotiques de toutes sortes, le plus bel héritage laissé par l'ancienne maîtresse d'Huntington.

Louisa était de plus en plus stupéfaite. Félix, en cicérone accompli, racontait sa mère avec une aisance sidérante, comme si cette femme ne lui avait jamais causé le moindre chagrin. Il parlait de la façon dont elle occupait ses journées, des embellissements que le domaine lui devait, de ses bonnes œuvres. Il brossait le portrait d'une grande dame qui avait mené une vie irréprochable.

Aubrey Lucas l'écoutait d'un air extasié, recueillant ses paroles comme si elles étaient de précieux joyaux. Il dévorait des yeux les moindres détails du paysage, s'en imprégnait dans l'espoir qu'ils lui permettraient de remonter le temps et le ramèneraient au côté de sa bien-aimée.

Ils regagnèrent le manoir, et Félix les emmena dans le salon élégant où les ouvrages de la marquise ornaient les murs. Aubrey Lucas les examina un par un, effleurant d'un doigt révérencieux les iris, les roses et les tulipes brodés à points comptés.

Enfin, ils se rendirent dans la galerie, pour voir le portrait monumental de la marquise et la douzaine de photographies exposées dans une vitrine.

Aubrey Lucas faillit fondre en larmes.

— Elle n'avait pas changé, murmura-t-il après un long silence. Elle est restée aussi belle que le jour où je l'ai rencontrée.

Pour sa part, Louisa estimait que, les années passant, l'amertume et la dureté de sa défunte belle-mère avaient quelque peu gâté l'harmonie de ses traits.

— Que... comment est-elle morte ? s'enquit Aubrey Lucas dans un souffle. A-t-elle souffert ?

— Non. Elle a contracté une pneumonie aiguë qui l'a emportée très vite.

— Je présume qu'on chérit son souvenir, murmura le visiteur avec émotion.

— Tout le comté a assisté à ses obsèques.

Contrairement à Louisa, Aubrey Lucas ne remarqua pas que lord Wrenworth avait adroitement esquivé. Leur visiteur extirpa un mouchoir de sa poche et s'en tamponna furtivement les yeux.

On le pria de rester à déjeuner, mais il déclina l'invitation et les remercia avec effusion de lui avoir consacré tout ce temps. Sans doute, devina Louisa, cet homme trop sensible avait-il besoin de solitude.

Ils le raccompagnèrent jusqu'au perron, le regardèrent monter dans son cabriolet et attendirent que la voiture s'éloigne.

Félix pivota et regagna le hall.

— Je boirais volontiers un whisky.

Louisa le suivit des yeux, le cœur gonflé de tendresse. Elle voyait dans sa haute silhouette le petit garçon solitaire que sa mère avait tant fait souffrir. Pourtant il l'avait dépeinte comme une créature angélique, sachant que cette chimère apaiserait Aubrey Lucas. La conviction d'avoir été aimé par une femme merveilleuse était la seule consolation de ce pauvre homme, la seule lumière qui éclairerait la fin d'une existence sans gloire et sans amour.

Elle pouvait considérer que Félix lui témoignait de la sollicitude à elle, son épouse, parce qu'il en attendait quelque chose. Mais il n'avait rien à gagner avec Aubrey Lucas. Il avait fait preuve d'une extraordinaire gentillesse à son égard par pur altruisme.

Il était là, ce signe du ciel qu'elle avait tant espéré.

Elle se rua dans le hall, dénicha son mari dans son bureau, et se jeta à son cou, renversant le verre qu'il était en train de remplir.

Elle l'embrassa à pleine bouche.

— Je t'aime, je t'aime, je t'aime, bredouilla-t-elle d'une voix hachée.

Il la dévisagea d'un air stupéfait.

— Redis-moi cela.

— Je t'aime, je t'aime, je...

L'étreignant avec force, il la bâillonna d'un baiser.

— J'espère que tu ne te méprends pas, dit-il quand il s'écarta. Ne me crois surtout pas meilleur que je ne suis. Mais tu as vu ce malheureux. Je ne pouvais décemment pas lui briser le cœur.

— Je sais exactement qui tu es, Félix. Et j'aime l'homme que tu es.

Il lui caressa la joue.

— Cela me suffit amplement, ma chérie. Et maintenant, montre-moi comment tu m'aimes...

ÉPILOGUE

Ce fut au mois d'août que Louisa visita enfin la gloriette romaine.

À l'instant où elle posa le pied sur le belvédère, elle écarquilla des yeux horrifiés.

— Tu disais que c'était loin de tout, mais c'est faux. Le village est tout près, je peux quasiment voir ce qui se passe à l'intérieur des cottages.

— Je ne m'en suis rendu compte que lorsque je suis venu installer les mannequins de chiffon avant notre mariage, avoua-t-il avec un sourire malicieux et une parfaite mauvaise foi. Il faut dire à ma décharge que je venais très rarement jusqu'ici.

— Comment se fait-il que tu ne m'aies pas prévenue ?

— Tu ne manques pas de courage – ni de perversité, ma chérie. Je te rappelle que tu étais prête à faire l'amour dans la gloriette grecque en pleine fête champêtre.

— La nuit ! se défendit-elle en lui donnant une tape sur le bras. Le jour, je suis beaucoup plus respectable.

— Nous ne sommes pas obligés de manquer à la bienséance. Nous pouvons nous contenter d'admirer la vue.

Elle lui prit la main, entrelaçant ses doigts aux siens. La vue, en l'occurrence, était assez banale. Mais un soleil radieux baignait la campagne, il faisait chaud et elle était incroyablement heureuse.

Félix lui sourit tendrement.

— Toujours sur un petit nuage à cause de ta comète ? demanda-t-il.

— Oui. Ma première.

Une découverte accidentelle, survenue alors qu'elle étudiait les clichés successifs d'une portion de ciel nocturne, réalisés au cours d'une assez longue période. Félix l'avait aidée, ils avaient travaillé d'arrache-pied sur ces photographies, éliminant une par une toutes les hypothèses.

À présent, c'était confirmé : il s'agissait bien d'une comète inconnue. Depuis qu'elle avait reçu la lettre de la Société royale d'astronomie, Louisa ne touchait plus terre.

Elle noua les bras autour du cou de son mari.

— Tout bien réfléchi, mon amour... pourquoi pas ? murmura-t-elle d'un air canaille. Puisque nous sommes venus jusqu'ici, donnons aux villageois un spectacle dont ils se souviendront.

Il l'entraîna vers un angle du belvédère où ils seraient moins visibles.

— Je sais pourquoi je t'aime, ma douce. Et je t'aimerai encore plus lorsque les braves gens viendront chercher avec leur fourche la sorcière que tu es.

Elle éclata de rire puis, reprenant son sérieux, plongea son regard dans le sien.

— Et moi, je sais qu'aucun homme au monde ne pourrait me rendre plus heureuse.

Remerciements

Wendy McCurdy, ma généreuse éditrice. Katheerine Pelz, son assistante si compétente.

Kristin Nelson, mon inimitable agent, et tous ceux qui travaillent à l'Agence littéraire Nelson.

Tiffany Yates Martin de FoxPrintEditorial.com, dont le regard a façonné ce livre.

Janine Ballard, ma merveilleuse complice, pour son point de vue critique inégalé.

Courtney Murati et Shellee Roberts, pour leur génie.

Mon directeur de la production chez Penguin, pour son infinie patience.

Ma famille, qui est mon roc.

Mes lecteurs, grâce auxquels être écrivain est tellement gratifiant.

AVENTURES & PASSIONS

1ᵉʳ juillet

Sabrina Jeffries
Les hussards de Halstead Hall - 5 - Lady Célia
Inédit

Lady Célia doit se marier avant la fin de l'année, sinon toute la fratrie sera déshéritée par leur grand-mère. Par chance, trois prétendants se manifestent, et elle demande au détective Jackson Pinter, qui enquête sur le décès de leurs parents, de s'assurer de l'honnêteté des trois hommes. Or Jackson est bien décidé à s'opposer à ses projets, car le seul homme qu'il veut qu'elle épouse, c'est lui.

✦

Eloisa James
Les duchesses - 2 - Le couple idéal
Inédit

C'est lors d'une fête de Noël que lady Perdita Selby a rencontré le duc de Fletcher. Leur mariage fut inoubliable. Quatre ans plus tard, leur couple suscite toujours l'envie, mais derrière les portes closes l'éclat de leur amour s'est éteint. Peu désireux de perdre la femme qu'il désire toujours, le duc est déterminé à regagner son amour.

✦

Julie Garwood
Secret - 1 - Le secret de Judith

Au XIIIᵉ siècle, la guerre fait rage entre l'Angleterre et l'Écosse. Mais Judith l'intrépide tiendra sa promesse et ira assister sa meilleure amie pour son accouchement. Elle part donc dans les Highlands escortée par des soldats écossais qui la considèrent comme une ennemie. Ian, leur chef, admire le courage de la jeune fille et se laisse séduire par son charme. C'est décidé, il la gardera, qu'elle le veuille ou non.

✦

Leda Swann
Les sœurs Clemens - 2 - Un modèle de charme
Inédit

Après le décès de son père, Emily est devenue enseignante. Un après-midi, elle rencontre un photographe qui lui propose de devenir son modèle. Pourquoi ne pas accepter ? Bien sûr, il est hors de question qu'elle donne sa vertu au premier venu, surtout pas à cet artiste sans le sou. Expérimenter son pouvoir de séduction, en revanche, peut être amusant.

---

8 juillet

Joanna Bourne
Le maître du secret
Inédit

Marguerite de Fleurignac est en fuite, déguisée en gouvernante. Sans le sou, seule, traquée par des fanatiques, elle tombe sous la coupe d'un fascinant étranger. Impossible que ce géant soit le marchand de livres qu'il prétend être. Pour quelle raison risque-t-il sa vie pour la sauver ? Ses secrets seraient-ils aussi lourds à porter que les siens ?

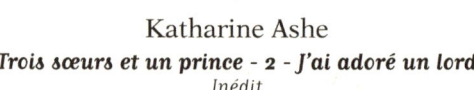

Katharine Ashe
Trois sœurs et un prince - 2 - J'ai adoré un lord
Inédit

Ravenna est la plus jeune des trois sœurs Caulfield. Invitée à une fête donnée en l'honneur du prince portugais Sebastao, elle y rencontre lord Courtenay. Lorsqu'un meurtre est commis, ils ne songeront qu'à s'unir pour trouver le coupable.

Mary Reed McCall
Les chevaliers de l'ordre du Temple - Tentations

Richard de Cantor; chevalier de l'ordre du Temple, échappe aux soldats de Philippe le Bel et rentre à Hawksley. Il y retrouve son épouse Aliénor, devenue folle, et Meg Newcomb, qui le rend responsable de la démence de sa cousine. Peut-être n'a-t-elle pas tort ? Richard s'en est toujours voulu du drame qui s'est déroulé cinq ans plus tôt. C'est pour expier qu'il est parti, mais sa vraie pénitence est la passion interdite qu'il nourrit pour Meg.

Passion intense

—————— **1ᵉʳ juillet** ——————

J. L. Mac
Jusqu'à toi - 2 - Délivrée
Inédit

Depuis le décès de ses parents, Jo a vécu une enfance des plus chaotiques. Sa seule volonté a toujours été de mener une vie libre, sans aucune contrainte. Mais les choses ont changé le jour où elle a rencontré Damon, ce garçon qui l'a bouleversée, lui a appris ce qu'étaient le désir et l'amour. Partagée entre un passé rassurant qui la tiraille et un avenir prometteur qui l'effraie, Jo est dévastée. Sa passion pour Damon lui permettra-t-elle de délaisser ses démons ?

PROMESSES

1er juillet

Lisa Kleypas
La saga des Travis - 2 - Bad Boy

Une rencontre brève et intense avec un inconnu au regard inoubliable qui se révèle être Hardy Cates, l'ennemi de sa famille. Un mariage contracté contre la volonté paternelle qui vire au cauchemar. Un parcours semé d'embûches pour se reconstruire… Bien qu'héritière d'un richissime magnat du pétrole, Haven Travis collectionne les difficultés. Heureusement, l'existence offre parfois une seconde chance. Mais, en misant sur Hardy Cates, le Bad Boy ambitieux, Haven ne joue-t-elle pas un jeu dangereux ?

Car, sous ses dehors policés acquis au contact des puissants, cet homme est pareil à un fauve blessé, sauvage et dangereux. À moins qu'il ne se laisse apprivoiser ?

8 juillet

Kim Law
Surprises à Sugar Springs
Inédit

Lee Ann avait de beaux projets : de belles études, trouver l'amour, fonder une famille… Mais sa sœur meurt d'un cancer foudroyant, lui laissant la charge de ses deux petites jumelles dont le père a disparu. À Sugar Springs, cette petite ville du Tennesse où tout le monde se connaît, Lee Ann fait face et élève ses filles. Et cette vie qu'elle n'avait pas imaginée lui convient parfaitement. Jusqu'au jour où, treize années plus tard, Cody, qu'elle aimait mais qui l'a trahie, revient à Sugar Springs. Cody, le bad boy, qui n'est autre que le père des jumelles…

Et toujours la reine du roman sentimental :

Barbara Cartland

« Les romans de Barbara Cartland nous transportent dans un monde passé, mais si proche de nous en ce qui concerne les sentiments. L'amour y est un protagoniste à part entière : un amour parfois contrarié, qui souvent arrive de façon imprévue.
Grâce à son style, Barbara Cartland nous apprend que les rêves peuvent toujours se réaliser et qu'il ne faut jamais désespérer. »
Angela Fracchiolla, lectrice, Italie

Le 1ᵉʳ juillet
Les méandres de l'amour

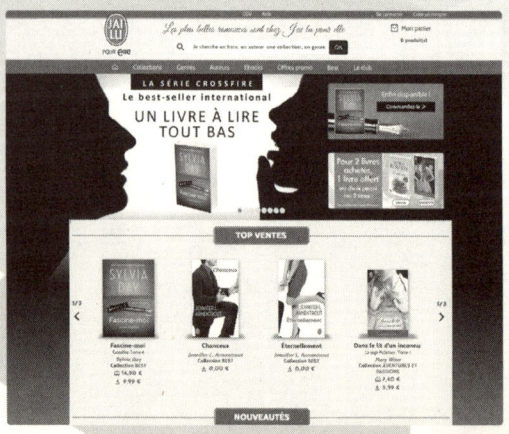

O.K.?

11018

Composition
FACOMPO

Achevé d'imprimer en Italie
par GRAFICA VENETA
Le 4 mai 2015.

Dépôt légal : mai 2015.
EAN 9782290100592
OTP L21EPSN001368N001

ÉDITIONS J'AI LU
87, quai Panhard-et-Levassor, 75013 Paris

Diffusion France et étranger : Flammarion